Sabrina Nau

Ein Sommer mit Esel

SABRINA NAU

Ein Sommer mit Esel

Roman

dtv

Dieses Werk wurde durch ein Stipendium
im Rahmen des Bundesprogramms
NEUSTART KULTUR gefördert.

NEU
START
KULTUR

MIX
Papier | Fördert gute Waldnutzung
FSC® C083411

Originalausgabe 2023

Umschlaggestaltung: Johannes Wiebel | punchdesign
Umschlagmotive: J.-L. Klein & M.-L. Hubert/juniors@wildlife;
stock.adobe.com
Satz: Uhl + Massopust, Aalen
Gesetzt aus der Rotation LT Std
Druck und Bindung: CPI books GmbH, Leck
Printed in Germany · ISBN 978-3-423-26355-9

Für Tina

»How the world gives and takes away
and brings sweethearts near only
to separate them again into distant and strange lands;
but to love is the great amulet
which makes the world a garden (…).«

Robert Louis Stevenson,
Travels with a Donkey in the Cevennes, 1879

Prolog

Montpellier, Villa Berger

Das Wasser spritzte nur so bei seinem Kopfsprung in den Pool. Eiskalte Tropfen landeten auf Natalies sonnendurchwärmter Haut. Am Beckenrand vor ihr tauchte Pascal auf, mit einem Lächeln, das die Sonne überstrahlte.

»Was liest du?«

Sie wischte mit der flachen Hand die Wassertropfen vom Cover, hielt es ihm hin.

»Im Freibad«, las er den Titel und lachte. »Dein Ernst? Komm, spring lieber rein!« Seine Augen blitzten vor Übermut. »Um die Wette tauchen? Wer länger kann?« Das Spiel, das sie vor einem Jahr, in den ersten Wochen nach ihrer Ankunft hier in Südfrankreich, oft gespielt hatten. Vor einem Jahr – als Pascal fast noch ein Kind war.

Lächelnd stand sie auf, schob das Buch unter ihr Badetuch. Der hauseigene Poolbereich in Hollywood-Ausmaßen und die Erlaubnis, ihn jederzeit nutzen zu dürfen, waren die Hauptgründe dafür gewesen, dass Natalie sich für diese Au-pair-Stelle entschieden hatte. Eigentlich hätte sie es schöner gefunden, in einen Haushalt mit zwei, drei kleinen Kindern zu kommen. Hier, im Haus von Madame Berger, lebte außer der Hausherrin nur ein Kind, Pascal, und der brauchte mit seinen sechzehn Jahren natürlich kein Kindermädchen mehr. Aber Au-pairs aus Deutschland waren Tradition im Hause Berger. Die Aufgaben der jungen Mädchen bestanden hauptsächlich darin, zu kochen und im Umgang mit dem Sohn des Hauses so zu tun, als könnten sie kein Wort Französisch. Pierrette Berger war selbst Deutsche und legte Wert darauf, dass ihr Sohn zweisprachig aufwuchs. Sie war beruflich stark eingespannt und abends zu müde, um noch Deutsch mit Pascal zu reden. Oder überhaupt noch viel Zeit mit ihrem Sohn zu verbringen. Mutter und Sohn genossen gemeinsam die vier Gänge, die das Au-pair zum Abendessen servierte – Natalie aß später in der Küche, die Zeit des Abendessens mit ihrem Sohn war Madame Berger heilig, da wollte sie niemanden dabeihaben – anschließend zog sie sich meist rasch in ihre Räume im oberen Stockwerk zurück. Natalie genoss ihre Freiheiten, das Leben im Luxus und das tägliche Schwimmen im Pool zu Anfang sehr.

Mit beiden Händen strich Pascal sich die nassen Haare aus dem Gesicht, winzige Tropfen hingen an seinen dichten Wimpern. Seine Augen suchten ihre, wieder mit diesem Blick, der so anders war als früher. Wie schon gestern, und vorgestern. Wie so viele Male in den letzten Wochen. Oder war sie es gewesen, die ihn plötzlich anders angesehen, anders wahrgenommen hatte? Ja, seit dem letzten Sommer hatte er sich verändert, er war nicht nur in die Höhe geschossen, sondern auch kantiger geworden, die Gesichtszüge markig, sein Lächeln selbstbewusst. Auch sein Gang war sicherer geworden, er hielt den Kopf stolz erhoben wie ein junger Gott, der sich seines perfekten Körpers bewusst ist – und der Wirkung, die er auf Mädchen hat.

Im letzten halben Jahr hatte Pascal nicht mehr viel Zeit zu Hause verbracht. Nach der Schule machte er sich über den Imbiss her, den sie zubereitet hatte, und war auch schon wieder weg – zu Treffen mit Freunden am Strand. Wenn er auf seinem Moped losfuhr und sie im Pool ihre Bahnen schwamm, musste sie immer öfter an ihn denken. Wie wohl seine Nachmittage aussahen, mit wem er sich traf, mit wem er womöglich flirtete? Sie beneidete ihn um ausgelassene Ballspiele, das Schwimmen im Meer, stellte sich vor, wie er sich in die Brandung stürzte, herumalberte und sich vielleicht in eine Schulkameradin verliebte. Sie beneidete ihn, denn im wunderschönen Haus von Madame Berger gab es wenig zu tun, und oft fühlte sie sich einsam. Von Köln aus war es weit zum Meer, einen Pool gab es genauso wenig wie Zitronen- und Orangenhaine: Aber da war das Rheinufer und der Fühlinger See, da waren ihre Freunde, und sie war mittendrin und eine von ihnen.

Langsam stieg sie zu ihm in den Pool. Er ließ sie nicht aus den Augen, und als sie bei ihm war, ließ er seinen Körper ins Wasser sinken, und sie tat es ihm nach, bis ihnen das Wasser bis zum Kinn stand. Dann tauchten sie gleichzeitig unter, hielten dabei die Augen geöffnet – nur für den Fall, dass der andere schummelte. Er lächelte immer noch, aber jetzt lag in seinem Lächeln eine Unsicherheit, oder war es eine Frage? Dann ließen seine Augen die ihren los und wanderten über ihren Körper, während seine blonden Haare sein Gesicht umspielten. Unwillkürlich schaute auch Natalie auf seinen Körper, auf die breiten Schultern und die muskulösen Arme, mit denen er sich elegant unter Wasser hielt und die sie inmitten eines Strudels aus feinen Luftperlen zu sich heranzuwinken schienen. Nein, dachte sie. Das darf ich nicht. Entschlossen drückte sie sich vom Boden ab und tauchte auf. Eine Sekunde später war auch er wieder an der Oberfläche.

»Was ist los?«

»Alles okay«, rief sie ihm zu und kraulte hastig zum Beckenrand. Als sie aus dem Becken stieg, befürchtete sie schon, er würde ihr folgen. Aber er blieb im Wasser, sah ihr zu, wie sie sich im Gehen abtrocknete und zum Haus rannte. Sie verschanzte sich in ihrem Zimmer im Souterrain, ging auf und ab, versuchte, den Gefühlssturm in ihrem Inneren zu bezwingen, aber es gelang ihr nicht. Als sie nach einer halben Stunde die Tür öffnete, erschrak sie. Er stand davor, inzwischen trug er eine Jeans, ihr Blick fiel auf das braungebrannte Sixpack. Sie zwang sich, ihm nicht in die Augen zu sehen, und spürte, wie die Röte ihr ins Gesicht schoss und sie sich seinem intensiven Blick nicht mehr entziehen konnte. Er trat auf sie zu.

»Pascal. Das geht nicht«, sagte Natalie und wich einen Schritt zurück.

»*Je t'adore*, Natalie.« Aus seinem Mund klang ihr Name ganz weich, es war fast wie ein Streicheln mit Worten.

Sie sah zu Boden. »Das … das ist einfach lächerlich«, flüsterte sie.

»Was ist denn daran lächerlich, sich zu verlieben?«

»Du bist sechzehn!«

»Fast siebzehn.«

»Und ich bin dein Au-pair! Pascal, ich soll dir Deutsch beibringen, aber doch nicht … Deine Mutter wäre außer sich, sie hat mich als eine Art Nanny für dich eingestellt!«

Er musste lachen: »Wie niedlich: Du bist also meine Nanny? *Das* ist lächerlich! Wir sind fast gleich alt. Und du bist vieles für mich, aber ganz sicher nicht meine Nanny, Natalie.« Diese Zärtlichkeit, mit der er ihren Namen aussprach. Das hatte so gar nichts Forderndes, in seiner Stimme klang nichts als Sehnsucht nach Nähe. Wieder verfingen sich ihre Blicke, und als er jetzt noch einmal einen Schritt auf sie zumachte, blieb sie stehen.

»Du bist so wunderschön, Natalie! Und wenn wir zusammen sind, bin ich einfach nur glücklich.« Er griff nach ihrer linken Hand, umfasste sie wie einen Schatz. »Wenn wir uns zufällig berühren, geht es mir durch und durch.« Er zog ihre Hand sanft an seine Brust. »Und wenn wir nicht zusammen sind, muss ich immer an dich denken.«

Durch ihre Hand auf seiner nackten Brust spürte sie das Vibrieren seiner Stimme und seinen Herzschlag. Sein Herz klopfte schnell, so schnell wie ihr eigenes. »Geht es dir auch so?«, flüsterte er, und sie nickte, sah in seine Augen und hatte das Gefühl, dass die Zeit stehenblieb. Sie wollte in diese meerblauen Augen eintauchen, für immer. Als er jetzt sanft ihre Taille umfasste und sie an sich zog, spürte sie die Wärme seines Körpers, und ein Schwarm Schmetterlinge flatterte in ihrem Bauch. Ihr wurde schwindlig.

»Aber deine Mutter …«

»Vergiss *Maman*.«

12 Jahre später

Salomé

Luziers, Sonntagabend

»Sie wandern mit einem Esel?«, fragte die Deutsche, die ihr gegenübersaß.

»Ja, natürlich«, sagte Natalie. »Wie wir alle hier, nicht wahr?«

Die Frau lachte, sah zu ihrem Mann, der schnell etwas auf Französisch in die Runde nuschelte, wovon Natalie nur »âne«, Esel, mitbekam. Sie spürte, wie plötzlich alle Gäste in der kleinen Herberge im südfranzösischen Örtchen Luziers sie interessiert und amüsiert anschauten. ›Wandert denn keiner hier mit einem Esel?‹, dachte Natalie. Offenbar hatte sie laut gedacht, denn die Deutsche übersetzte ihre Frage ins Französische, und es brach allgemeine Heiterkeit aus.

»*Non, non*«, sagte ein braungebrannter Mittvierziger im karierten Wanderhemd, nippte an seinem Rotwein und wischte sich eine Lachträne aus dem Auge. »*Nous ne sommes pas malades, n'est-ce pas?*«

»Wir sind ja nicht verrückt«, übersetzte die Deutsche und zwinkerte ihr zu.

»Danke sehr, aber Sie brauchen nicht zu übersetzen«, sagte Natalie auf Französisch, etwas schroffer als gewollt.

Vom Wandern mochte sie keine Ahnung haben, aber ihr Französisch war so gut, wie es nur sein konnte, schließlich war sie mit einem Franzosen verheiratet gewesen. Sie atmete einmal tief durch, sollten sie doch ihren Spaß haben. Dann griff sie ebenfalls zu ihrem Glas und nahm einen großen Schluck.

Der Mann neben ihr stellte sich als Gerome vor und reichte ihr die Käseplatte. Er war in ihrem eigenen Alter und ebenfalls allein. »Die meisten hier gehen den Stevenson-Weg. Sie auch?«

Sie nickte, erleichtert, in den Augen der anderen Cevennen-Wanderer mal etwas richtig zu machen.

»Und Sie gehen ihn solo?«

Natalie schnitt sich ein Stück vom Roquefort ab und nahm noch eine Scheibe Brot dazu. »Nein, wie gesagt, ich wandere mit einem Esel.«

Die anderen lachten wieder. »Ja«, sagte die Frau neben dem Mann im karierten Wanderhemd, »ich auch«, und stieß ihn mit dem Ellenbogen in die Seite.

»Aber im Ernst«, sagte ihr Nachbar, während er sich selbst vom Käse bediente, »Ihr Esel versteht sich nicht besonders gut auf Erste Hilfe, und telefonieren kann er auch nicht. Beim Wandern ist es sicherer, wenn man wenigstens zu zweit ist, falls mal etwas passiert. Ein verstauchter Knöchel, eine falsche Abzweigung …«

»Im Reiseführer stand, dass die Wege bestens ausgeschildert sind.«

»Ja, so heißt es. Stimmt aber nicht immer. Die meisten Touristen unterschätzen das Gebiet. Es ist riesig, man geht oft Stunden, bis man wieder auf Menschen trifft.«

Die Herbergswirtin brachte eine neue Karaffe Wein:

»Was soll denn das, Gerome? Willst du Madame Berger etwa Angst machen?«

»Was der junge Mann damit sagen will«, mischte sich die Deutsche gegenüber am Tisch wieder ein, »ohne Esel ist es leichter.«

»Wieso leichter?«, fragte Natalie. »Der Esel trägt immerhin das Gepäck. Man kommt doch viel besser voran, wenn man so leicht und unbeschwert wandert, oder nicht?«

Der Mittvierziger im Wanderhemd prostete ihr zu. »So sei es. Ihr Wort in Esels Ohr.« Die anderen lachten wieder. Na prima, dachte Natalie. Lauter Fachleute. Und alle würden sie hier schlafen und morgen früh von hier aus weiterwandern. Sie konnte sich schon aufs Frühstück freuen, da würde es sicher noch mehr gute Ratschläge und allgemeine Heiterkeit hageln.

Die Wirtin legte ihr eine Hand auf die Schulter: »Die sind alle nur neidisch«, raunte sie ihr auf Deutsch zu. »Sie haben sich richtig entschieden, und lassen Sie sich nicht Bange machen. Was der tuberkulosekranke Stevenson vor über hundert Jahren geschafft hat, das bewältigt so eine sportliche junge Frau wie Sie spielend.« Sie wechselte wieder ins Französische. »Morgen früh gehen wir auf die Weide und suchen Ihren Esel aus. Sie haben überhaupt Glück, dass Sie so kurzfristig noch einen bekommen konnten, die meisten sind schon weg. Aber Sie haben noch die Wahl zwischen Pistou und Salomé.«

»Nehmen Sie Pistou«, warf der Typ neben ihr ein. »Der ist menschenfreundlich und niedlich, sieht aus wie ein Zottelbär, läuft brav, genau richtig für eine Anfängerin.«

»Alle beide sind liebe und sehr erfahrene Wanderesel«, korrigierte die Wirtin ein bisschen ungehalten. Sie stemmte die Hände in die Hüften und wandte sich an ihren Nachbarn. »Und hörst du bitte auf, dich einzumischen, Gerome?« Dann beugte sie sich wieder zu Natalie, legte ihr die Hand auf die Schulter. »Beide Esel sind reserviert, die anderen Eselwanderer kommen morgen Abend an und wandern übermorgen los. Da Sie schon morgen loswandern, können Sie frei wählen.«

Die anderen sagten nichts, aber Natalie bemerkte, wie ein grauhaariges Ehepaar, das neben der Deutschen saß, amüsierte Blicke austauschte.

»Aber es ist schon so, dass Esel Herdentiere sind.« Dieser Gerome ließ nicht locker. »Je mehr Leute gemeinsam wandern, desto wohler fühlt sich der Esel. Am besten läuft er, wenn es eine ganze Gruppe von Wanderern und Eseln ist. Man sollte aber wirklich mindestens zu zweit sein. Wenn der Esel stehenbleibt, kann der eine ziehen, der andere schieben.«

Natalie wartete vergeblich darauf, dass die Gäste über den Scherz lachten – doch es war offensichtlich keiner gewesen. So langsam kam sie ins Grübeln. Vielleicht war es doch nicht so leicht, mit einem Esel durch die Cevennen zu ziehen? Vielleicht war etwas dran an dem Vorurteil des »sturen Esels«, und sie würde ihr blaues Wunder erleben, wenn sie sich allein mit dem Esel auf den Weg machte?

»Sie könnten sich jemandem anschließen«, schlug Gerome jetzt vor und deutete mit einem selbstbewussten Lächeln auf sich selbst. Seine Zähne leuchteten im tief gebräunten Gesicht mit Dreitagebart, die schwarzen, lockigen Haare wirkten komplett ungekämmt, aber es war alles so, wie es sein sollte. Ja, er sah unverschämt gut aus, ein bisschen wie Che Guevara, auf die bezwingendste

Art und Weise, die es gab: Er wusste es, aber es war ihm egal.

Das hatte ihr gerade noch gefehlt. Natalie griff wieder zum Glas und nahm zwei große Schlucke. Es passierte schon wieder, wie schon so oft seit Pascals Tod. Immer wieder Männer, die helfen wollten. Was stimmte denn nicht mit ihr, strahlte sie so viel Unsicherheit aus? Der Wein stieg ihr zu Kopf, und plötzlich hatte sie das Bedürfnis, richtigzustellen, dass sie keinen Babysitter brauchte. »Es ist ja auch nicht so, dass ich ganz allein gehe.« Sie straffte die Schultern, schaute in die Runde. »Wir sind durchaus eine Gruppe. Meine Tochter und meine Schwiegermutter gehen denselben Weg, nur sind die beiden mir immer eine Tagesetappe voraus.«

»Aber …«, Gerome, der Che-Guevara-Typ, sah sie fragend an. Natalie bemerkte, dass sein Blick auf ihre Hand wanderte, auf den Ehering, den sie noch immer trug. »Warum gehen Sie überhaupt getrennt? Und nicht gleich zusammen?«

Die Deutsche nickte lächelnd. »Der junge Mann hat schon recht. Nicht nur Esel sind Herdentiere …«

Natalie wurde es heiß. Sie griff wieder zum Glas, merkte, dass es bereits leer war, und stellte es wieder ab. Alle Augen richteten sich auf sie, alle am Tisch warteten neugierig auf die Erklärung. »Wir machen eine Art Safari«, log sie.

Sie starrte auf ihre Hände, drehte an ihrem Ehering und fühlte, dass Che Guevara ihr dabei zusah. Der Weinbauch durchbrach schließlich das Schweigen mit einem kleinen Rülpser. Er entschuldigte sich und fragte mit einem unschuldigen Lächeln, während er wieder zur Flasche griff:

»Eine Safari, so, so, sieh an, in den Cevennen ... welches Großwild jagen Sie denn, Madame? Ihre Schwiegermutter?« Er lachte wiehernd und steckte die anderen damit an. Nur ihr Nachbar schüttelte leicht den Kopf.

Natalie warf ihm einen dankbaren Blick zu und zwang sich, ruhig zu bleiben. Gut, sie war hier der Neuling, die Anfängerin, die Deutsche, aber jetzt reichte es auch mal. Langsam hob sie den Kopf, straffte ihre Schultern und sah gelangweilt durch den Witzbold hindurch, der sich mit der Serviette die Lachtränen aus den Augenwinkeln tupfte.

»Wenn Sie so wollen, Monsieur, durchaus.« Sie legte so viel Selbstbewusstsein wie möglich in ihre Stimme. »Safari ist vielleicht das falsche Wort. Es ist eher ein sportlicher Wettbewerb, eine Rallye.«

Die Deutsche beugte sich über den Tisch zu ihr. »Wissen Ihre Schwiegermutter und Ihre Tochter eigentlich, dass Sie ihnen folgen?«, fragte sie auf Deutsch. Natalie merkte, wie ihr das Blut ins Gesicht schoss. Hastig zog sie ihr Handy aus der Tasche, täuschte vor, eine Nachricht bekommen zu haben, murmelte eine Entschuldigung und erhob sich. Im Hinausgehen hörte sie noch, wie die Deutsche ihrem Mann »Helikoptermutter« zuraunte.

Um Punkt zehn Uhr wurde das Licht ausgemacht, man wünschte sich eine gute Nacht, und bald erklang aus verschiedenen Ecken sanftes Schnarchen. Natalie hatte aus Kostengründen die Unterbringung im Gemeinschaftsschlafsaal gebucht. Es war lange her, dass sie dieses Jugendherbergs-Gefühl von knarrenden Betten, nicht mehr ganz taufrischer Kleidung und ebensolcher Atemluft auf viel zu engem Raum gehabt hatte. Im Schein ihrer Taschenlampe las sie unter der Bettdecke in Stevensons Reisebericht und suchte die Stelle, an der er zu der Überzeugung gelangt war, dass ein Esel der beste Gefährte und Gepäckträger für seine Wanderung sei, viel besser als ein Pferd:

What I required was something cheap and small and hardy, and of a stolid and peaceful temper; and all these requisites pointed to a donkey.

Etwas, das billig, klein und zäh war und von phlegmatischem, friedfertigem Gemüt. Sie klappte das Buch zu, knipste die Taschenlampe aus und sah aus dem weit geöffneten Fenster zur Mondsichel hinaus, die schräg am sternenübersäten Nachthimmel stand. Diese erste Wiederbegegnung mit den Menschen in diesem Land, das sie so sehr liebte, war einigermaßen ernüchternd gewesen. Besserwisserei und Witze auf ihre Kosten, dazu wieder einmal ein Mann, der davon ausging, dass sie allein nicht überlebensfähig sei. Aber sie machte diese Wanderung ja nicht, um nette Leute kennenzulernen. Sie machte sie für Leonie. Ob sie wohl Heimweh hatte, besonders abends? Ob sie das abendliche Vorsingen vermisste? Schnell verdrängte Natalie die Mischung aus Sehnsucht und Sorge, die seit dem Abschied von Leonie drei Tage zuvor immer wieder in ihr hochkam und ihr jedes Mal fast den Atem nahm.

Verdammt, lass dich nicht hängen, sagte sie sich. Der erste Eselwandertag liegt heute schon hinter Leonie, sie hat viel erlebt, wird glücklich und erschöpft ins Bett gefallen sein und selig von ihrem Esel träumen. Natalie konzentrierte sich auf ihren Atem. Nach einer Weile nahm sie immer deutlicher das Zirpen der Grillen in dem kleinen Eichenwäldchen vor dem Haus wahr. Die Natur dort draußen wartete doch auf sie, und ihr sanftmütiger Esel würde sie zuverlässig auf den Spuren von Robert Louis Stevenson begleiten, auf »seinem« Wanderweg, den er vor über hundert Jahren in dem Buch ›Wanderung mit einem Esel in den Cevennen‹ beschrieben hatte. Und genauso, stellte sie sich vor, erginge es auch Leonie und Pierrette mit ihrem Esel. Doch dann musste sie wieder an die Unkenrufe der anderen Wanderer beim Abendessen denken und wünschte, ihre Schwiegermutter hätte diesen Reisebericht von Stevenson nie in die Finger bekommen. Denn damit hatte alles angefangen.

Pierrette hatte ihn verschlungen und war auf die Idee gekommen, es dem Schriftsteller nachzumachen: einmal mit dem Esel durch die Cevennen wandern. Diese spontane Begeisterungsfähigkeit, dazu gewaltige Unternehmungslust: Das hatte Pierrette ihrem Sohn vererbt – etwas, das Natalie neben vielem anderen so an Pascal geliebt hatte. Anders als bei ihrem Sohn war es aber Pierrettes Ding nicht, solche Sachen mit Freunden, also Leuten auf Augenhöhe zu machen. Nein, die Menschen, die sie um sich scharte, waren eher Follower als Freunde. Klar, dass sie außer dem Esel noch jemanden brauchte, der ihr auf dem Weg nachfolgte, jemanden, dem sie zeigen konnte, wo es langging. Nun war aber ihre aktuelle Wahl ausgerechnet auf ihre Enkeltochter gefallen. Natalie hatte von dem Plan erst durch Leonie erfahren: Pierrette hatte Leonie heimlich auf dem Handy angerufen, das sie ihr zum siebten Geburtstag geschenkt hatte. Und natürlich war Leonie außer sich vor Freude gewesen. Nicht dass sie ein besonderes Verhältnis zu ihrer Großmutter gehabt hätte, aber die Aussicht auf eine Eselwanderung: Das war für eine Siebenjährige der Himmel auf Erden!

»Wir wandern mit einem Esel, Mama! Und ich darf auf ihm reiten!«

In der Nacht nach Pierrettes Anruf hatte Natalie kein Auge zugemacht, ihre Gedanken hielten sie wach bis zum Morgengrauen. Leonie war schon so voller Vorfreude! Durfte sie da überhaupt Nein sagen? Und – konnte sie das überhaupt? Ihr Verhältnis zu Pierrette war distanziert, bis heute, und das nicht nur wegen der großen räumlichen Trennung. Einen offenen Konflikt hatte es noch nie gegeben, und Natalie war froh darüber, denn Pierrette hatte eine Art an sich, mit ihr zu reden, dass sie sich jedes Mal im Nu wieder wie das junge, schüchterne Au-pair von früher fühlte. Pierrette war eine Frau von Welt, freundlich und charmant, aber bei Konflikten wie eine Stahlfeder, und sie blieb für Natalie auch nach all den Jahren als Schwiegermutter immer ganz die Chefin. Lächerlich, aber so war es. Wenn Pascal noch lebte, er würde seine Mutter in ihre Schranken gewiesen haben. Er, der Sohn, konnte das, mühelos. Sie, die Schwiegertochter, konnte es nicht, hatte es nie gekonnt. Und jetzt war er nicht mehr da, und Pierrette nutzte das aus, hielt es noch nicht einmal für nötig, sie vorher zu fragen.

Am nächsten Morgen war Leonie noch vor Sonnenaufgang zu Natalie ins Bett gekrochen und hatte ihr mit unbändiger Vorfreude auf die Eselwanderung klargemacht, dass es kein Zurück geben konnte. Nein, Natalie konnte ihrer Tochter diese Freude auf keinen Fall nehmen, das wäre egoistisch und gemein von ihr. Umso mehr ärgerte sie sich über Pierrette, die rücksichtslos und ausschließlich auf ihren eigenen Vorteil bedacht den Plan an Natalie vorbei ausgeheckt hatte. Pierrette, die seit Pascals Beerdigung kaum mal bei ihr angerufen, geschweige denn irgendeinen Draht zu ihrer Enkeltochter hatte. Wirklich in Erscheinung getreten war sie für Leonie erst durch das Handy, das sie ihr ohne vorherige Rücksprache mit Natalie – natürlich ohne Rücksprache! – zum Geburtstag geschenkt hatte. Auch das war typisch Pierrette: So konnte sie bestimmen, wann und wie oft sie künftig mit ihrer Enkeltochter in Kontakt treten könnte. Seltsam nur, dass sie daran offenbar plötzlich ein Interesse hatte.

Als hätte Pierrette ihren Ärger gerochen, hatte sie am Nachmittag tatsächlich bei Natalie angerufen, ihr das »Projekt Eselwandern« erklärt, ihr die Vorzüge eines Großmutter-Enkelin-Bondings dargelegt und sie schließlich pro forma um Erlaubnis gebeten. Als hätte sie etwas auf Natalies Nein gegeben! Natalie hatte gefragt, ob Jacques mitkommen werde. Sie hoffte es, ahnte die Antwort aber schon. Der Lebensgefährte ihrer Schwiegermutter war einer der wenigen Menschen, der nicht nach ihrer Pfeife tanzte.

Pierrette lachte. »Jacques? Er hasst die Natur.«

»Du doch auch«, warf Natalie ein und hätte sich am liebsten gleich auf die Zunge gebissen.

»Ach, was«, überging Pierrette die Spitze. »Sagen wir, ich bin ein Stadtmensch. Die Natur und ich, wir stehen uns nicht nahe. Aber ich mache das ja nicht für mich, sondern für Leonie. Wie Sartre sagt: ›Kinder sind der Natur noch ganz nahe, sie sind die Vettern von Wind und Meer.‹«

»Jacques fände das doch vielleicht auch schön, die gemeinsame Naturerfahrung mit Leonie.« Noch ein Versuch, zu verhindern, dass Pierrette allein mit Leonie unterwegs sein würde. »Hast du ihn überhaupt mal gefragt, ob er mitwandern möchte?«

»Nein, und das werde ich auch nicht«, sagte Pierrette. »Es geht mir um Qualitätszeit mit meiner Enkeltochter, da stört ein Dritter nur.«

»Weißt du, Pierrette, ich bin dir ja dankbar, dass du Leonie einen Urlaub bieten möchtest. Aber kannst du dir vorstellen, dass ich mir die ganze Zeit Sorgen machen würde? Was, wenn Leonie Heimweh bekommt? Sie war noch nie alleine weg, und sie kennt dich kaum. Und dann: dieses riesige Waldgebiet. Ich fände es wirklich beruhigend, wenn ihr wenigstens zu zweit wärt …«

»Sind wir doch, Leonie und ich.«

»Ich meine, zwei Erwachsene. Stell dir vor, du brichst dir ein Bein: Wie soll Leonie da Hilfe holen?«

»Du liebe Zeit, es gibt Handys. Und es sind die Cevennen, meine Liebe, nicht der Amazonas-Regenwald. Wer sich Sorgen macht, gibt seinen Sorgen Macht, meine Liebe. Daran solltest du mal arbeiten. Überlass deine Tochter getrost der Fürsorge ihrer *Grandmère*. Ich verspreche dir, du kriegst sie wohlbehalten und an einem Stück zurück.«

An einem Stück. Natalie war der Schweiß ausgebrochen. Das Wort Fürsorge in Verbindung mit Pierrette war ein schlechter Witz. Pascal hatte ihr so viele Geschichten aus seiner Kindheit erzählt, die allenfalls nur im Nachhinein lustig waren, wenn man wusste, dass sie gut ausgegangen waren – was in keinem einzigen Fall der mütterlichen Fürsorge Pierrettes zu verdanken gewesen war.

»Ich komme mit!« Es war der einzige Ausweg, das wusste sie plötzlich. Schadensbegrenzung. Dann würde sie eben mitkommen und aufpassen, dass Leonie nichts passierte.

Doch davon hatte Pierrette partout nichts wissen wollen. »Auf keinen Fall! Das ist unser Ding. Wie gesagt, ein Dritter stört nur. Such du dir schön dein eigenes Urlaubsprojekt, und dann entspann dich mal.«

Natalie hatte noch zweimal angerufen und versucht, Pierrette umzustimmen. Ohne Erfolg. Pierrette war nicht zur Führungskraft einer in ganz Frankreich operierenden, US-amerikanischen Immobilienagentur geworden, weil sie leicht umzustimmen war oder sich den Wünschen anderer unterordnete. Und Leonie hatte sich jeden Tag mehr auf die Eselwanderung gefreut, so dass Natalie sich schließlich mit der Aussicht auf eine scheußliche, angsterfüllte Zeit abfand. Je näher der Termin von Leonies Abreise rückte, desto häufiger quälten sie Albträume, zum Einschlafen brauchte sie zuletzt mindestens zwei Gläser Rosé, die sie freudlos, wie Medizin, schluckte. Während sie sich tagsüber nichts anmerken ließ, wurden die Sorgen in der Nacht übermächtig. Doch dann, als sie für Leonie einen Rucksack für die Wanderung kaufte, war ihr auf einmal die rettende Idee gekommen: Was, wenn sie den beiden einfach in einer gewissen Entfernung nachreiste? Pierrette und Leonie würden davon gar nichts mitbekommen, und sie selbst hätte ihren Seelenfrieden! Sofort hatte sie sich besser gefühlt, und als sie Leonie schließlich der Obhut der freundlichen Zugbegleiterin des Thalys nach Paris überantwortete, wo Pierrette ihre Enkelin in Empfang nehmen würde, war schon alles organisiert für das ›eigene Urlaubsprojekt‹, das Pierrette ihr empfohlen hatte.

In der Ferne bellte ein Hund. Natalie drehte sich auf die Seite, zog die Decke bis zum Kinn und schloss die Augen. Sofort überkamen sie wieder die Erinnerungen. Pascal, wie er für Leonie abends nach dem Zähneputzen immer lustige Lieder sang, vor allem das Lied ›*Un éléphant qui se balançait*‹, vom Elefanten, der in der Hängematte schaukelte. *Ba-doum, ba-doum, badoum-badoum-badoum.* In ihrer Erinnerung sangen Pascal und Leonie den Refrain ausgelassen im Duett, während er sie ins Kinderzimmer trug, mit schweren Schritten wie ein Elefant stampfte und sie in seinen starken Armen wiegte. Ein Elefant nach dem anderen gesellte sich in die Hängematte und schaukelte mit, bis beim sechsten Elefanten das Netz der Hängematte riss und alle auf die Erde purzelten. Das war der heiß ersehnte Moment, in dem Leonies Papa sie – *pa-daboum!* – mit Schwung in die Daunen warf und Leonie vor Begeisterung hell aufquiekte. Danach gab er ihr einen Gutenachtkuss auf die Nasenspitze, und es war Zeit für das Kuscheln mit Mama und für die Gutenachtgeschichte, die sie Leonie vorlas, während Pascal schon in die Küche ging, ihren Lieblingsrosé aus der Provence entkorkte und einen Teller mit Obst, Käse und Baguette vorbereitete. Dieses Gefühl von Vorfreude, wenn sie der schlafenden Leonie noch einmal über die Haare strich, das Nachtlicht anknipste und leise zu Pascal in die Küche ging. Sie würden Kerzen anzünden, ihre Lieblingsmusik hören, den Tag Revue passieren lassen, lachen, essen und trinken, und immer mehr würden seine Blicke zu Umarmungen werden, seine Worte sie streicheln. Und sie beide wussten, die Nacht gehörte nun ihnen.

Natalie öffnete die Augen. Stopp! Dieses Abtauchen in Erinnerungen vor dem Einschlafen musste jetzt aufhören, es tat zu weh. Sie griff zu dem Mantra, das ihre Therapeutin ihr mitgegeben hatte: Das Leben wird vorwärts gelebt! Ja, an das Hier und Jetzt denken. Sie war in Frankreich, in einem Gemeinschaftsschlafsaal, irgendwo da draußen auf der Weide wartete schon ihr Esel, der sie auf ihrer Wanderung in den Cevennen begleiten würde. Auf den Spuren ihrer Leonie, nie weiter als ein paar Kilometer von ihr entfernt. Pierrette und Leonie würden davon nie etwas erfahren. Nur: Wenn etwas schiefginge, wäre sie im Nu da. Damit wäre doch allen gedient? Sie würde ihr kleines Mädchen beschützen. Pierrette mochte eine clevere Geschäftsfrau sein, aber sie war im Umgang mit Kindern aus der Übung und alles andere als ein Naturtalent. Gewandert war sie noch nie, erst recht nicht mit einem Esel. In Pierrettes Lebenswelt beschränkten sich Naturbegegnungen aufs Spa, Tiere interessierten sie nur in der Frage der richtigen Zubereitung. Und eine Frau wie Pierrette, die stolz auf ihre stählerne Gesundheit war und damit prahlte, nie eine Reise-Apotheke mitzunehmen, hatte wahrscheinlich kaum mehr Kenntnis in Erster Hilfe als der Esel. Aber Natalie würde für ihre Tochter da sein.

Bevor sie sich weiter ärgerte, nicht einschlafen zu können, griff Natalie nach ihrem Handy, wie schon hundert Mal an diesem Tag. Von Leonie war nichts gekommen heute, und wenn Natalie sie anrief, antwortete stets die Mailbox. Pierrette hatte ihr immerhin zwei Emojis geschickt: einen Esel und einen hochgereckten Daumen. Natalie hatte sofort geantwortet: *Schickt doch mal ein Foto von Leonie und dem Esel, bitte!* Vergeblich. Natalie schlug die Bettdecke zurück und schlich sich leise aus dem Zimmer für einen letzten Anrufversuch. Draußen auf dem Flur wählte sie Pierrettes Nummer und hielt gespannt die Luft an, bis sich doch wieder nur die Mailbox meldete. Auf Zehenspitzen schlich sie ins Gemeinschaftszimmer zurück, kramte im Rucksack nach der kleinen Flasche Rosé, die sie für genau diesen Fall eingepackt hatte, und trank sie in einem Zug leer.

Früh am Montagmorgen folgte Natalie mit leichten Kopfschmerzen der Herbergswirtin Céline zur Eselweide. Obwohl die Sonne gerade erst aufgegangen war, schnarrten die Zikaden schon in den Bäumen, die ersten Mücken griffen an. Es würde heiß werden. Natalie merkte, dass ihre Knie weich waren. Jetzt wurde es ernst. Von Weitem schon sah sie ein Paar langer, spitzer Ohren, dann das zweite, ebenfalls erwartungsvoll nach vorn gerichtet. Natalie blieb stehen, um das Bild, das sich ihr bot, aufzunehmen – und Mut zu sammeln. Diese Esel waren groß. Viel größer, als sie erwartet hatte. Würde sie es schaffen, sich bei einem dieser Esel durchzusetzen? Oder würde der Esel eher mit ihr wandern, sie durch die Gegend zerren, wie er wollte?

Céline bemerkte Natalies Zögern und winkte sie herbei. »Komm nur, die beißen nicht!«

Natalie erschrak. Beißen? Daran hatte sie noch gar nicht gedacht. Sie musste an das alte Sprichwort über Pferde denken: Vorne beißen sie, hinten treten sie, und in der Mitte sind sie glatt.

»Wie ist es mit Austreten?«, fragte sie, während sie zögernd ein paar Schritte auf die beiden Esel zumachte. Schön sahen sie aus, wie riesige Plüsch-Esel, der eine beige, der andere schokoladenbraun, mit großen, schwarzen Augen, umkränzt von hellem Fell. Die noch immer neugierig nach vorn gerichteten Ohren waren entzückend: flauschig und richtig hübsch. Natalie streckte die Hand aus und strich dem beigebraunen Esel vorsichtig über die Stirn.

»Das ist Salomé«, sagte Céline. »Sie mag nicht jeden, aber wenn sie dich ins Herz schließt und dir vertraut, dann ist sie ein echter Kumpel.«

»Und wenn sie mich nicht mag?«

Céline lachte nur. »Streichle jetzt mal Pistou, bitte.«

Natalie wandte sich dem schokoladenbraunen Esel zu. Er war etwas größer und zotteliger als Salomé.

»Man sieht es den beiden nicht unbedingt an«, erklärte Céline, »aber sie sind verwandt. Salomé ist die Mutter von Pistou. Der Vater von Pistou ist ein Poitou-Esel, deshalb ist er so groß, zottelig und dunkelbraun. Er geht seit letztem Jahr in die Berge. Er ist sehr verschmust, aber nicht so erfahren wie Salomé, und hat auch noch ein bisschen Flausen im Kopf.«

Natalie streichelte Pistou über die Stirn. Auch er schien es zu mögen. Plötzlich aber warf er den Kopf zur Seite, um Salomés gebleckten Zähnen auszuweichen. Er machte ein paar schnelle Schritte weg von ihr und blieb in sicherem Abstand stehen. Die Eselin stand jetzt wieder vor Natalie, stupste mit ihrem Maul Natalies Hand.

»Sehr gut«, sagte Céline. »Wenn sie so bestimmt reagiert, wenn sie sogar eifersüchtig ist und Pistou verscheucht, dann ist die Sache klar. Salomé hat sich für dich entschieden.«

»Ich dachte, ich suche meinen Esel aus?« Natalie war etwas irritiert, doch in dem Moment stupste Salomé sie erneut an, und irgendwie fand Natalie schon etwas Gefallen an dieser Art, Kontakt aufzunehmen. Andererseits, ihr Sohn schien sanfter zu sein, nicht so dominant. Er war zwar größer, aber trotzdem, mit ihm würde sie wahrscheinlich leichter fertigwerden.

»Nun ja, letztlich ist es deine Entscheidung.« Céline wiegte den Kopf. »Aber es ist gut, wenn du auf den Instinkt des Esels vertraust, glaub mir. Die Esel kennen sich aus. Du hast noch nie in deinem Leben einen Esel ausgewählt, aber die Esel suchen sich alle ein, zwei Wochen einen neuen Menschen für die Wanderung. Du hättest nichts davon, wenn es nicht harmoniert zwischen euch. Ihr seid tagelang aufeinander angewiesen, eine Mini-Herde. Sympathie ist die Basis. Und Vertrauen, aber das müsst ihr natürlich erst aufbauen.« Céline öffnete das Gatter der Weide, legte Salomé ein Halfter um, führte die Eselin zu einem kleinen Schuppen neben der Eselweide und band sie dort an. Dann verschwand sie und kam mit einem sattelähnlichen Gebilde wieder heraus, mit sich oben überkreuzenden, hölzernen Halterungen, an denen rechts und links zwei große Gepäcktaschen aus Sackleinen befestigt waren. »Das ist der Croisillon, das hölzerne Joch, das die Satteltaschen auf beiden Seiten hält«, erklärte sie. Sie legte den Packsattel auf einen Holzstapel und drückte Natalie Striegel und Bürste in die Hand. »Zuerst müssen wir die Sattellage schön sauber und glatt striegeln. Hast du das schon mal gemacht?«

Natalie nickte und begann, Salomé sanft das beigebraune, weiche Fell zu striegeln. »Bei Pferden.«

»Sehr gut.« Céline striegelte Salomé auf der anderen Seite. »Salomé ist freundlich und kooperativ, aber du musst ihr schon auch zeigen, wo es langgeht«, erklärte sie. »Das ist bei allen Eseln so. Sie müssen das Gefühl haben, dass sie dir vertrauen und sich auf dich verlassen können. Und sie dürfen nicht den Eindruck bekommen, dass sie mit dir machen können, was sie wollen.«

»Sonst passiert was?«, fragte Natalie.

Céline zuckte mit den Schultern und zog lächelnd die Augenbrauen hoch. »Dann ist Salomé die Bestimmerin.«

»Wäre das so schlimm?«

Céline kratzte Salomé die Hufe auf ihrer Seite aus. »Na ja, was heißt schlimm? Es ist einfach nicht ideal, wenn man ein Tagespensum hat und abends die Gîte erreichen will. Salomé übernachtet sowieso im Freien, ihr macht das nichts aus. Dir wäre aber sicher ein Bett am Abend lieber, oder?« Sie überreichte Natalie den Hufkratzer. »Aber du kennst dich ja mit Pferden aus. Esel sind ähnlich, nur besser. Nicht so kapriziös. Klüger, selbstständiger. Sie lassen sich zu nichts zwingen. Sie übereilen nichts. Erst denken, dann handeln, das ist ihr Motto. Sie wissen, was gut für sie ist. Aber du wirst schon sehen. Es wird klappen mit euch beiden. Sie mag dich, das ist das Wichtigste.« Céline schaute sich um. »Wo ist dein Gepäck?«

Natalie erschrak. »Wieso? Noch in der Herberge. Ich dachte, wir machen zuerst eine Übungstour?«

Céline lächelte bedauernd. »Normalerweise ja, aber du hast ja gesagt, dass du heute schon die erste Etappe gehen willst. Dann solltet ihr rasch aufbrechen, sonst erreicht ihr die Herberge nicht rechtzeitig.« Céline sah Natalie prüfend an. »Vorschlag: Ich begleite euch das erste Stück, einverstanden?«

Erleichtert nickte Natalie, dann holte sie ihren Rucksack aus der Herberge. Céline gab ihr zwei stabile Plastiksäcke, in die Natalie den Inhalt ihres Rucksacks gleichmäßig verteilte. Als sie fertig damit war, stopfte Céline die gefüllten Plastiksäcke rechts und links in die großen Satteltaschen. Oben auf dem Tragegestell war ein weiterer, kleiner Sack befestigt, der Salomés Ausstattung enthielt: Striegel, Hufkratzer, ein paar Möhren und altbackenes Baguette.

»Die Möhren und das Brot sind wie Bonbons, gib ihr etwas davon, wenn du Pause machst, nicht zwischendurch. Und lock sie nicht damit, wenn sie stehenbleiben sollte, das geht nicht lange gut. Belohnen ist gut, Locken ist kontraproduktiv. Überhaupt: Lass sie, gerade am Anfang, zwischendurch nicht zu viel fressen. Wenn es bergab geht und sie zu schnell wird und droht, dich über den Haufen zu rennen, nimm den Führstrick und lass ihn kreisen, als wolltest du ein Lasso werfen, vor ihrem Kopf, dann wird sie erschrecken und zurückweichen.«

»Und wenn sie stehenbleibt?«

Céline zuckte die Schultern. »Das ist normal. Irgendwann ist sie bereit für den nächsten Schritt, und es geht weiter. Klopf ihr sanft aufs Hinterteil, oder zieh vorne. Hinten schieben bringt oft mehr als vorne ziehen. Manchmal hilft es auch, wenn man einmal im Kreis geht. Zur Not machst du halt Pause und kochst dir einen Kaffee. Hast du einen Gaskocher dabei?«

»Nein!« Natalie schwirrte der Kopf. Auf was hatte sie sich da eingelassen! Das waren ja herrliche Aussichten: vom Esel bergab überrannt zu werden oder warten und Kaffee kochen, weil das Tier noch darüber nachgrübelte, ob es bereit für seinen nächsten Schritt war. Doch dann übergab Céline ihr den Führstrick, und ein kleines Wunder passierte: Salomé spitzte die langen Ohren und setzte sich in Bewegung. Die Eselstute war offensichtlich bereit für eine neue Wanderung. Natalie streichelte ihr im Gehen über den Hals.

Es ging los, es ging tatsächlich los! Die Eselin tippelte

ganz normal neben ihr her, es fühlte sich harmonisch an. Nun war sie tatsächlich mit einem Esel unterwegs in den Cevennen, auf den Spuren eines berühmten englischen Schriftstellers – und auf den Spuren ihrer Leonie. Natalie stellte sich vor, wie Leonie jetzt gerade, nur wenige Kilometer von ihr entfernt, auf ihrem Esel ritt, fröhlich und pausenlos schwatzend, wie sie es immer tat, wenn sie aufgeregt und begeistert war, die Morgensonne in den blonden Locken.

Ja, es war das Richtige, ihr diese Reise zu erlauben. Denn es war ein großer Fehler gewesen, ihr das Reiten zu verbieten. Aber Natalie hatte nicht anders gekonnt. Sie hatte ihre Angst nicht mehr ertragen, jedes Mal, wenn Leonie zum Reitstall ging. Natürlich wusste sie auch damals schon, dass es falsch war, Leonie ihr liebstes Hobby zu nehmen. Ihr Kinderzimmer war gepflastert mit Pferdepostern. Ihre beste Freundin und sie waren jeden Tag zum Pferdestall gegangen. Aber Natalie hatte ihre Angst vor einem Unfall nicht ausgehalten. Pascals Tod hatte ihr den Boden unter den Füßen weggezogen. Sie musste dafür sorgen, dass es Leonie gutging, dieser Gedanke allein hatte sie in der Zeit nach Pascals Unfall aufrechterhalten. Sie musste für Leonie weiter funktionieren. Es hatte gutgetan, dieses Müssen. Aufstehen und Frühstück machen müssen für sie, reden, spielen, lachen müssen mit ihr. Die Wohnung in Ordnung halten müssen für sie, auf sie aufpassen müssen. Doch Letzteres hatte sich irgendwann verselbstständigt. Natalie wusste, dass es nicht gesund war, weder für sie noch für ihre Tochter. Sie durfte Leonie nicht mit ihrer Angst anstecken. Sie musste ihr Halt geben und ihr Vertrauen ins Leben vermitteln, trotz allem, was passiert war.

Doch Natalie hatte selbst gemerkt, dass es ihr immer weniger gelang. Es war keine Frage des Wollens gewesen. Die Angst ließ sich von der Vernunft nicht vertreiben. Ihre Ärztin bescheinigte ihr eine generalisierte Angststörung. Das wiederum war ja nun wirklich übertrieben. Was war an dieser Angst generalisiert? Sie hatte doch nur Angst um Leonie, einzig und allein um sie. Sie hatte einfach Angst, nach ihrem Mann auch noch ihre Tochter zu verlieren. War das nicht normal? Immerhin machte die Therapeutin ihr klar, dass es unmöglich sei, auf Dauer alle Gefahr von ihr fernhalten zu wollen. Sie sorgte dafür, dass sie Leonie das Reiten nicht für alle Zeiten verbot. Ein Vierteljahr, das war der Deal gewesen. Ein Vierteljahr Pferdepause, in dem Natalie mit der Therapeutin daran arbeiten würde, ihre Überbesorgtheit in den Griff zu bekommen. Und mitten in diese Situation hinein war Pierrette mit ihrem Lockesel geplatzt. Als hätte sie es geahnt.

Während Natalie vor sich hin sinnierte, registrierte sie plötzlich, dass die Eselin und sie im Gleichschritt marschierten. Es fühlte sich gut an, richtig gut, und zum ersten Mal seit langer Zeit spürte sie wieder so etwas wie Leichtigkeit. Vielleicht war alles gar nicht so schlimm. Sie würde das packen. Die Eselstute schien gutmütig und willig zu sein, sie lief und lief, sanft klackerten die Hufe auf dem Pflaster. Der Kopf der Eselin war auf Höhe ihrer Schultern und nickte ruhig und gleichmäßig im Takt der Schritte.

Da fiel Natalie auf, dass Céline nicht mehr da war. Sie blieb stehen und hielt nach ihr Ausschau. Salomé blieb ebenfalls stehen und blickte zurück zur Herberge. In der Ferne stand Pistou am Zaun. Da holte Salomé Luft, streckte den Kopf und ließ ein »Iihh-Aahh!« hören, das so laut war, dass es Natalie durch Mark und Bein ging. Es klang nicht wie ein tierischer Ruf, wie das Bellen eines Hundes oder das Meckern einer Ziege, wie eine bewusste tierische Lautäußerung, sondern eher wie eine Naturgewalt, ein lautstarkes Ein- und Ausatmen, das den ganzen Esel erfasste und erbeben ließ. Maul und Augen weit aufgerissen, atmete sie beim »Iihh« tief ein und sofort wieder aus, voller Sehnsucht, beim langgezogenen »Aahh«. Der Antwortschrei von ihrem zurückgelassenen Sohn auf der Weide kam prompt.

Natalie musste lachen. Dafür, dass sie Pistou eben auf der Weide noch eifersüchtig weggebissen hatte, trug Salomé reichlich dick auf. Schließlich beendete die Eselin ihr Schreien, senkte den Kopf und pflückte mit dem Maul eine Löwenzahnblüte vom Wegesrand. Na prima, dachte Natalie, sich an Célines Warnung erinnernd, ihre Eselin nicht fressen zu lassen. Sie wickelte den Strick um ihr Handgelenk und zog kräftig daran.

»Komm, Salomé!«

Die Eselin bewegte sich nicht.

»Das solltest du lieber nicht tun.« Céline stand plötzlich wieder neben ihr, sie hielt einen kleinen Beutel in der Hand. »Wickle den Strick nie ums Handgelenk, sonst kannst du nicht schnell genug loslassen, wenn Salomé zum Beispiel plötzlich losrennt. Dann hängst du dran und wirst mitgeschleift.«

»Na ja, die Gefahr, dass sie losrennt, ist wohl eher minimal.« Natalie sah Céline frustriert an. »Ich kriege sie nicht vom Fleck! Hast du nicht gehört, wie sie eben nach Pistou geschrien hat? Sie will ihn nicht zurücklassen.«

Céline machte eine wegwerfende Handbewegung. »Sie

hängen aneinander. Das ist normal, es sind Herdentiere. Und die beiden haben noch mal eine besondere Bindung. Aber sobald ihr außer Sicht- und Hörweite von Pistou seid, ist alles gut, dann hat sie die Trennung verwunden. Sie stopfte den kleinen Beutel in die linke Satteltasche. »Hier, ich habe dir noch einen kleinen Gaskocher eingepackt und Nescafé. Eine gute Wanderung wünsche ich euch beiden!«

Natalie bedankte sich, dann schnalzte sie mit der Zunge und zog leicht am Führstrick. Céline gab Salomé einen aufmunternden Klaps auf die Kruppe, und die Eselstute bewegte sich wirklich einen Schritt, dann zwei vorwärts, und dann war es, als wäre im Inneren ein kleiner Motor angesprungen, und die zierlichen Hufe klapperten wieder über den Asphalt. Natalie drehte sich im Gehen noch einmal um und winkte Céline zu.

Na also, es ging doch. Salomé lief wieder weiter, das Tempo gefiel Natalie. Es war langsamer, als es ihr eigenes Tempo gewesen wäre, aber so kam sie bei der Hitze hier wenigstens nicht außer Atem. Sie nahm den Strohhut, den sie auf das hölzerne Joch des Packsattels gelegt hatte, und setzte ihn auf. Doch hinter der nächsten Wegbiegung stoppte Salomé aus heiterem Himmel mitten auf der Straße. Natalie zog am Strick. Das Einzige, was passierte, war, dass Salomés Hals länger und länger wurde, aber ihre Hufe schienen auf dem Asphalt festzukleben. Natalie klopfte der Eselin, wie Céline es getan hatte, aufmunternd auf die Kruppe. *»Allez, Salomé!«* Ein Auto näherte sich, bremste ab und umkurvte sie im Schritttempo. Das Seitenfenster wurde heruntergelassen, Natalie sah die grinsenden Gesichter von Fahrer und Beifahrer. Offensichtlich war der Anblick von Touristen, die entnervt versuchten, ihre Esel vom Fleck zu bekommen, für die Autofahrer hier in der Region immer wieder erheiternd.

»Soll ich anschieben?!«, rief der Fahrer ihr im Vorbeifahren zu. »Das wirkt Wunder!«

Haha, dachte Natalie, während sie sich zu einem Lächeln zwang, den Kopf schüttelte und wartete, bis das Auto außer Sichtweite war. Dann zog sie wieder mit aller Kraft. Irgendwann musste dem Esel das Tauziehen doch zu unbequem werden. Es vergingen Minuten. Warum hatte sie bloß angenommen, dass Esel, die für Wanderungen vermietet wurden – und das gar nicht mal so billig –, besondere Esel seien? Besonders im Sinn von lieb und folgsam, gut trainiert, erzogen und gezüchtet auf ihren speziellen Job hin? Dass sie den Weg quasi von allein liefen, als Gepäckträger vom Dienst? Warum tat dieses Tier so, als würde etwas schier Unzumutbares von ihm verlangt? Da fiel ihr wieder ein, was Céline über Salomé und Pistou gesagt hatte. Die Eselin war nicht bockig. Es war die Trennung von ihrem Sohn, die ihr schwerfiel! Natalie hörte auf, am Strick zu ziehen, ging zu Salomé und streichelte ihr über die Stirn. »Ich weiß, wie du dich fühlst«, murmelte sie.

Plötzlich tippelte Salomé wieder weiter. Natalie war so überrascht, dass sie ihr nur hinterherschaute. Nach ein paar Metern blieb die Eselin stehen und wandte den Kopf, als wollte sie fragen: Kommst du nun?

Pistou

Auf dem Weg nach Luziers, Montagmorgen

Sie saßen in der historischen Dampf-Eisenbahn, die für Touristen zwischen Saint-Jean-du-Gard und Anduze verkehrte, und spielten Uno. »Du hast nicht ›letzte Karte‹ gesagt!«, ermahnte Pierrette ihre Enkeltochter. Sie legte die Karten beiseite und sah Leonie streng an. »Na so was, *ma chérie*, sag mal, du schummelst ja!«

»Tu ich nicht!«, rief Leonie und schüttelte den Kopf, dass die blonden Locken nur so herumwirbelten. Pierrette gab ihr noch eine Karte vom Stapel. »Aber ja, das tust du, junges Fräulein, kein Pardon. Dafür musst du noch eine Karte nehmen, hier!«

Leonie verschränkte trotzig die Arme vor der Brust, dann nahm sie die Karte doch an, blickte zum Kartenstapel, jubelte auf und legte die soeben genommene Karte gleich wieder ab. »Letzte Karte!«

Pierrette seufzte in gespieltem Ärger und legte eine Karte ab. Leonie kreischte vor Freude auf, als sie sah, dass ihre letzte Karte zu der von Pierrette abgelegten passte. Sie legte sie, ihren Triumph voll auskostend, ganz langsam auf den Stapel, dann klatschte sie in die Hände und sprang dabei ein paarmal in die Luft.

»Ich hab gewonnen, ich hab gewonnen!«

Pierrette lächelte, weil sie sich daran erinnerte, wie gern sie selbst früher beim Kartenspiel gewonnen hatte, oder besser, wie ungern sie verloren hatte. Sie nahm die Karten, wickelte einen Gummi darum und steckte den Stapel in ihren Rucksack. Leonie versuchte sogleich, ihn wieder herauszufischen.

»Ich will noch mal spielen!«

Die kleine Kröte kriegte einfach nicht genug vom Gewinnen. Pierrette zog den Arm ihrer Enkeltochter sanft aus dem Rucksack. »Später, *ma chérie.*« Sie deutete nach vorn zur schwarzen, dampfenden Lokomotive. »Schau, da kommt ein Tunnel!« Gleich darauf ertönte ein schrilles Pfeifen, dann wurde es dunkel, weil der Lokomotivführer vergessen hatte, die Innenbeleuchtung des ersten Waggons hinter der Lok anzuschalten, und so umgaben sie nur noch tiefste Schwärze und das ohrenbetäubende Zischen und Stampfen der alten Dampflok. Die Luft wurde nach wenigen Atemzügen schwer vom Kohlendampf. Leonie drängte sich ängstlich an Pierrette, die beschützend den Arm um die kleinen, kühlen Schultern legte. Erstaunt und erfreut nahm sie wahr, wie sehr sie es genoss, ihrer Enkeltochter damit ein Gefühl von Geborgenheit vermitteln zu können.

Seit Pascals Tod waren starke Gefühle selten geworden. Wenn sie gekonnt hätte, dann hätte sie das geändert, aber es war etwas, das sich ihrem Willen entzog, gegen das sie machtlos war. Alle Instinkte, was das Geschäft anging, funktionierten weiterhin, als wäre nach dem Tod ihres Sohnes nicht die Welt eingestürzt. Ihre Gedanken wanderten zurück … tagelang hatte sie sich geweigert, die Nachricht an sich heranzulassen, geschweige denn sie zu akzeptieren. Mit aller Macht hatte sie sich dagegen aufgelehnt. Doch nach der Beerdigung hatte ihr Verstand vor dem blumenüberhäuften Erdhügel kapituliert. Reglos und wie betäubt hatte sie dagestanden, und die dunkle Erkenntnis, dass Pascals Tod real war, dass sie sein Gesicht nie wieder anders als in der Erinnerung oder auf Fotos sehen würde, mündete in etwas, das größer war als Trauer: eine stumpfe Gefühllosigkeit. Nach außen hin lebte sie weiter wie bisher, aber alles in ihr war taub und leer geworden. Es erschien ihr sinnlos, dass ihr eigenes Herz mit der Präzision eines Uhrwerks weiterschlug, während das ihres Sohnes aufgehört hatte zu schlagen. Das war nicht richtig so, es war so falsch wie nur etwas. Sie war zuerst dran, sie war die Mutter. Dass ein Kind vor seiner Mutter starb, das durfte doch nicht sein.

Das Leben war gut zu ihr gewesen bis dahin, es hatte einen bunten Korb voller Chancen für sie bereitgehalten, und sie hatte sie alle genutzt. Ohne Fleiß kein Preis, hatte ihr Vater immer stolz gesagt, wenn sie gute Noten mit nach Hause brachte, und sie war fleißig und ehrgeizig gewesen. Jeder ist seines Glückes Schmied, das hatte ihre Mutter ihr mitgegeben, und sie hatte ihr Glück fleißig geschmiedet und sich über ihren Platz auf der Sonnenseite des Lebens gefreut, denn sie hatte ihn sich ja verdient. Alle, die nörgelnd und jammernd auf der Schattenseite des Lebens standen, die waren ja selbst schuld. Pierrette war so gut wie nie krank, denn sie achtete auf ihre Gesundheit. Sie hatte keine Geldsorgen, denn sie arbeitete ja fleißig. Doch dann war Pascal ertrunken, von einem Augenblick auf den anderen wurde er aus dem Leben gerissen. Die Regeln, die sie bis dahin so gut durchs Leben gebracht hatten, ihr

Arbeitsfleiß, ihr beruflicher Ehrgeiz, ihre Alltagsroutine, von morgens bis abends betriebsam zu sein, hatten ihr nach außen hin weiter Halt gegeben. Doch ihr Leben, zuvor scheinbar so prall und rund und knackig wie ein frischer Apfel, war nun von innen faul.

Nach einer gefühlten Ewigkeit ratterten sie aus dem Tunnel in die Sonne, wieder schrillte die Pfeife, und nach wenigen hundert Metern fuhr der Zug in den Bahnhof von Anduze ein. Leonie sprang auf und stellte sich ans geöffnete Fenster, um besser sehen zu können. Pierrette sah auf die Uhr. Perfekt, es war bald zwölf, sie würden in der Stadt eine Kleinigkeit zu Mittag essen und sich dann ein Taxi zur Esel-Herberge nehmen. Leonie würde sich heute Nachmittag schon einmal mit ihrem langohrigen Reittier anfreunden können, bevor es dann morgen in aller Frühe losging.

Pierrette konnte es kaum erwarten. Sie brauchte eine neue Herausforderung, mehr denn je. Dieses Projekt würde sie ablenken, es würde eine heilsame Wirkung haben wie ein Pflaster, um der Wunde darunter Zeit zu geben zum Heilen. Hieß es nicht, die Zeit heile alle Wunden? Sie konnte es nicht glauben. Nein, heilen würde diese Wunde nie. Aber vielleicht würde die Liebe zu ihrer Enkelin sie ein bisschen von innen aufwärmen, sie wieder mehr fühlen lassen. Gern hätte sie sich gesagt, dass sie Leonie jetzt schon liebte, aber wenn sie ehrlich war, dann stimmte das nicht. Noch nicht. Aber es war eine Möglichkeit. Sie würde daran arbeiten, dass das passierte. Leonie war Pascals Tochter, sie war alles, was ihr von ihm geblieben war.

Ach, sie war so verblendet gewesen, dass sie viel Zeit an ihre Karriere verschwendet hatte, statt Pascal mehr Raum zu geben. Die Firma hatte all ihren Ehrgeiz bekommen und das meiste von ihrem Lebenszeitkuchen aufgefressen. Ihren Sohn hatte sie, die Erkenntnis war ihr zu spät gekommen, immer nur mit den Krümeln abgespeist. Er war ja selbstverständlich und immer da und beschwerte sich auch nicht. Arbeit geht vor, hieß es im Hause Berger. Ohne Fleiß kein Preis. Dann war er ausgezogen, war zum Studium zuerst nach Paris und dann nach Köln gegangen. Durch Zufall hatte er Natalie wiedergetroffen, sein früheres Au-pair, in das er sich mit sechzehn schon bis über beide Ohren verliebt hatte, und sich prompt noch einmal in sie verliebt. Pierrette hatte auch dieser neuen Schwärmerei keine große Bedeutung beigemessen. Erst als Natalie schwanger wurde, war ihr klar geworden, dass aus der *amour fou* tatsächlich etwas Ernstes geworden war.

Wie bereute sie inzwischen, dass sie nur ein einziges Mal, als sie ohnehin geschäftlich in der Nähe zu tun gehabt hatte, Pascal, Natalie und die neugeborene Leonie in Köln besucht hatte. Ansonsten war sie davon ausgegangen, dass Pascal sie mit seiner jungen Familie ja jederzeit in Frankreich besuchen könnte. Dort war Pascals Zuhause, und sie hatte ja genug Platz, ihre Tür stand immer offen. Nicht zuletzt war es der ideale, kostenlose Urlaub für eine junge Familie, die noch sehr aufs Geld achten musste. Pascal war mit seiner Familie auch treu jedes Jahr in den Sommerferien gekommen. Doch nur selten hatte Pierrette in der Firma freinehmen können, so dass man sich gewöhnlich erst zum Abendessen sah und Leonie bald darauf ins Bett musste.

Auf dem Bahnsteig nahm sie die Kleine an die Hand. Als sie inmitten einer Menschentraube den Bahnhof verließen, versuchte Leonie, sich ihrem Griff zu entziehen.

»Oma, ich bin zu alt, um an der Hand zu gehen!«

»Du bist zu jung, *ma chérie*, um verlorenzugehen.« Sie sagte es ruhig und bestimmt und wusste, dass Leonie keine Widerworte mehr geben würde. Pierrette verfügte über eine natürliche Autorität, was vieles leichter machte. Vor allem den Umgang mit Kindern und Mitarbeitern. »Und es wäre mir lieb, wenn du nicht Oma zu mir sagst. Ich heiße Pierrette.«

Leonie blieb stehen und strengte sich an, ihre Hand freizubekommen. »Lass mich los, Pett!«

»Pierr-ette«, berichtigte Pierrette und versuchte, sich ihre Überraschung nicht anmerken zu lassen. Die Kleine hatte für ein Kind ihres Alters einen gehörigen Eigensinn. Oder war das wieder irgendeine Trotzphase? Ach Gott, wie lange war es her, dass sie sich mit kindlichen Entwicklungsstadien auseinandergesetzt hatte. Sie beugte sich zu ihrer Enkelin hinunter, die Hand, die sich wie ein kleines Fischlein in ihrer wand, fest im Griff. Sich auf Augenhöhe zu begeben war wahrscheinlich sinnvoll.

»Leonie, ich habe deiner Mutter versprochen, gut auf dich aufzupassen, und das werde ich tun.«

»Aber ich bin schon groß. Ich gehe nicht mehr an der Hand, Oma.«

»Pierrette!«

Wieder dieser Blick aus den klaren blauen Augen, selbstbewusst und eigensinnig. Pierrette seufzte und blickte sich um. Inzwischen waren die meisten Mitreisenden im Bahnhofsgebäude verschwunden, die Lage war übersichtlich. Es sprach eigentlich nichts dagegen, die Kleine wieder loszulassen. Bis auf die Tatsache, dass das Kind sich dann durchgesetzt hätte, einfach so. Und das gleich am ersten Tag.

Salomé

Auf dem Weg nach Mialet, Montagmorgen

Natalie ging neben Salomé, hielt den locker baumelnden Führstrick. Sie hatte nicht das Gefühl, dass sie das Tier führte, eher war es umgekehrt: Die Eselin tippelte am Flussufer entlang, und sie selbst schlenderte nebenher, von ihr ignoriert. Aber es war ja auch egal, Hauptsache, sie kamen voran. Sie hoffte nur, dass Salomé an der nächsten Wegbiegung von sich aus den richtigen Weg einschlagen würde oder wenigstens nicht wieder bockig stehenblieb, wenn sie sich bei ihr in Erinnerung brachte, indem sie versuchte, sie in die korrekte Richtung zu dirigieren. Céline hatte ihr für die jeweiligen Tages-Etappen ein ganzes Set von Karten mitgegeben, in Folie eingeschweißte Vergrößerungen aus der Wanderkarte. Es würde schon alles gutgehen, das hier war ein bestens ausgeschildertes Wandergebiet, ein recht überschaubares Gebirge ohne echte Gefahren. Außerdem gab es ja auch noch das Handy und Google Maps. Der knapp 1.700 Meter hohe Mont Lozère würde der höchste Berg auf der Wanderung sein, ansonsten erwartete sie laut Reiseführer eine erstaunliche Vielfalt verschiedener Landschaften – Heide, mit Ginster übersäte Bergrücken und Hochebenen, liebliche Flusstäler. Ihr Weg würde sie über

Berge, durch Wälder, Steppen, Almen, Terrassen, Weiden und kleine, verträumte Dörfer führen.

Die erste Etappe im Flusstal war lieblich-mediterran, die Landschaft ein sattes Grün, der sich schlängelnde Fluss jetzt im Sommer nicht reißend, sondern kristallklar, voller heller Kiesel und einladend mit kleinen Buchten. An einer Uferstelle breiteten die ersten Badelustigen schon ihre Handtücher aus. Wenn es nach Natalie gegangen wäre, ihr hätte es gereicht, hier am Fluss zu bleiben und nur im Tal zu wandern. Was war so toll daran, mitten in der Sommerhitze schwitzend die Berge hoch- und runterzukraxeln? Aber sie hatte sich die Route ja nicht selbst ausgesucht. Das hatte Pierrette gemacht. Pierrette hatte sie noch nicht einmal in den Verlauf der geplanten Wanderung einweihen wollen. Aber Natalie hatte Jacques angerufen, und der war so freundlich gewesen, ihr alle benötigten Informationen zu geben. Natalie hatte immer ein gutes Verhältnis zu Pierrettes Lebensgefährten gehabt, und als sie ihm ihr Vorhaben schilderte, Pierrette und Leonie nachzuwandern, hatte er verständnisvoll reagiert und sich sogar das Versprechen abnehmen lassen, Pierrette gegenüber Stillschweigen zu bewahren. Wenig überraschend hatte Pierrette nichts mit einer gemütlichen Talwanderung am Hut, es musste natürlich eine Herausforderung sein, der Stevenson-Weg, über zehn Tage. Und auch das war keine Überraschung: Sie änderte die Route nach ihrem eigenen Gusto ab und würde noch dazu in umgekehrter Richtung gehen. Nicht so wie alle, von Norden nach Süden, sondern von Süden nach Norden. Was es schwierig machen würde, sich bei eventuellen Problemen einer anderen Wandergruppe anzuschließen. Aber das kam für Pierrette ohnehin nicht infrage. Sie wollte ja ihre Enkelin ganz für sich. Auf den Esel hätte sie wahrscheinlich auch liebend gern verzichtet. Er war nur Mittel zum Zweck, um Leonie für die Sache zu begeistern. Wie die beiden wohl mit ihrem Esel zurechtkamen?

Abrupt wurde Natalie aus ihren Gedanken gerissen, weil Salomé an einem Bambuswäldchen stoppte. Ihr Kopf verschwand zwischen den zarten Blättern, sie fraß. Natalie zog am Halfter, aber die Eselstute war erstaunlich kräftig, immer wieder tauchte sie mit dem Kopf ins helle Grün, zupfte genießerisch junge Triebe ab und kaute langsam und bedächtig, als hätten sie alle Zeit der Welt und nicht noch bis nach Mialet, ihrem heutigen Etappenziel, kilometerweit zu gehen. Offensichtlich schmeckte es ihr ausgezeichnet. Aber durften Esel überhaupt Bambus fressen? Natalie wischte sich den Schweiß von der Stirn und versuchte noch einmal, die Eselin wegzuziehen, ohne Erfolg. Sie sagte sich, dass Esel wahrscheinlich selbst am besten wussten, was sie fressen durften. Wäre es anders, hätte Céline sie vor bestimmten Pflanzen gewarnt. Natalie schaute auf die Uhr. Eigentlich lagen sie noch gut in der Zeit. Sie streichelte Salomé über den Hals.

»Also gut, fünf Minuten Fresspause, ja? Aber dann geht es weiter! Wir dürfen nicht trödeln, hörst du?« Salomé kaute unbeeindruckt weiter. Natalie ließ sich neben der Eselin im hohen Gras am Rand des Bambushains nieder und stellte sich vor, wie Pierrette wohl mit ihrem Esel fertigwürde. Ob er genauso verfressen und eigensinnig war? Natalie genoss die Vorstellung, dass ihre Schwiegermutter gerade genauso hilflos am Strick eines ebenso sturen Esels zerrte wie sie selbst. Andererseits … mehr als alles andere hoffte sie, dass Leonie den liebsten Esel der

Cevennen hätte. Der ihre Tochter trittsicher, kooperativ und zuverlässig über Stock und Stein trüge. Ein sanftes Wesen, dem sie ihr Herz würde ausschütten können, wenn sie Heimweh bekäme oder die Oma zu streng mit ihr wäre.

Nach fünf Minuten Fresspause stand Natalie auf und klopfte Salomé aufmunternd auf die Kruppe. »*Allez,* Salomé! Weiter geht's!« Salomé setzte sich sofort in Bewegung und machte ein paar überraschend schnelle Schritte – allerdings geradewegs nach vorn, in den Bambushain. Natalie glitt vor Schreck der Strick aus den Händen. Ein Rascheln und Knacken im Gebüsch, und das Bambusdickicht hatte die Eselin verschluckt. Natalie folgte ihr fluchend. Zum Glück war Salomé nicht weit gekommen, der saftige Bambus war zu verführerisch und stand zu dicht, als dass sie weit hätte laufen können. Salomé hörte, dass Natalie sich ihr näherte, ihre langen Ohren waren ihr zugewandt, ansonsten aber ignorierte sie Natalie und fraß weiter; die schmalen, hellgrünen Blätter ragten zu beiden Seiten aus ihrem Maul.

Wortlos griff Natalie nach dem Führstrick und zog kräftig, so dass Salomés Hals zur Seite gebogen wurde. Aus der Erfahrung mit Pferden wusste sie, dass Salomé sich dann umdrehen musste, ob sie wollte oder nicht. Und so war es auch, Salomé drehte sich um die eigene Achse, wenn auch zäh widerstrebend. Sie stand wieder in der richtigen Richtung, jetzt musste sie ihr nur noch zurück auf den Wanderweg folgen. Doch kaum dass sie sich umgedreht hatte, stemmte Salomé die Hufe wieder in den Boden. Sie stand. Natalie zog mit aller Kraft am Strick, doch das Einzige, was passierte, war wieder, dass der Hals der Eselin länger wurde. Als Natalie die Spannung lockerte, um sich den Schweiß von der Stirn zu wischen und durchzuatmen, wandte Salomé den Kopf zur Seite und pflückte sich das nächste Bambusbüschel.

»Du sturer Esel, du!«, schrie Natalie, und noch ein paar Flüche und Beleidigungen hinterher. Salomé störte das offensichtlich nicht, sie fraß weiter, nur wandte sie die empfindlichen Ohren von der Lärmquelle ab.

Natalie überlegte, ob sie auf Célines Rat hören und sich einen Kaffee kochen sollte, verwarf den Gedanken aber wieder. So gut, wie der Bambus dem Esel schmeckte, würden sie dann den ganzen Tag hier verbringen. Sie sah wieder auf die Uhr. Eine geschlagene Viertelstunde hatten sie schon vertrödelt. Wenn sie es jetzt nicht schaffte, Salomé Beine zu machen, könnte sie gleich aufgeben und wieder zur Herberge zurück. Vielleicht wäre das überhaupt die beste Lösung. Die anderen Wanderer in der Herberge wussten wohl, wovon sie sprachen. Ohne Esel wäre es so viel leichter. Sie würde den blöden Esel wieder zurück zur Herberge bringen und allein aufbrechen. Noch würde sie ihr Etappenziel schaffen. Allein, ohne bockigen Esel.

»Gibt es ein Problem?«

Natalie zuckte zusammen, sie hatte niemanden kommen hören. Sie trat aus dem Gebüsch und erkannte Gerome, ihren Tischnachbarn aus der Herberge mit seinen Unkenrufen, wie gefährlich eine Wanderung allein mit Esel sei. Ausgerechnet.

»Der blöde Esel«, sagte sie entnervt und deutete zum Bambushain. »Er macht mit mir, was er will. Ich lasse ihn ein bisschen naschen, und zum Dank verschwindet er im Gebüsch und frisst, und ich kriege ihn nicht wieder raus.«

Er lächelte. »Es ist übrigens eine Sie. Salomé.«

»Ich weiß.« Niemand mag Klugscheißer, dachte sie und hoffte, dass er einfach weitergehen und sie in Ruhe lassen würde.

»Soll ich es mal versuchen?« Ohne auf eine Antwort zu warten, ging er ins Gebüsch, begrüßte die Eselin, indem er mit tiefer, einschmeichelnder Stimme ihren Namen murmelte und ihr über die Stirn streichelte, dann nahm er sie beim Halfter und zog ein wenig daran. »*Allez*, Salomé!« Natalie wusste, es war kindisch, aber sie hoffte, auch er würde keinen Erfolg haben. Doch wie ein folgsames Hündchen setzte Salomé sich in Bewegung und kam mit ihm aus dem Bambushain.

»Wie haben Sie das geschafft?«, fragte sie. Gegen ihren Willen lag Bewunderung in ihrer Stimme.

Er überreichte ihr schulterzuckend den Führstrick. »Keine Ahnung. Bei Eseln weiß man das nie. Wahrscheinlich Zufall, und sie war gerade sowieso bereit, wieder weiterzugehen.«

»Ja, genau«, sagte Natalie. Immerhin triumphierte er nicht.

»Die ersten paar Kilometer sind meist ein bisschen schwierig«, sagte er und streichelte Salomé über den Hals. »Vielleicht hilft es, wenn ich Sie beim Antreiben unterstütze. Wenn Salomé stehenbleibt, können Sie vorne ziehen, und ich schiebe von hinten, dann sollte es klappen, sie wieder in Gang zu setzen. Sobald Sie das nächste Dorf passiert haben, wird es leichter, schätze ich. Danach geht es in die Berge, und jede Wette, da vergisst sie ihren Stalldrang und findet in den Wandermodus hinein.« Er hob ihren zu Boden gefallenen Strohhut auf und setzte ihn ihr auf den Kopf. »Gehen wir ein Stück gemeinsam?«

Natalie nahm den Hut wieder ab. Diese Geste war eine Spur drüber, ein bisschen zu vertraut. Flirtete der etwa mit ihr? Doch er sah sie schon gar nicht mehr an, kramte in seinem Rucksack nach einem Bandana. Oder, beschloss sie, er ist einfach ein Wander-Freak, und die sind so. Er sah sie an, während er seine schwarzen Locken unter das Tuch stopfte und breit lächelte.

Seine Zähne blitzten in dem tief gebräunten Gesicht auf. »Also, wie ist es, bringen wir Salomé gemeinsam auf Trab?«

Sie nickte. »Ja, danke.«

Tatsächlich klappte es so, wie Gerome vorgeschlagen hatte: Natalie zog am Führstrick, er schob die Eselin ein wenig von hinten an, und schon gab sie ihren Widerstand auf und tippelte los. Nach einer Weile liefen sie alle entspannt nebeneinander, die Eselin in der Mitte.

»Warum gibt es hier eigentlich so viel Bambus?«, fragte Natalie. »Der ist hier doch nicht heimisch, oder?«

»Das sind Ausläufer des Bambuswalds von Anduze«, gab Gerome Auskunft. »Den hat der Hobbybotaniker Eugène Mazel Mitte des 19. Jahrhunderts am Fuß der Cevennen angelegt. Die *Bambouseraie en Cévennes* hat es sogar in die Liste der historischen Monumente Frankreichs geschafft, die Anlage ist riesig, insgesamt fünfunddreißig Hektar. Es ist das größte Bambusgehölz außerhalb Asiens. Fünfzehn Hektar davon sind für die Öffentlichkeit zugänglich.«

»Die Besucher kommen tatsächlich nur, um sich Bambus anzuschauen?«, fragte Natalie.

Gerome schüttelte lachend den Kopf. »Nicht nur, der Park ist eine Familienattraktion. Es gibt ein Labyrinth, ein Kinderspielgelände, einen Japangarten, ›Tal des Drachens‹

genannt, und ein komplett aus Bambus nachgebautes laotisches Dorf. Kinder lieben auch die Fahrt nach Générargues, wo der Eingang ist, mit der alten Dampfeisenbahn, die zwischen Saint-Jean-du-Gard und Anduze verkehrt.«

»Ach, wie schade«, dachte Natalie. »Das wäre ein tolles Erlebnis für Leonie gewesen.«

»Leonie, ist das deine Tochter?« Gerome warf ihr einen interessierten Blick zu.

Natalie erschrak. Es war schon wieder passiert. »Oh, tut mir leid«, sagte sie, »ich habe laut gedacht. Passiert mir manchmal.«

»Ah, schon gut«, sagte Gerome und lächelte ihr zu. »Ich führe auch ständig Selbstgespräche. Aber weißt du, was das Gute ist, wenn man mit einem Esel unterwegs ist? Jeder denkt, man spricht mit dem Esel.«

Natalie registrierte, dass er sie duzte, aber es störte sie nicht. Es war ganz natürlich. »Das ist auch nicht viel besser, oder?«

»Aber ja doch, das ist normal. Jeder hier redet mit seinem Esel, frag heute Abend in der Herberge die anderen Eselwanderer!«

Eine Weile gingen sie schweigend weiter. »Leg deinen Rucksack doch in die Packtasche«, schlug Natalie vor. »Salomé hat nur meine zwölf Kilo Gepäck zu tragen.«

Gerome winkte ab. »Vielen Dank für das Angebot, aber sie soll meinetwegen nicht schwerer zu schleppen haben. Aber warum reist du mit so leichtem Gepäck? Wanderesel dürfen mit bis zu 40 Kilo belastet werden, weißt du das nicht?«

»Ich wollte nur so viel mitnehmen, wie ich auch selbst tragen kann.«

Gerome nickte anerkennend. »Vernünftige Einstellung. Auch wenn du es vielleicht bereuen wirst, wenn du in den Gîtes andere Eselwanderer triffst. Die erkennt man in den Herbergen auch ohne Esel daran, dass sie jeden Tag frische Kleider tragen und außer ihren Wanderschuhen noch ein zweites Paar Schuhe und Badeschlappen dabeihaben, meist auch einen eigenen Schlafsack.«

»Einen eigenen Schlafsack? Sind die Herbergen so dreckig?«

Er lachte. »Nein, aber viele Eselwanderer kalkulieren eine Übernachtung im Freien ein. Manche nehmen sogar ein kleines Zelt mit.«

»Ich werde nicht im Freien übernachten, so viel ist sicher.«

Gerome warf ihr einen belustigten Blick zu. »Eselwanderer sind doch auf Naturerfahrung aus, dachte ich? Ich habe auch einen Schlafsack dabei. Eine Nacht draußen neben deinem Esel zu schlafen, das ist die ultimative Freiheit.«

»Warum?«

»Null Stress.«

Sie musste lachen. »Na ja, der Stress bei einer Wanderung hält sich aber doch auch so in Grenzen, oder?«

Er lächelte. »Sollte man meinen. Stimmt aber nicht ganz. Denk dran, wie gestresst du warst, als Salomé nicht weiterwollte. Der Esel steht, die Uhr tickt. Und das nur, weil du ein bestimmtes Pensum leisten musst: nämlich es bis zum Dunkelwerden bis zur Herberge schaffen. Nein, wenn du wirklich mal die Zeit vergessen willst, dann gibt es nichts Besseres, als einen Schlafsack dabeizuhaben. Ich laufe einfach, bis ich keine Lust mehr habe oder es dunkel wird, suche mir ein nettes Plätzchen und mache es mir gemütlich. Großartig!«

»Mir reicht fürs Erste der Esel als Naturerfahrung.« Natalie wischte mit der Hand eine Bremse von Salomés Hals. Inzwischen hatte sie das Gefühl, dass die Eselin diese kleine Hilfeleistung genoss und von ihr erwartete.

»Wusstest du übrigens, dass diese lästigen Blutsauger allesamt Weibchen sind?«, fragte Gerome. »Die Männchen ernähren sich von Pollen und Nektar, nur die Weibchen sind Blutsauger.«

Sie zog die Augenbrauen hoch. »Ach, was soll das denn heißen, nur die Weibchen sind Blutsauger?« Er grinste, hob abwehrend die Hände. »Okay, okay. Alles eine Frage der Perspektive. Wenn es dich in deiner weiblichen Ehre zu sehr kränkt, wie wäre es mit: Das erbeutete Blut dient den befruchteten Weibchen zur Entwicklung der Eier. Sie riskieren also mutig ihr Leben für den Nachwuchs.« Er blieb stehen, deutete eine höfische Verbeugung an. »Einverstanden, Madame de Gouges?«

Sie schüttelte lächelnd den Kopf. »Wer zur Hölle ist Madame de Gouges?«

»Du kennst Olympe de Gouges nicht? Die erste französische Frauenrechtlerin überhaupt. ›Die Frau ist frei geboren und bleibt dem Manne gleich in allen Rechten‹: Das ist ihr berühmtester Satz. Als die Menschen- und Bürgerrechte während der Revolution 1791 formuliert wurden, waren die Frauen noch ziemlich außen vor, und daraufhin hat sie ihn verfasst.«

Er brach sich einen buschigen Bambuszweig ab und wedelte damit vorsichtig die Insekten von Salomés Kopf fort. »Ich habe mir angewöhnt, beim Wandern alles an Tieren und Pflanzen, was mir unterwegs begegnet, zu googeln. Es ist faszinierend.«

»Du bist vom Wandern so begeistert, hast ganz offenbar auch einen Draht zu Eseln, warum wanderst du eigentlich nicht mit einem Esel?«

Gerome vertrieb eine Bremse von Salomés Bauch. »Ich helfe lieber anderen Reisenden, mit ihren Eseln klarzukommen.«

Natalie musste lachen. »Ach, verstehe, Helfersyndrom.«

»Ganz genau, der innere Pfadfinder: jeden Tag eine gute Tat.«

»Da bist du mir bestimmt dankbar, dass ich dir die Chance für deine gute Tat gegeben habe, so früh am Tag.«

»Eigentlich bin ich eher Salomé dankbar.«

»Warum?«

»Weil sie mir die Chance gibt, dich zu beeindrucken.«

Natalie spürte, dass er sie von der Seite ansah, erwiderte seinen Blick aber nicht. Themawechsel, dachte sie. Sie musste achtgeben, dass es nicht zu persönlich wurde, dass die freundliche Unterhaltung nicht missverstanden wurde. Seit Pascals Tod hatten ihr immer wieder Männer ihre Hilfe angeboten. Als käme sie nicht allein zurecht. Vor allem störte es sie aber, dass sie oft mehr als Dankbarkeit erwartet hatten. »Wie wird das Wetter denn heute?«

»Das Wetter?«, fragte er überrascht, dann lächelte er. »Na, das lässt sich ja herausfinden.« Er zog sein Handy aus der Hosentasche und las ab: »Warm, sonnig, bis 34 Grad, die gegen 16 Uhr erreicht werden, am späten Abend Gewitterneigung.« Er steckte das Handy wieder weg und nickte ihr zu. »Aber bis dahin seid ihr längst in der Herberge.«

Er hatte »ihr« und nicht »wir« gesagt. Er hatte verstanden, Natalie atmete auf. Er war keiner von dieser Sorte, die man nicht mehr loswurde, er war einfach nur freundlich und hilfsbereit. Sie gingen schweigend weiter, bis sie den Ortseingang des kleinen Dorfes Mas Soubeyran erreichten. Gerome stoppte am Zebrastreifen der Umgehungsstraße. »Wir könnten auf dieser Straße bleiben, die um den Weiler herumführt«, erklärte er, »aber du solltest dir das Dorf ansehen. Es ist malerisch, typisch für die Gegend hier mit uralten Häusern aus Naturstein. Vor allem gibt es da einen Trinkbrunnen für Salomé, denn wenn du in die Berge weiterwanderst, wird sie für eine Weile nichts mehr trinken können.«

Natalie war einverstanden, und sie liefen durch den kleinen Ort. Einige Wanderer kamen ihnen entgegen und umringten Salomé.

»Können wir ein Foto mit dem Esel machen?« – »Sind Sie auf dem Stevenson-Weg?« – »Ist das Modestine?«

Schließlich hatten alle ihre Selfies mit Salomé gemacht, und man wünschte sich gegenseitig eine gute Wanderung und verabschiedete sich.

»Ich fürchte, daran wirst du dich gewöhnen müssen.« Gerome streichelte Salomé, die etwas nervös geworden war, beruhigend über die Stehmähne. »Hier in den Cevennen bist du mit deinem Esel immer die große Attraktion für alle, die ohne Esel wandern. Aber nimm dich in Acht, sonst wirst du den einen oder anderen nicht mehr los.«

Natalie zog die Augenbrauen hoch. »Ach, ist das so?«

Gerome begriff und hob die Handflächen zum Himmel. »*Touché!*« Natalie sah nur ein offenes Lächeln in seinem Gesicht, sie war erleichtert. Er überreizte nicht. »Gleich hinter dem Dorf lasse ich dich und Salomé in Ruhe, versprochen.«

»Oh, nein, es ist völlig in Ordnung, ich mag deine Gesellschaft«, sagte sie schnell. »Ich bin sonst keine Einzelgängerin, diese Wanderung ist eher ein – Unfall.«

Er sah sie erstaunt an. »Wie meinst du das?«

»Na ja, ich – es war nicht meine Idee. Du hast ja die Geschichte mit meiner Tochter und meiner Schwiegermutter mitbekommen, oder? Die andere Deutsche gestern beim Abendessen in der Herberge hat mich schon ganz gut durchschaut. Sie hat mich gefragt, ob meine Schwiegermutter überhaupt weiß, dass ich auch hier wandere. Es ist tatsächlich so, dass ich mit ihnen wandern wollte, aber meine Schwiegermutter mich nicht dabeihaben wollte.« Sie stockte. »Sie will Qualitätszeit mit ihrer Enkeltochter genießen. Allein.« Natalie machte eine weit ausholende Armbewegung, die Salomé mit einschloss. »Das hier ist sozusagen meine persönliche Strategie, mit dem Projekt Eselwanderung meiner Schwiegermutter klarzukommen. Ich bin nicht besonders stolz darauf, aber ich kann nicht anders. Zuhause würde ich vor Sorgen verrückt werden.«

»Aber warum denn? Ein Esel ist doch kein Raubtier!«

Natalie lachte. »Das sagt ausgerechnet derjenige, der mich gestern Abend noch gewarnt hat, allein mit einem Esel loszuziehen!«

»Großmütter passen normalerweise gut auf ihre Enkelkinder auf, *n'est-ce pas*?«

»Du kennst meine Schwiegermutter nicht. Mit Kindern ist sie – nun, sagen wir, kein Naturtalent. Dazu inzwischen auch sehr ungeübt, seit Jahren macht sie ihre Urlaube in reinen Erwachsenenhotels. Zu Tieren hat sie erst recht keinen Draht, mit der Natur steht sie auf Kriegsfuß. Außerdem ist sie total unzuverlässig, was die Kommunikation angeht: Glaubst du, sie schreibt mal, wie es den beiden geht? Und Leonies Handy hat sie offenbar konfisziert.«

»Wirklich?«

Natalie zog sich den Hut tiefer ins Gesicht. Es reichte schon, dass sie sich hier über ihre Schwiegermutter ausließ, nur weil er ihr freundlicherweise den Esel aus dem Bambusdickicht gezogen hatte. Auf keinen Fall sollte er auch noch sehen, wie sie jetzt gegen die Tränen ankämpfte. »Ja. Mit Ansage. Kein Handy auf der Wanderung, weil das besser für meine Tochter ist, meint sie. Wenn meine Tochter Kontakt zu mir habe, würde sie Heimweh bekommen, und das müsse sie dann ausbaden.«

»Was sagt denn dein Mann dazu?«, fragte er.

Natalie blieb abrupt stehen, Gerome und Salomé stoppten ebenfalls. Gerome deutete mit einem Lächeln auf den Ring an ihrer Hand. »Das ist doch ein Ehering, oder nicht?«

Natalie nahm den Hut ab, sah zu Boden und fächelte sich Luft zu. Es war verdammt heiß geworden. Sie wusste, sie musste eine Antwort geben, aber es auszusprechen war, wie die Fäden aus einer Wunde zu ziehen. Sie hatte das Wort »tot« aus ihrem aktiven Sprachschatz verbannt, in der Hoffnung, dass es erst wieder auftauchen würde, wenn ihr dabei nicht mehr der Schweiß ausbrach. Ein Auto überholte sie im Schritttempo. Natalie nahm das Motorengeräusch wahr, sah aber weiter nach unten, auf ihre Wanderschuhe und die Eselhufe. Salomé stupste sie mit dem Maul an. Natalie streichelte ihr die Stirn.

»Er ist ... es war vor zwei Jahren, ein Badeunfall.«

»*Merde*«, sagte er leise. Sie gingen schweigend weiter. Es war ein bisschen unpassend gewesen, dieses »*Merde*«. Normalerweise sagten die Leute so etwas wie »Oh, das tut mir leid« oder »Mein Beileid«. Aber es klang spontan und aufrichtig. Irgendwie hatte es gutgetan.

Als sie sich einem kleinen Platz vor einer Kirche näherten, beschleunigte Salomé ihre Schritte. »Was ist mit ihr los?«, fragte Natalie. »Sie trabt ja fast!«

Er deutete nach vorn, zu einem Brunnen neben der Kirche. »Sie freut sich auf das Quellwasser.«

Während Salomé ihren Durst stillte, deutete Gerome auf die Bar gegenüber. »Komm, trinken wir einen Kaffee, bevor es in die Berge geht. Ich lade dich ein.«

»Kommt nicht infrage. Ich lade dich ein. Ohne dich würde ich immer noch im Bambus festsitzen.«

»Das wäre schlimm«, grinste er. »Dann wäre es mit dem Stalking der Schwiegermama aus gewesen, noch bevor es richtig angefangen hat.«

Sie musste lachen und band Salomé an einem Eisenring an, der offensichtlich für diesen Zweck in die Hauswand neben der Bar einzementiert war. Zum ersten Mal seit langer Zeit fühlte sie sich beschwingt und voller Energie. Gerome hatte eine Art, über die Dinge zu sprechen, dass sie eine Leichtigkeit bekamen, wie ein Heißluftballon, der Ballast abwarf. Er ging zum Eingang der Bar und rief der Bedienung die Bestellung zu. Vor der Bar gab es ein paar blaue Stühle und Tische mit knalliger Orangina-Werbung darauf. Sie nahmen an einem freien Tisch im Schatten großer Kastanien Platz.

»Schau nur«, sagte Gerome und deutete zu Salomé, die schon wieder von einigen Wanderern umringt wurde. »Du brauchst keine Angst zu haben. Du wirst auf deiner Wanderung nicht viel allein sein.« Er wandte den Blick von Salomé ab und sah ihr in die Augen. »Dafür ist Salomé viel zu attraktiv.«

Natalie merkte, wie sie rot wurde. Flirtete er etwa doch mit ihr? Verlegen wandte sie sich ab und fingerte in ihrem Rucksack nach ihrer Sonnenbrille. Die Bedienung brachte den Kaffee. Gerome und die Kellnerin schienen sich zu kennen, Gerome erhob sich vom Stuhl, und sie begrüßten sich überschwänglich mit drei Küsschen auf die Wangen. Natalie war froh über die Unterbrechung. Gerome wechselte mit gedämpfter Stimme ein paar Worte mit der jungen Frau. Beide lachten zwischendurch, und einmal verstand Natalie eine Bemerkung, von der Kellnerin gesagt, wobei sie Gerome auf die Schulter klopfte: *Don Giovanni* und *Camino*. Natalie schluckte. Zog sie ihn etwa auf, wegen ihr, seiner Begleitung? Oder noch schlimmer, gabelte er so oft allein wandernde Frauen auf, dass er bekannt war wie ein bunter Hund? Von wegen Pfadfinder und jeden Tag eine gute Tat. War er der Casanova des Wanderwegs?

Endlich fand Natalie ihre Sonnenbrille und setzte sie auf. Nach dem Kaffee würden sich ihre Wege ohnehin trennen. Gerome hatte ihr die Eselin aus dem Bambus gezogen, dafür war sie dankbar, ansonsten war er nur eine von wahrscheinlich noch vielen anderen Begegnungen auf dem Weg, und was er sonst noch war oder nicht war, guter Samariter oder Aufreißer in Desert Boots, das konnte ihr egal sein. Wichtig war nur, dass sie nicht den Anschluss an Leonie verlor und es heute bis zur Herberge in Mialet schaffte.

Während Gerome und die Kellnerin weiter scherzten, schaute Natalie auf ihr Handy. Immer noch keine Nachricht von Pierrette und Leonie. Sie tippte erneut »*Wie geht es euch?*« an Pierrette. Dann kippte sie ihren Espresso hinunter, legte das Geld auf den Tisch und erhob sich. Gerome und die Kellnerin unterbrachen ihr Geplänkel.

»Oh, du willst schon gehen?«, fragte er. »Pardon, ich habe euch noch gar nicht vorgestellt. Natalie, darf ich dir Aurelie vorstellen, wir kennen uns von früher, haben uns ewig nicht gesehen. Aurelie, Natalie und ich sind beide heute Morgen von der Herberge in Luziers losgelaufen. Einen Moment, Natalie, ich trinke schnell meinen Kaffee, dann begleite ich dich bis zum Wald und drehe dir Salomé in die richtige Marschrichtung, ja?«

Die Kellnerin lächelte über den Scherz auf Natalies Kosten. Was bildete der sich ein. *Drehe ich dir den Esel in die richtige Marschrichtung.* Wie gnädig.

»Ach was, mach dir keine Mühe«, gab sie betont gleichgültig zurück und straffte die Schultern. »Trink nur in Ruhe deinen Kaffee, kein Problem, ich schaffe das schon.« Sie erhob sich, schulterte ihren Rucksack, nickte den beiden zu, band Salomé los und hoffte inständig, dass die Eselstute einen Funken weiblicher Solidarität in sich hätte. Wenn sie jetzt stur stehenblieb, wäre ihre Demütigung komplett. Aber Salomé folgte ihr tatsächlich, als sei es das Normalste der Welt. Natalie hätte sie umarmen können.

»*Salut!* Und vielen Dank noch mal für deine Hilfe!«, rief sie Gerome triumphierend über die Schulter hinweg zu.

Er formte die Hände zu einem Trichter. »Nach dem Dorf kommt eine Brücke über den Fluss«, rief er, »da gibt es einen Wegweiser, folge immer dem GR 70!«

»Was sonst!«, rief sie zurück. Sie tätschelte Salomé den

Hals. Sie hatte ihr Handy, sie hatte Kartenmaterial und einen folgsamen Esel. Und sie war verdammt noch mal nicht diejenige, die Hilfe brauchte, sondern wollte im Gegenteil zur Stelle sein, falls ihre Tochter welche nötig hatte. Sie war ihr eigener Ritter. Auf den Esel hätte sie eigentlich auch verzichten können, er war ein Fehler in der Planung, aber das war nun nicht zu ändern. Wenigstens hatte Salomé vor der Bar zu ihr gehalten und ihr den coolen Abgang nicht verdorben. Salomés beigebrauner Kopf nickte im Takt der Hufe. Es war nach wie vor ein langsameres Tempo, als sie normalerweise gehen würde, wahrscheinlich schafften sie nicht mehr als drei Kilometer pro Stunde. Andererseits geriet sie, auch wenn die Sonne inzwischen recht hoch am Himmel stand, nicht ins Schwitzen. Wenn nichts dazwischenkam, würden sie die Herberge am frühen Mittag erreichen.

Natalie fühlte trotzige Abenteuerlust, während sie mit Salomé in den wohltuenden Schatten des Waldes eintauchte. Als sie den ersten steilen Anstieg nach einer guten Stunde bewältigt hatten und an einem Aussichtspunkt ankamen, blieb sie stehen – selbst auf die Gefahr hin, dass es Mühe kosten würde, Salomé anschließend zum Weiterlaufen zu bewegen. Sie genoss den Ausblick auf das Flusstal und die Berge und atmete tief durch. Dann schloss sie die Augen und stellte sich vor, Pascal stünde hier neben ihr. Sie spürte dem Gefühl, dass er bei ihr sei, noch eine Weile nach.

Salomé hob den Kopf und schnaubte. Natalie streichelte ihr die Stirn, kraulte ihr dann die Ohren. »Du hast ja recht«, sagte sie. »Du bist auch noch da.« Sie suchte in der Packtasche nach einer Möhre und gab sie der Eselin.

»Wollen wir weiter?« Sie ging einen Schritt, ganz langsam, dann den nächsten, dann zwei weitere Schritte, in Zeitlupe, damit der Esel Zeit hätte, sich auf die neue Situation – Weitergehen – einzustellen. »Salomé ist nicht stur«, hatte Céline ihr mit auf den Weg gegeben, »aber es nützt nichts, sie zu hetzen. Die Eselwelt dreht sich langsamer als unsere, aber wenn du dich darauf einstellst, wenn du Salomé so akzeptierst, wie sie ist, dann wird sie dich verzaubern. Sie ist eine Zen-Meisterin auf vier Beinen.« Ja, sie würde ihr Bestes geben. Sie würde die Eselwelt verstehen lernen. Langsam war gut. Sie ging einen weiteren, kleineren Schritt als Signal zum Weitergehen. Der Strick spannte sich noch nicht. Sie drehte sich zu Salomé um. Sie stand, ganz entspannt, ein Hinterbein angewinkelt. Sie kaute noch immer. Es wirkte nicht so, als hätte sie Lust, Natalies Aufforderung zum Weitergehen zu folgen.

»Oh, bitte!«, rief Natalie. »Lauf weiter, ja?«

Salome stand und kaute, nur ihre Ohren bewegten sich, abwechselnd in Natalies Richtung und in die Richtung, aus der sie gekommen waren. Natalie wurde klar, dass die Möhre ein Fehler gewesen war. Offenbar gab es bei Eseln nur zwei Grundeinstellungen: Fressen und Laufen. Und wenn ein Esel einmal aus dem Laufmodus in den Fressmodus geschaltet hatte, war es schwer, ihn da wieder rauszukriegen. Sie legte Salomé den Führstrick über den Hals.

»Ich muss mal, bleib schön hier stehen«, sagte sie und genoss, während sie sich ein paar Schritte abseits des Wegs ins Gebüsch schlug, den etwas schalen Triumph, der Eselin einen Befehl gegeben zu haben, den sie sowieso befolgen würde.

Als sie sich gerade hingehockt hatte, hörte sie das Klackern von Wanderstöcken auf dem steinigen Waldboden. Eine signalrote Jacke leuchtete zwischen den Blättern hervor. Das durfte doch nicht wahr sein. Die ganze Zeit keine Menschenseele, und ausgerechnet jetzt kam jemand. Es war eine Frau. Zum Glück bemerkte sie Natalie jedoch nicht, ihre Aufmerksamkeit war ganz auf Salomé gerichtet.

»Nanu!«, rief sie aus. »Was machst du denn hier so allein, Eselchen?«

»Der Esel gehört zu mir!«, rief Natalie und trat aus dem Gebüsch.

Die Frau nahm ihren Strohhut ab und lächelte: »Na, so ein Zufall, so sieht man sich wieder!«, sagte sie auf Deutsch.

Da erkannte Natalie, wen sie vor sich hatte: die Deutsche aus der Herberge. Sie schaute sich um. »Wo ist denn Ihr Mann? Sie wandern doch zu zweit, oder nicht?«

Die Frau seufzte, setzte den Rucksack ab und wischte sich mit der Hand über die Stirn. »Mein Mann steht beruflich sehr unter Druck. Er braucht ein paar Tage, um runterzukommen. Jedenfalls hastet er momentan noch durch den Wald, als gäbe es kein Morgen, redet pausenlos von der Arbeit und hat keinen Sinn für die Blumen am Wegesrand. Nicht auszuhalten. Ich hab ihm gesagt, weißt du was, geh du schon vor, jeder geht sein Tempo, und heute Abend treffen wir uns in der Herberge.« Sie nahm ihre Trinkflasche aus der seitlichen Halterung und trank ein paar Schlucke, dann musterte sie Natalie interessiert. »Und, wie läuft es mit *Ihrem* Esel?«

Natalie musste lachen. »Der hat ziemlich viel Sinn für die Blumen am Wegesrand.«

»Schön zu hören«, sagte die Frau, tätschelte Salomé den Hals.

»Na ja, eigentlich sogar zu viel«, gab Natalie zu. »Wenn sie läuft, ist es schön. Das Problem ist aber, dass sie die Blumen am Wegesrand zu lecker findet und ständig stoppt, um sie zu fressen. Und sobald sie einmal steht, steht sie. So wie jetzt gerade wieder. Man zieht und zieht, und raten Sie mal, was passiert?«

»Der Hals wird länger.« Die Frau strich der Eselin versonnen über die Stehmähne. »Für die meisten Wanderer ist der erste Tag mit Esel schwierig. Es heißt, am ersten Tag entscheidet sich, wer das Sagen hat.« Sie bückte sich und nahm einen Stock vom Waldboden auf. »Ihre Eselstute ist wahrscheinlich zu dem Schluss gekommen, dass sie es ist.« Sie überreichte Natalie den Stock.

Natalie wehrte ab. »Danke für den Tipp, Sie meinen es sicher gut, aber ich werde meinen Esel auf keinen Fall schlagen.«

»Das sollen sie auch nicht, sondern nur hinter ihm ein bisschen Lärm machen, indem Sie mit dem Stock auf die Steine hauen. Esel haben empfindliche Ohren, und sie mögen es nicht, wenn es hinter ihnen laut ist, und gehen dann von der Lärmquelle weg.« Die Frau legte den Stock zu Boden und lächelte Natalie verständnisvoll zu. »Es ist nur etwas, das ich aufgeschnappt habe von anderen Eselwanderern.« Sie schulterte ihren Rucksack und nahm die Wanderstöcke wieder zur Hand. »Viel Glück!«

Natalie winkte ihr nach, wartete, bis die rote Jacke hinter der nächsten Wegbiegung verschwunden war, dann legte sie Salomé den Führstrick über den Hals, nahm den Stock vom Waldboden auf und tat, was die Frau ihr empfohlen hatte: Sie schlug beherzt auf den steinigen Weg, dass es krachte, und rief dabei: »*Allez*, Salomé!« Salomé machte einen Satz nach vorn, sah sich zu ihr um, schnaubte nervös, und Natalie hielt gespannt die Luft an. Würde Salomé im nächsten Augenblick wieder stehenbleiben? Doch sie setzte weiter einen Huf vor den anderen und tippelte weiter. Natalie beeilte sich, wieder an ihre Seite zu kommen, und griff nach dem Führstrick. »Geht doch!«, murmelte sie. Wenigstens nahm die Eselstute ihr die Lärm-Attacke nicht übel. Oder hatte Salomé gar nicht kapiert, dass sie das gewesen war? Machte sie sich übertriebene Vorstellungen über die Intelligenz von Eseln? Vielleicht dachten die im Wesentlichen nur ans Fressen? Vielleicht auch besser so. Wenn Esel schlauer wären und über den Sinn einer Eselwanderung nachdenken würden, dann wären sie wahrscheinlich noch verstockter. Was für einen Sinn machte eine Eselwanderung schließlich für die Esel? Sie waren doch sicher am liebsten gemeinsam mit ihren Eselfreunden auf der Weide, wo sie den ganzen Tag fressen und im Schatten vor sich hindösen konnten. Sie legten vermutlich keinen gesteigerten Wert darauf, in der Mittagshitze durch die Cevennen zu kraxeln, beschwert mit dem Gepäck irgendwelcher Städter, die sich wildromantischen Vorstellungen vom Wandern hingaben, die sie mit einem Schriftsteller aus dem 19. Jahrhundert verbanden. Spätestens am Ende der gemeinsamen Wanderung wäre es dann ratzfatz wieder aus mit der großen Eselliebe, und der nächste Wanderer wartete schon mit seinem Gepäck. Robert Louis Stevenson hatte seine Modestine am Ende der Wanderung meistbietend verkauft. Ende der Wanderung, Ende der Esel-Liebe. Gut, er hatte sie in einer Erzählung verewigt, aber was hatte die echte Modestine davon gehabt? Sie hatte er schnöde verschachert. Von wegen Kameradschaft und Verantwortung für seine Eselstute, gar Liebe. Sie hatte ihre Pflicht und Schuldigkeit getan. Wenn die arme Modestine Gefühle für ihren menschlichen Begleiter entwickelt hätte, wie gemein wäre diese Zuneigung verraten worden.

Natalie beobachtete Salomé, die gleichmütig neben ihr tippelte. Das ihr zugewandte Auge, tiefschwarz, schien nach innen gerichtet.

»Hast ja recht«, sagte Natalie. »Beachte mich nicht. Ich bin nur ein durchlaufender Posten, eine von vielen in deinem Gepäckträger-Leben. Du hängst nicht an mir, und ich häng nicht an dir. Wir sind eine Zweckgemeinschaft, machen wir uns nichts vor. Aber ich werde gut auf dich achtgeben. Dir die Hufe auskratzen, dir zu trinken geben, dich vor Gefahren beschützen. Und dich nie schlagen, anders als dieser blöde Schriftsteller. Im Gegenzug brauchst du nur eins zu tun: schön weiterlaufen. Bleib nicht wieder stehen, ja?«

Wie auf Kommando blieb Salomé stehen, aus dem lebendigen Wesen wurde im Nu ein plüschiges Denkmal. Natalie starrte sie fassungslos, dann wütend an. Ihr kamen die Tränen. Ich bin so ein Idiot, murmelte sie. Warum zur Hölle war sie so blöd gewesen, einen Esel zu mieten, nur weil Pierrette und Leonie mit Esel wandern wollten? Warum hatte sie kein bisschen nachgedacht, sondern einfach ungeprüft Pierrettes Idee übernommen? Pierrette hatte einen Lockesel für Leonie gebraucht, aber sie selbst brauchte den doch nicht! Sie konnte doch ihr Gepäck spielend selbst tragen. Salomé, schon der Name hätte sie misstrauisch machen sollen. Entschlossen wischte sie sich die Tränen aus dem Gesicht. »Meinen Kopf kriegst du nicht«, murmelte sie. »Ich koch mir jetzt einen Kaffee, dann laufen wir zurück nach Luziers, und dann fahre ich per Taxi nach Mialet. Unsere Wege trennen sich, basta. Dein Pech, dann langweilst du dich eben die ganze Woche allein daheim auf deiner Weide, während deine Kumpel köstliche Kräuter und Blumen vom Wegrand fressen und abends auf den Eselweiden Party machen.«

Sie kramte in den Satteltaschen nach dem Espresso-Set von Céline: Gaskocher, Wasserflasche, Blechtasse, Beutelchen mit Espresso-Instantpulver und Feuerzeug, dann suchte sie eine sichere, steinige Stelle und machte das Wasser heiß. »Wir hätten echt eine schöne Zeit haben können, wir beide!«, rief sie zu Salomé rüber. »Aber wer nicht will, der hat schon!«

Wenig später rührte sie das Instantpulver ins heiße Wasser. Ihre Wut wich allmählich einer großen Erleichterung. Sie hatte eine Entscheidung getroffen. Problem erkannt, Problem gebannt, dachte sie. Wer A sagt, muss nicht B sagen. Er kann auch erkennen, dass A falsch war. Während sie an ihrem Espresso nippte, der gar nicht mal schlecht schmeckte, erwachte Salomé aus ihrer Erstarrung, näherte sich Natalie und begann, Gras und Blumen vom Wegrand zu naschen. Natalie seufzte. Die Eselin wirkte wieder wie immer, wenn sie in den Fressmodus übergegangen war: zufrieden. Natalie zupfte ein paar Löwenzahnblüten und hielt sie ihr auf der flachen Hand hin. Als Salomé ihr bedächtig aus der Hand fraß, lief Natalie ein Schauder über den Rücken. Das warme, weiche Eselmaul in ihrer Hand fühlte sich so unbeschreiblich gut an. Natalie zupfte noch mehr Blumen für Salomé. Es machte einfach Spaß, sie fressen zu sehen, und die sanfte Berührung des warmen Mauls löste wieder dieses unheimlich gute Gefühl aus. Ihr Zorn auf den Esel verflog, stattdessen fühlte sie plötzlich Zärtlichkeit für dieses in sich ruhende Geschöpf mit den tiefschwarzen Augen. Warum nur war sie so aus der Haut gefahren, so wütend geworden, dass sie aus Wut geweint hatte? In diesem Moment wurde ihr bewusst, dass sie zum ersten Mal seit Pascals Tod nicht aus Trauer geweint hatte.

Nachdenklich stand sie auf, klopfte sich kleine Steinchen und Erde von der Hose, sammelte das Geschirr ein und steckte es zurück in die Satteltaschen. Es tat gut, diese einfachen Dinge zu tun. Der Espresso wirkte, hatte ihr einen Energieschub gegeben. Der Rückweg würde nicht mehr so anstrengend sein, die Eselin würde schließlich sofort begreifen, dass es wieder nach Hause ging. Und wirklich, Natalie hatte noch nicht nach dem Strick gegriffen, da setzte Salomé sich schon in Bewegung, doch nicht in Richtung Heimatstall, sondern weiter auf dem Weg, in Richtung Mialet.

»Hey, Esel, stopp, falsche Richtung!« Doch die Eselin tippelte unbeirrt weiter, während Natalie ihr nachschaute, die Hände in die Hüften gestemmt, und versuchte, zu einer Entscheidung zu kommen. Sollte sie nicht lieber bei ihrem Plan bleiben und Salomé nach Luziers zurückbringen? Gnädigerweise machte Salomé jetzt ein paar Schritte Richtung Mialet, vielleicht auch ein paar hundert Schritte, aber was, wenn sie dann doch wieder wie angewurzelt stehenblieb? Was, wenn sie dann mitten in den Wäldern wären und weder die eine noch die andere Herberge vor Anbruch der Dunkelheit erreichten? Salomé blieb stehen, drehte Kopf und Ohren erwartungsvoll in ihre Richtung: Was ist, kommst du?

Natalie ging zu ihr, und Salomé setzte sich wieder in Bewegung. Seite an Seite, wie zwei zufällige Wandergefährtinnen, liefen sie weiter. Natalie ließ den Führstrick, wo er war, locker über Salomés Mähne gelegt. In Schlangenlinien führte der Weg den bewaldeten Berg hinauf. Ohne weitere Unterbrechung gelangten sie auf eine Lichtung. Lohn für den mühseligen Aufstieg war ein atemberaubender Ausblick auf eine weite, grüne Hügellandschaft. Natalie blieb stehen, um ihn zu genießen, zu spät fiel ihr auf, dass Stehenbleiben ein Fehler war. Und wirklich, Salomé senkte sofort den Kopf und graste. Doch als Natalie probeweise weiterlief, folgte sie ihr, und sie setzten ihren Weg fort. Natalie atmete tief ein, genoss den Eselduft und ein Gefühl von Freiheit und Was-kostet-die-Welt, von dem sie schon gar nicht mehr gewusst hatte, wie herrlich es war.

Pistou

Luziers, Montagabend

Leonie streichelte den dunkelbraunen Esel mit beiden Händen, und er senkte in zärtlichem Entgegenkommen den Kopf.

»Er macht das, damit du an seine Ohren kommen und sie kraulen kannst«, sagte Céline lächelnd. »Die meisten Esel mögen es gern, wenn man ihnen die Ohren krault, aber unser Pistou hier kann nicht genug davon bekommen. Er ist ein sehr verschmuster Esel. Vorausgesetzt natürlich, dass er einen mag. Dich mag er sehr gern, schau nur, er bettelt geradezu darum, dass du ihm die Ohren kraulst.«

»Ich mag ihn auch, er ist so lieb!« Leonie streichelte mit beiden Händen über die langen Ohren. »Wie flauschig die sind, ganz weich! Pferde haben viel kleinere Ohren. Warum haben Esel so große Ohren?«

»Das weißt du nicht?«, mischte Pierrette sich ein. »Das weiß doch jedes Kind. Also, es war so: Als der liebe Gott die Pferde erschaffen hat, war das allererste Pferd, das er erschuf, so unartig, dass Gott ihm die Ohren langzog und zu ihm sagte: Weil du so unartig bist, wirst du zur Strafe ein Esel.«

Leonie sah ihre Großmutter zweifelnd an. »Das glaube

ich nicht! Das wäre doch gemein! Alle Esel zu bestrafen, das wäre doch ungerecht, die anderen Esel sind doch lieb und können nichts dafür, wenn einer unartig war!«

Céline lachte und streichelte Leonie über die blonden Locken. »Da hast du recht! Dein Pistou ist nämlich so ein lieber Esel, der hätte die langen Ohren gar nicht verdient. Außerdem glaube ich, dass Pistou seine langen Ohren selbst sehr gut findet. Sie sehen nämlich nicht nur hübsch aus, sondern sind auch sehr nützlich.«

»Warum?«

»Weil er damit sehr gut hören kann. Viel besser als wir Menschen. Deshalb bleibt er auch manchmal stehen. Hier im dichten Wald kann er ja nicht besonders weit sehen, aber dafür hört er umso besser und überlegt zuerst, was da los ist, bevor er weitergeht. Esel sind nämlich kluge, umsichtige Tiere. Manchmal hören sie Geräusche, die wir mit unseren menschlichen Ohren gar nicht wahrnehmen können. Vorsicht ist besser als Nachsicht, das könnte ein Esel-Motto sein. Wenn ein Esel etwas hört, das ihm gefährlich vorkommt, bleibt er lieber erst einmal stehen. Wenn also dein Pistou mal nicht so vorangehen möchte, bestraf ihn nicht, er ist nicht unfolgsam. Er ist nur vorsichtig, weil er so lange Ohren hat und besser hören kann als wir.«

Bei den letzten Worten hatte Céline nicht mehr Leonie, sondern Pierrette angeschaut, und Pierrette nickte ihr verhalten lächelnd zu. Vielen Dank für gar nichts, dachte sie, als Céline sie und Leonie mit dem Esel allein ließ, damit sie sich ›in Ruhe kennenlernen und eine Bindung aufbauen‹ konnten. Lächerlich. Eine Bindung. Zu einem Esel. Diese Esel-Frau ging Pierrette langsam auf die Nerven. Es gab hier genug Bäume, sie würde sich einfach einen Zweig abbrechen und den als Peitsche benutzen. Seit wann wurden Esel so glorifiziert? Die taten hier gerade so, als wären Esel hochsensible, feengleiche Wesen, Yogis mit Hufen. Schläge waren nicht erwünscht, um ihnen Beine zu machen, sie hatte die Botschaft schon verstanden, als die Eselvermieterin auf ihre Frage nach einer Peitsche für den Esel nur mit einem schmallippigen ›Unsere Esel brauchen keine Peitsche‹ antwortete. Die machten hier einen ziemlich esoterischen Wind um ihre Verleihviecher. Lächerlich und dekadent. Der Schriftsteller, der seinen Esel und die Cevennen mit seiner Wanderung berühmt gemacht hatte, wäre da ganz bei ihr. Robert Louis Stevenson lobte in seiner Reisebeschreibung den Stachelstock: ›Gesegnet sei der Mensch, der den Stachelstock erfunden hat!‹, hatte er begeistert notiert, und ›Von da an war Modestine meine Sklavin‹. Es waren zwei Sätze, die sie sich rot markiert hatte. Der hatte noch eine bodenständige, lebenstüchtige Einstellung gehabt: Ein Tier ist ein Tier und kein Mensch. Und überhaupt, was sollte dieses Getue: Wenn die hier ihre Esel so sehr vergötterten, warum vermieteten sie sie dann als Gepäckträger an Touristen? Und es sollte ihr keiner erzählen, die Esel kriegten hier ihr Gnadenbrot, wenn sie zu alt und klapprig zum Geldverdienen wären. Nein, sie kamen mit Sicherheit in die Wurst, aus ihnen würde Eselsalami gemacht, so wie aus allen anderen Eseln auch, früher oder später. Pierrette schloss kurz die Augen, atmete zweimal tief durch, um sich zu beruhigen. Sie öffnete die Augen wieder und sah, wie ihre Enkeltochter einen Schwamm über dem Wassereimer ausdrückte und dem Esel, der stillhielt, vorsichtig ein wenig Schleim von den Augen abwusch. Wasch mich, aber mach mir den Pelz nicht nass, dachte Pierrette. Wenn sie eins nicht ausstehen konnte, war es diese Einstellung: den Preis für etwas nicht zahlen wollen. Sie kannte das von der Immobilienvermittlung nur zu gut. Mieter wollten eine Wohnung in Top-Lage und mit Luxusausstattung für den Preis einer Sozialwohnung. Die Vermieter wollten eine möglichst hohe Miete herausschlagen, aber am liebsten wären ihnen Geister als Mieter, die nur zahlten, aber die Immobilie nicht nutzten. Dieser Esel, so sah es doch aus, war ein Mietobjekt, wie ein Haus auf vier Beinen, eine »Mobilie« sozusagen, gemietet für einen Roadtrip im Schneckentempo. Der Esel würde auf seinem Rücken das Kind und ihr Gepäck durch die Gegend schleppen. Lachhaft, die zu erwartende Arbeitsscheu mit seinen langen Ohren zu entschuldigen. Sie hatte nicht zu knapp für den Esel bezahlt, was völlig in Ordnung war, aber er war ein Arbeitstier, wie Esel es seit vorbiblischen Zeiten waren, und hatte für sein Futter einfach seinen Job zu machen, nicht mehr und nicht weniger. Selbstverständlich würde sie das Tier nicht grundlos verprügeln, aber ihn wegen seiner sensiblen Ohren in Watte zu packen kam auch nicht infrage, und das dezente Mitführen einer kleinen Motivationshilfe war ja wohl normal bei solchen Tieren, ihre Sturheit war doch sprichwörtlich. Es war wie in der Firma, mit den Mitarbeitern: Man musste ihnen am besten gleich zu Beginn zeigen, wer das Sagen hatte. Ansonsten tanzten sie einem auf der Nase herum, und sich im Nachhinein Respekt zu verschaffen war immer mühselig. Nein, einer musste die Richtung vorgeben und dafür sorgen, dass es voranging, dass es ein Ziel gab und es auch beizeiten erreicht wurde. Man musste die Peitsche ja nicht einsetzen, aber es war gut, sie dabeizuhaben. Sie schaute auf die Uhr. »Komm, *ma chérie*, sag für heute *Adieu* zu Pistou, es ist Zeit für das Abendessen.«

Leonie kraulte dem Esel zum Abschluss noch einmal die Ohren und führte ihn wieder auf die Weide. Sie schlossen das Tor hinter ihm. Nachdem sie ein paar Meter auf die Herberge zugegangen waren, gab der Esel mehrmals ein lautes Iihh-Aahh von sich. Pierrette lächelte ihrer Enkelin zu.

»Siehst du, er mag dich. Er sagt in seiner Eselsprache: »*Salut*, bis morgen, liebe Leonie.«

Doch Leonie schüttelte den Kopf. »Nein, ich glaube, das hat er nicht gesagt.«

»So? Was denkst du denn, *ma chérie*, was er gesagt hat?«

»Ich glaube, er ruft nach seiner Mama. Die anderen Esel sind schon alle im Wald unterwegs, hat Céline gesagt. Und heute ist auch noch Pistous Mama fortgeführt worden, Salomé heißt sie. Ich glaube, er vermisst sie.«

Pierrette und Leonie blieben stehen und sahen zu Pistou, der immer wieder sein markerschütterndes Iihh-Aahh von sich gab. Sie musste ihrer Enkeltochter recht geben, es klang wirklich wie der Aufschrei einer einsamen Seele. Sie streichelte Leonie über den Kopf.

»Morgen wird er nicht mehr einsam sein. Dann hat er uns.«

»Aber das ist nicht dasselbe«, sagte Leonie mit dünner Stimme. »Wir sind keine Esel.«

Pierrette sah, wie Leonie sich verstohlen eine Träne von der Wange wischte. »Nein, *ma chérie*«, sagte sie, beugte sich zu ihr hinunter und nahm sie in den Arm. »Wir sind keine Esel. Aber bestimmt treffen wir unterwegs viele seiner Kameraden, und er wird sich freuen, sie wiederzusehen.«

»Auch seine Mama?« Leonie löste sich aus der Umarmung, sah sie an, mit Tränen in den Augen. Pierrette hatte plötzlich einen Kloß im Hals. Hier ging es nicht nur um die Sehnsucht des Esels. Sollte sie die Kleine doch mit ihrer Mutter telefonieren lassen, einmal wenigstens? Doch sosehr die Tränen sie rührten, wenn sie jetzt einen Fehler machte, tat sie weder dem Kind noch sich selbst einen Gefallen. Falsches Mitleid würde alles nur noch schlimmer machen. Sie musste einen kühlen Kopf bewahren. Rührseligkeit würde alles verderben. »Auch seine Mama, *ma chérie*, natürlich.« Sie legte Unbeschwertheit und Zuversicht in ihre Stimme.

Leonie nickte tapfer, und sie gingen weiter. Pierrette nahm Leonie bei der Hand, und diesmal wehrte sie sich nicht. Es ist eine richtige Lüge gewesen, sagte Pierrette sich. Richtige Lügen waren notwendig und gut. Der einzige Esel, dem sie auf keinen Fall begegnen würden, war Salomé. Dafür hatte sie gesorgt, denn sie war überzeugt: Es war für alle Beteiligten das Beste.

Gemeinsam liefen sie zur Herberge. Es war im Garten hinter dem Haus gedeckt, auf einem langen Holztisch unter einer großen, knorrigen Eiche glänzten die Gläser und Karaffen in der Abendsonne, das angrenzende Lavendelfeld verströmte einen betörenden Duft. Ein paar Gäste saßen schon am Tisch, eine Frau spielte ›Qué vendrá‹ von ZAZ auf der Gitarre und sang dazu: *»Qu'importe là où je vais, tant que j'ai l'audace, de tenir la main de l'autre, pour aimer le temps qui passe …«*

Beim Hören der Gitarrenklänge vergaß Leonie ihr

Heimweh, aufgeregt hüpfte sie zu der Gitarrenspielerin, setzte sich neben sie und lauschte andächtig. Das Kind ist musikalisch, dachte Pierrette. Höchste Zeit, sich um die musikalische Früherziehung zu kümmern. Auch so etwas, das ihre Schwiegertochter hatte schleifen lassen. Genau wie Leonies zweisprachige Erziehung.

»Kannst du verstehen, was sie singt?«, flüsterte Pierrette ihr zu. »Oder soll ich übersetzen?«

Doch Leonie legte den Finger an die Lippen und flüsterte zurück: »Psst! Ich kann sonst nichts verstehen!«

Pierrette runzelte die Stirn. Dass eine Siebenjährige ihr das Sprechen verbot … aber dann schluckte sie ihren Ärger herunter. Die Kleine konnte noch Französisch verstehen, ausgezeichnet! Sie sprach es nicht mehr, aber sie konnte es noch verstehen. Das Französisch ihres Vaters war also doch noch nicht ganz verschüttet. Als die Tischrunde komplett war und aufgetragen wurde, war es eine Freude für Pierrette, ihrer Enkelin beim Essen zuzuschauen. Leonie hatte doch viel von Pascal, als er in diesem Alter war. Auch er hatte damals immer einen riesigen Appetit gehabt, auch ihm hatte alles geschmeckt, was auf den Tisch kam, und auch er hatte mit dem Brot noch die letzten Saucenreste vom Teller aufgewischt.

Nach dem Dessert war Leonie so müde, wie ein Kind es nach einem langen, aufregenden Urlaubstag an der frischen Luft nur sein konnte, und so gingen sie direkt aufs Zimmer und zu Bett. Pierrette wollte Leonie noch das Märchen vom Tischlein deck dich, vom Goldesel und vom Knüppel aus dem Sack erzählen, aber schon nach den ersten Sätzen fielen Leonie die Augen zu. Pierrette zog ihr die Bettdecke bis zum Kinn und hauchte ihr einen

Kuss auf die Stirn, so wie sie es früher bei Pascal getan hatte.

Sie knipste ihre Taschenlampe an, um Leonie nicht zu stören, bestellte telefonisch ein Glas Rotwein aufs Zimmer und vertiefte sich in das Kartenmaterial zur Wanderung, das Céline ihr gegeben hatte. Dann ging sie selbst zu Bett. Es war erst zehn Uhr, so früh ging sie sonst nie schlafen, aber morgen würden sie schon am frühen Morgen aufbrechen. Das hatte Céline ihnen empfohlen, um noch vor der Nachmittagshitze anzukommen. Als sie die Taschenlampe schon ausgeknipst hatte, griff sie noch einmal zu ihrem Handy und sah eine Nachricht von Jacques und drei von Natalie. Jacques antwortete sie ausführlich. Natalie schrieb sie eine kürzere Nachricht: *Meine Liebe, mach dir keine Sorgen, Leonie geht es fantastisch. Sie hat überhaupt nicht nach dir gefragt! LG Pierrette*

Zufrieden legte sie das Handy beiseite. Das würde Natalie beruhigen.

Durch das Licht des Handys geweckt, kam Leonie auf ihre Seite des Bettes gekrochen und schmiegte sich an sie. »Wann kann ich Mama anrufen?«

»Morgen, *ma chérie*. Schlaf jetzt.« Pierrette machte das Handy aus und streichelte ihrer Enkelin über den Kopf. Im Nu war Leonie wieder eingeschlafen. Na bitte, dachte Pierrette. Sie hatte alles im Griff und genoss noch ein wenig die Nähe der Kleinen. Wie schön es war, wenn ein Kind sich im Schlaf an einen schmiegte, das hatte sie fast vergessen. Es war ewig her, dass Pascal das getan hatte. Eine Weile genoss sie die Erinnerungen, doch dann erfasste sie ein heftiger Schmerz bei dem Gedanken an Pascals Tod, und das Kind lastete plötzlich wie ein Bleisack in ihren Armen.

Sie ertrug die körperliche Nähe kaum mehr, doch sie riss sich zusammen und wartete noch, bis Leonies Atemzüge tief und gleichmäßig geworden waren, dann löste sie sich vorsichtig von ihr. Sie stand auf und deckte Leonie gut zu, schlich zum Fenster, öffnete es und steckte sich eine Zigarette an. Es ist vernünftiger so, sagte sie sich, während sie tief inhalierte und den Rauch nach draußen blies. Sie brauchte ihren Schlaf, sonst wäre sie vor Beginn der Wanderung schon wie gerädert. Mit dem Kind im Arm würde sie unmöglich einschlafen können. Als die Zigarette abgebrannt war, legte sie sich in die leere Betthälfte.

Salomé

Mialet, Montagabend

Es war kurz vor acht, als sie endlich todmüde in Mialet ankamen. Offensichtlich waren sie an einer Abzweigung falsch abgebogen und dadurch einen riesigen Umweg gelaufen. Natalie fragte sich in dem kleinen Ort zur Herberge durch, und als sie mit Salomé das leicht heruntergekommene Haus am Ende des Dorfes erreichte, war sie viel zu erschöpft, um über dessen Zustand enttäuscht zu sein. Sie hatte es geschafft. Hauptsache, sie bekam etwas zu essen und ein Bett. Sie band Salomé an einem wohl dafür vorgesehenen Ring an der Hauswand fest und spähte durch eine verdreckte Fensterscheibe in die Herberge. Doch sosehr der Putz außen auch abgeblättert war, im Inneren sah es zwar verwohnt, aber gemütlich aus. Der Wirt, ein großer, von der Arbeit im Freien tief braungebrannter Mittfünfziger mit schwieligen Händen, musterte Natalie mit verständnisvollem Wanderherbergen-Kennerblick.

»Erster Tag, eh?«

Sie nickte, nahm dankbar ein Glas Wasser entgegen, das er ihr reichte, und leerte es in einem Zug. Beim Ausfüllen des Anmeldeformulars erzählte sie, dass sie fast zwölf Stunden gebraucht und schon gefürchtet hatte, im Freien übernachten zu müssen. Und wie sehr sie sich doch nach einem Bett sehnte. Der Wirt gab ihr einen Zimmerschlüssel.

»Wir haben noch ein Einzelzimmer, Sie haben zwar die Unterbringung im Gemeinschaftsschlafsaal gebucht, aber Sie sehen so aus, als bräuchten Sie heute ein bisschen Ruhe.«

Natalie überlegte kurz, ob sie sich das leisten konnte, und erkundigte sich nach dem Mehrpreis. Der Wirt schüttelte lächelnd den Kopf.

»Esel-Bonus«, sagte er und deutete nach draußen zu Salomé, die gerade den Blumenkübel vor dem Fenster beschnupperte. »Kostet nichts extra. Der erste Tag mit einem Esel ist immer anstrengend. Aber nehmen Sie Ihren Esel da weg, bevor er meine Blumen frisst!«

Natalie lief vor die Tür und beeilte sich, Salomé am Halfter von den Blumen wegzuziehen. Der Wirt trat aus der Tür und bedeutete ihr, ihm zu folgen.

»Kommen Sie, ich zeige Ihnen die Eselweide. Ist gleich hinter dem Haus.«

Natalie führte Salomé, der Wirt lockerte ihre Gurte und befreite die Eselin von ihrer Last. Die beiden Esel, die schon auf der Weide standen und grasten, hoben die Köpfe. Einer gab ein lautes Iiiii-Ahhh von sich, nach und nach kamen beide zur Begrüßung an den Zaun. Der Wirt öffnete das Gatter, und Salomé spazierte nach dem ersten Beschnuppern zur Wassertränke und stillte ihren Durst. Dann gesellte sie sich zu den anderen, die schon wieder friedlich im hohen Gras standen und weideten.

»Das ist der Höhepunkt für die Wanderesel«, sagte der Wirt. »Die anderen Esel treffen, essen und trinken.« Er lächelte ihr zu. »Eigentlich genau wie bei uns. Die anderen Esel essen schon, kommen Sie, gehen wir zurück zur Herberge, damit wir Sie auch noch satt bekommen!«

Nur eine Familie aus der Normandie saß im Garten hinter dem Haus noch zu Tisch. Doch auch sie war schon bei Dessert und Käse angelangt, man stellte sich nur gegenseitig vor, wechselte ein paar freundliche Worte, dann verabschiedeten sich die Eltern mit ihren beiden Kindern und der Oma, denn sie wollten vor Einbruch der Dunkelheit noch einen Spaziergang machen. Natalie blickte ihnen frustriert nach. Was hatte sie falsch gemacht? Sie selbst verspürte keinerlei Bewegungsdrang mehr, nach dieser Ochsentour heute wäre ein Spaziergang so ziemlich das Letzte, sie wollte nur noch eins: ins Bett. Offensichtlich hatte die Familie aus der Normandie mehr Energie. Oder machte irgendetwas besser als sie. Egal, es war ihr nur recht, jetzt ihre Ruhe zu haben, morgen beim Frühstück würde sie die anderen wiedersehen und ihr Geheimnis ergründen können. Vielleicht kürzere Etappen?

Der Wirt servierte einen Eintopf, über dessen Fleischeinlage Natalie lieber nicht genauer nachdenken wollte. Er war aber kräftigend und schmeckte besser, als er aussah, und so sagte sie nicht nein, als der Wirt ihr einen zweiten Teller anbot. Anschließend verschlang sie noch ein dickes Stück Flan Caramel, gefolgt von Weintrauben und Käse. Oben auf ihrem Zimmer duschte sie und legte sich gleich ins Bett. Die Matratze war weich, die Bettwäsche duftete nach Lavendel. Wie himmlisch, sich ausstrecken zu können! Ihre Füße schmerzten, sie hatte an jedem eine Blase. Aber es war ein gutes Gefühl, es geschafft zu haben. Die Eselin und sie waren ein Team geworden – dabei hatte es am Morgen so gar nicht danach ausgesehen. Salomé war alle paar hundert Meter aus unerfindlichen Gründen stehengeblieben, und Natalie hatte sie gewähren lassen, auch wenn sie befürchtete, so nie ans Ziel zu gelangen. Doch mit der Zeit waren die Abstände zwischen den Pausen immer länger geworden. Gegen Spätnachmittag dann schien die Eselin sich endlich daran erinnert zu haben, dass sie ein Wanderesel war, und ihren inneren Kompass auf die nächste Herberge ausgerichtet zu haben.

Natalie gähnte, sie konnte kaum noch die Augen offen halten. Dann griff sie nach ihrem Handy. Ein letzter Versuch noch. Es meldete sich wieder nur die Mailbox, wie schon den ganzen Tag. Wahrscheinlich würde Pierrette sich damit herausreden, dass es hier kein Netz gäbe, sie konnte ja nicht ahnen, dass Natalie es besser wusste. Sie legte das Handy wieder auf den Nachttisch, zu müde, um sich noch über ihre Schwiegermutter zu ärgern. Aber nicht zu müde, um sich Sorgen zu machen. Wie es Leonie wohl ging? Nach einer halben Stunde, in der Natalie erschöpft, aber unfähig zu schlafen die Decke anstarrte, erklang der Ton einer ankommenden Nachricht. Ihr Herz klopfte vor Freude, als sie sah, dass sie tatsächlich von Pierrette war. Sie öffnete sie und las:

Meine Liebe, mach dir keine Sorgen, Leonie geht es fantastisch. Sie hat überhaupt nicht nach dir gefragt! LG Pierrette

Natalie las die Nachricht wieder und wieder. Sei nicht dumm, sagte sie sich. Das heißt doch, Leonie hat kein Heimweh. Ihr geht es gut. Aber es nützte nichts, der kleine triumphierende Stachel, den Pierrette gesetzt hatte, tat trotzdem weh: *Sie hat überhaupt nicht nach dir gefragt.*

Und Natalie fragte sich, ob es stimmte. Ging es Leonie wirklich so fantastisch, dass sie alles um sich herum vergaß? Oder war es nur das, was Pierrette wahrhaben wollte? Natalie hatte Pierrette immer als freundlich, aber auch distanziert erlebt, sie war ihr nie richtig nahegekommen – typisch war die Anrede »Meine Liebe«, die sie zuerst für herzlich gehalten hatte, bis sie merkte, dass Pierrette auch ihre Mitarbeiterinnen so anredete. Was Kinder anging, war sie noch nie der Typ für Umarmungen und Trost gewesen. Dazu war sie nun jahrelang aus der Übung. Kinder kamen in ihrem Alltag nicht mehr vor. Solange Leonie also nicht offen in Tränen ausbrach, würde Pierrette wahrscheinlich gar nicht merken, wenn Leonie unglücklich war. Oder, noch schlimmer: Womöglich traute Leonie sich gar nicht zu sagen, wenn sie Heimweh hatte. Gut möglich, dass Pierrette ihr unterschwellig zu verstehen gab, dass Heimweh tabu war.

Natalie musste wissen, wie es Leonie ging! Nur: Wie konnte sie Pierrette dazu bringen, sie endlich mit ihr sprechen zu lassen? Natalie dachte an ihren Tag mit Salomé zurück. Die Eselin hatte nicht offen rebelliert, aber sie war auf ihre eselsanfte, gelassene Art beharrlich geblieben und hatte sich zu nichts zwingen lassen. Wenigstens war das etwas, das sie von ihr lernen konnte: Beharrlichkeit! Schnell tippte Natalie eine Antwort an Pierrette ins Handy: *Freut mich, dass es euch gut geht! Wann passt morgen ein Anruf? Ich möchte mal kurz mit Leonie sprechen. Liebe Grüße, Natalie*

Sie las die Nachricht noch einmal, löschte die Worte »mal kurz«, änderte »möchte« zu »will«, »Liebe Grüße« zu »LG« und tippte auf »Senden«. Dann legte sie das

Handy auf den Nachttisch und zog sich zufrieden gähnend die Decke bis zum Kinn. Wie dankbar sie dem Wirt der Gîte für das Einzelzimmer war! Morgen würde sie wieder Energie haben. Morgen würde sie mit Leonie telefonieren. Sie hatte diesen ersten Wandertag mit dem Esel geschafft. Und morgen würde sie es schaffen, sich bei Pierrette durchzusetzen.

Am nächsten Morgen traf sie die Familie aus der Normandie im Frühstücksraum wieder. Die Kinder waren Mädchen, Lilly und Isabel. Lilly, die Jüngere der beiden, mochte etwa in Leonies Alter sein. Sie waren mit zwei Eseln unterwegs, erzählten die Mädchen, sie hießen Timo und Jules. Sie erzählten viel von ihren bisherigen Erlebnissen mit den Eseln und fragten Natalie über Salomé aus. Nach dem Frühstück machten sie sich alle gemeinsam auf den Weg und holten die drei Tiere von der Weide, um sie zu striegeln und zu satteln. Die gute Laune der Familie war ansteckend, es wurde viel gescherzt und gelacht, und die Mutter der Mädchen fragte Natalie, ob sie sich ihnen heute anschließen wolle. Natalie freute sich über das Angebot und sagte spontan zu. Es würde das Weiterwandern so viel leichter machen! Die Familie war reizend, die Kinder striegelten hingebungsvoll ihre Esel, die Oma hatte fürsorglich beim Frühstück Äpfel geviertelt und in eine Sandwichbox gefüllt, die Eltern, vielleicht zehn Jahre älter als Natalie, strahlten gute Laune und Harmonie aus. Eine Familie wie aus dem Bilderbuch. Doch gerade das, wurde ihr immer klarer, würde sie auf Dauer schwer aushalten. So fiel Natalie ein Stein vom Herzen, als sich dann herausstellte, dass die Familie in der »richtigen« Richtung unterwegs war, von Norden nach Süden, ihre Wege also entgegengesetzt waren. Sie hätte es nur schwer ertragen, diese glückliche Familie den ganzen Tag um sich zu haben, ihr Lachen, die netten Mädchen, das Ehepaar, das so fröhlich und liebevoll miteinander umging, so wie es bei Pascal und ihr früher auch gewesen war. Und die herzliche, Äpfel viertelnde Oma, ein Musterbeispiel bescheidener Fürsorge, voller Freude darüber, dabei sein zu dürfen. Sie hätte Natalie bei jedem Schritt an ihre dominante Schwiegermutter denken lassen, die ihr einfach die Tochter klaute für einen Egotrip, der nur aus Oma und Enkelin bestand und bei dem Natalie unerwünscht war. Genauso unerwünscht wie damals bei den Abendmahlzeiten im Hause Berger.

Nein, diese Familie wäre zu viel für sie gewesen. Gemeinsames Wandern hätte ihr nur vor Augen geführt, wie schön es gewesen wäre, wenn Pierrette ihr erlaubt hätte, mit dabei zu sein. Und wenn sie dann diese andere Familie getroffen hätten, was für ein Spaß für Leonie, mit diesen unbeschwerten Mädchen und ihren Eseln weiterzuwandern! Jetzt war Leonie allein mit ihrer Großmutter unterwegs, die sie kaum kannte. Warum hatte Natalie sich so in ihrer Trauer vergraben, dass sie nicht mehr mit ihrer Tochter Urlaub gemacht hatte, zwei Jahre lang nicht? Zwei Jahre waren für ein Kind eine Ewigkeit. Warum nur hatte sie es so weit kommen lassen?

So verabschiedete Natalie sich nach dem gemeinsamen Striegeln und Satteln der Esel mit einem lachenden und einem weinenden Auge von der Familie. Salomé fiel die Trennung von den beiden anderen Eseln merklich schwer. Natalie rechnete es ihr hoch an, dass sie trotzdem, nach nur zweimaligem Stehenbleiben und sehnsuchtsvollem

Iihh-Aahh, mit ihr mitging. Salomé hält zu mir, dachte sie mit einem warmen Gefühl für die Eselin. Als die anderen außer Sichtweite waren, stoppte Natalie und schlang ihre Arme um Salomés Hals, weinte ein bisschen, die Wange an das weiche Fell geschmiegt, und Salomé hielt ganz still. Natalie nahm ein paar Möhren aus der Satteltasche, brach sie in kleine Stücke und bot sie Salomé an, genoss dabei jedes Mal die Berührung des weichen Eselmauls in ihrer Hand.

Seite an Seite verließen sie das Dorf, ohne dass Salomé stehenblieb. Ein paar hundert Meter nach dem Ortsschild bogen sie von der Asphaltstraße in einen Schotterweg ab, der durch einen Weiler mit Bauernhäusern aus Natursteinen und leerstehenden Scheunen führte. Auf einer lattenumzäunten Wiese grasten ein paar Ziegen, dazwischen liefen Hühner auf der Suche nach Insekten durch das Gras. Der Schotterweg ging in einen steinigen Weg über, der an Schafweiden vorbei auf eine Anhöhe führte. Dort oben würden sie wieder in den Wald kommen, in den Schatten.

Natalie konzentrierte sich aufs Gehen und darauf, ihren Atem mit ihren Schritten zu synchronisieren. Sie lief ein wenig schräg hinter dem Kopf der Eselin und sah auf ihre langen Ohren, die gleichmäßig im Takt wippten. Natalie lauschte auf das Klappern der Hufe und auf das allgegenwärtige Schnarren der Zikaden. Ihr fiel auf, wie selten sie hier Vögel singen hörte. Wurde hier etwa immer noch Jagd auf Singvögel gemacht? Sie dachte an die Praxis der Leim-Fallen, über die Pascal sich immer aufgeregt hatte. Nein, stopp!, dachte sie dann energisch. Drifte nicht in negative Gedanken ab. Erfreu dich am Wippen der Eselohren, lass dich auf den gleichmäßigen Rhythmus der Hufe ein, atme. Nimm dir ein Beispiel an deiner Eselin, sie geht einfach und denkt nicht mehr, als gut für sie ist. Fress-Modus, Lauf-Modus, Steh-und-Lausch-Modus. Iihh-Aahh-Modus, wenn sie sich von anderen Eseln trennen muss. Natalie musste lächeln, als ihr noch ein Modus einfiel: Aufbläh-Modus. Wenn sie den Sattelgurt festzog, atmete Salomé tief ein und blähte den Bauch auf, machte sich dicker, damit der Gurt hinterher nicht so festsaß. Ein Trick, den jedes Pony beherrschte und Esel offenbar auch. Dumm waren sie jedenfalls nicht, die Esel. Céline hatte recht. Sie waren nicht stur, aber sie ließen sich auch zu nichts zwingen. Sie waren mit sich im Reinen. Beneidenswert, dachte Natalie, während sie weiter auf die wippenden, langen Ohren schaute. Salomé im Esel-Flow-Modus – nach einer schönen Nacht auf der Weide, wo sie sich nach Lust und Laune im knietiefen Gras gewälzt und den Bauch vollgeschlagen hatte, trappelte sie jetzt zufrieden durch die Landschaft und dachte an nichts. Ach, wie gern hätte Natalie selbst einen Knopf für den Esel-Flow gehabt.

Pistou

Luziers, Dienstagmorgen

Die Eselfrau, wie Pierrette Céline bei sich nannte, überprüfte noch einmal, ob der Bauchgurt fest gespannt war. Dann löste sie den Führstrick und übergab ihn Leonie. »Ich wünsche euch eine schöne Wanderung!«

»Danke!« Leonie strahlte, als sie den Strick übernahm.

»Geh schon einmal ein Stückchen vor, damit deine Oma und ich sehen können, wie du mit deinem Esel klarkommst, ja?«

Leonie nickte und führte Pistou den gepflasterten Weg hinunter. Céline sah ihr ein paar Sekunden lang zu, bis das Kind außer Hörweite war, dann wandte sie sich mit besorgtem Gesicht an Pierrette.

»Madame Berger, Ihre Schwiegertochter ist tatsächlich in dem Glauben, dass Sie schon vorgestern losgewandert sind.«

»Ja, genau richtig. Sie haben ihr doch nichts verraten?«

»Nein, natürlich nicht, Ihre Anweisung war ja sehr deutlich. Aber … sind Sie sicher, dass das … eine gute Idee ist?«

Pierrette zog die Augenbrauen hoch, kombiniert mit einem distanzierten Lächeln, so wie sie es bei Angestellten tat, die zu weit gingen. »Aber gewiss, meine Liebe, das bin ich. Ich sage Ihnen, was keine gute Idee war: der Plan meiner Schwiegertochter, uns nachzuspionieren. Deshalb habe ich meinen Plan – nun, sagen wir, an die neue Lage angepasst. Wenn meine Schwiegertochter sich in die Vorstellung hineingesteigert hat, dass sie unbedingt mitmuss, nun, so kann ich sie natürlich nicht davon abhalten. Aber was zu weit geht, geht zu weit. Das hier ist mein Urlaub mit meiner Enkeltochter. Auf keinen Fall werde ich zulassen, dass meine Schwiegertochter hinter mir herhetzt und mich kontrolliert. Ich weiß, was ich tue, habe alles unter Kontrolle und brauche keinen Aufpasser. Und meine Enkelin braucht Erholung von ihrer überbesorgten Mutter, bei mir darf sie mal wieder unbeschwert Kind sein. Also lassen wir meine Schwiegertochter eifrig vorauslaufen. Das ist für alle das Beste, glauben Sie mir. Meine Schwiegertochter ahnt nichts, und meine Enkeltochter und ich haben unsere Ruhe.«

Die Eselfrau runzelte die Stirn, verkniff sich aber einen weiteren Kommentar. Gut so, dachte Pierrette, denn eigentlich ging das alles die Eselvermieterin rein gar nichts an, und sie ärgerte sich, überhaupt so viel verraten zu haben. Das klang ja schon fast, als wolle sie sich verteidigen. »Salut!« Pierrette nickte ihr knapp zu und ging mit schnellen Schritten zu Leonie und dem Esel.

»Ach, eine Sache noch!«, rief die Eselfrau ihr nach. »Lassen Sie Pistou nicht an den Fluss zum Trinken! Im nächsten Dorf gibt es einen Brunnen mit Quellwasser!«

»Schau nur, Oma, wie brav er läuft!«, rief Leonie. Pierrette atmete tief durch. Vorbei die Nacht und ihre düsteren Gedanken. Die Sonne ging schon über dem bewaldeten Horizont auf, sie hatte ihre Enkelin, und die führte glücklich ihren Esel. Das Abenteuer konnte beginnen. Das Abenteuer von Oma und Enkelin. Natalie hatte ihr eigenes Abenteuer mit ihrem eigenen Esel. Heute Abend, wenn sie in Mialet ankämen, wäre Natalie schon im nächsten Ort. Pierrette lächelte. Alles lief nach Plan.

Sie gingen rechts und links vom Esel durch das Dörfchen Luziers hinunter zum Fluss. Der Esel marschierte über das Kopfsteinpflaster, als wäre er aufgezogen worden. Es überraschte Pierrette kein bisschen. So wie bei Menschen, so war es eben auch mit Tieren. Sie spürten es, wenn jemand natürliche Autorität ausstrahlte. Das Lasttier wusste, dass bei ihr keine Mätzchen drin waren. Luziers bestand aus Natursteinhäusern, die sich auf einer kleinen Anhöhe drängten: von außen pittoresk anzusehen, aber im Inneren wahrscheinlich dunkel und spartanisch, mit veralteten Elektroleitungen und einem Interieur, das keinen modernen Wohnansprüchen mehr standhielt. Sicher, dachte Pierrette, während sie die Häuser mit Immobilien-Kennerblick abschätzte, das eine oder andere Haus wäre an reiche Unternehmer oder Jetset-Mitglieder mit Sehnsucht nach dem »echten, ursprünglichen« südfranzösischen Landleben gut vermittelbar. Oder an Leute, die sich als Künstler fühlten und sich ein Leben als Künstlerdarsteller leisten konnten, in reproduzierter Frugalität. Sie hatte schon einige solcher Häuser auf dem Land an reiche Spinner und selbsternannte Lebenskünstler vermittelt und wusste, worauf es bei der Präsentation ankam: Es musste Sommer sein, damit man nicht merkte, dass die Fenster undicht waren, denn sie standen ohnehin weit offen. Edle, leichte Gardinen aus Naturmaterialien, die sanft vor den kleinen Fenstern wehten und sie optisch vergrößerten. Weintrauben und Orangen, die in Schüsseln aus Olivenholz präsentiert wurden. Kunst, überall, an den Wänden, auf dem Boden, im Garten. Echt oder in guter Replik, auf jeden Fall besonders, für den eitlen Kennerblick. Dazu alte Bücher in dunklen Schränken. Das eine oder andere Windspiel. Die Veranda mit Kerzen bestückt und wenn möglich mit Wein überwachsen. Wenn auf dem Verandadach kein Wein rankte, so mussten vor der Besichtigung zumindest Gemüsepflanzen in Kübeln herbeigeschafft werden, blühend oder besser noch prall behangen mit Tomaten, Paprika oder Chili. Wenn es einen Garten gab oder einen kleinen Innenhof, so waren Lavendelsträucher ein Muss. Ein Orangen- oder Zitronenbaum brachte gut 10.000 Euro mehr. Das Bettzeug aus Naturleinen, die elektronischen Geräte und die Haustechnik versteckt. Auf dem altertümlichen, schweren Wohnzimmertisch aus Natureiche einladend eine Flasche Rotwein mit zwei Gläsern. Haus, Interieur wie Garten mussten jegliche Klischees des französischen Landlebens atmen und den Interessenten das Gefühl geben, hier die ideale Stätte für die Verwirklichung ihres einzigartigen Traums vom Leben auf dem Land gefunden zu haben.

Der Esel riss Pierrette aus ihren Gedanken. Er war stehengeblieben, um Gräser zu fressen, die aus einer Mauerspalte ragten. Oh, nein, das sollte er sich gar nicht erst angewöhnen. Entschlossen schlug sie ihm mit der flachen Hand auf die Hinterbacke.

»*Allez!*« Der Esel machte erschrocken einen Satz nach vorne.

»Nein, nicht!«, rief Leonie schrill. »Du darfst ihn nicht hauen, Oma!«

»Sag nicht Oma, sag Pierrette zu mir. Außerdem habe ich ihn nicht gehauen, ich habe ihn motiviert. Gerade zu Anfang darf er nicht denken, dass er damit durchkommt, stehenzubleiben und zu fressen. Gerade am Anfang ist es wichtig, nicht nachgiebig zu sein.«

»Warum?«

»Sonst tanzen die Mitarbeiter einem auf der Nase herum.«

»Aber Pistou ist doch kein Mitarbeiter«, sagte Leonie. »Er ist ein Esel.«

»Aber natürlich ist er ein Mitarbeiter«, sagte Pierrette geduldig. Sie mochte es, dass Leonie so wissbegierig war. Sie würde ihr viel beibringen können. »Ein Mitarbeiter ist jemand, der etwas für einen tut. Pistou trägt unser Gepäck, das ist seine Aufgabe, er arbeitet für uns. Also ist er unser Mitarbeiter. Natürlich nicht für immer, er gehört uns ja nicht. Wir haben seine Arbeitskraft nur für die Dauer unserer Wanderung gemietet.«

»Und was kriegt er dafür?«

»Sein Futter.«

»Aber das wächst doch auf der Weide. Wenn er nicht mit uns gehen müsste, hätte er viel mehr Zeit zum Fressen.«

»Aber er will ja auch im Winter fressen, und dann wird er von seinen Besitzern gefüttert. Sie kaufen das Heu von dem Geld, das wir ihnen geben. Pistou arbeitet für sein Futter im Winter.« Pierrette nickte zufrieden. So einfach war das. Kapitalistische Grundprinzipien, verständlich erklärt für Siebenjährige. Vielleicht sollte sie ein Buch schreiben: Das Eselprinzip.

Leonie streichelte Pistou über den Hals. »Oma?«

»Pierrette«, sagte Pierrette sanft. »Ich mag es lieber, wenn du meinen Namen nennst. Oma, so heißen viele Frauen.« Ältere Frauen als ich, setzte sie in Gedanken hinzu.

Leonie sah sie an, spielte mit ihren Zöpfen. »Gestern hast du mir die Zöpfe geflochten. Warst du da meine Mitarbeiterin?«

»Nein, natürlich nicht.«

»Aber du hast was für mich gemacht. Du hast einen Job für mich gemacht.«

»Nein, ich habe dir einen Gefallen getan.«

»Weil du mein Mitarbeiter bist.«

»Weil ich deine Oma bin. Omas sind keine Mitarbeiter ihrer Enkel.«

»Warum nicht?«

»Omas sind Omas.«

»Esel sind Esel«, sagte Leonie und verschrankte die Arme vor der Brust.

Langsam reichte es Pierrette. »Gut, meinetwegen. Esel sind Esel, aber Tatsache bleibt: Ein Esel muss Gepäck tragen, basta. So ist das nun einmal auf der Welt.«

»Du bist doch mein Mitarbeiter!«, trumpfte Leonie auf. »Du hast mir die Haare gekämmt, du warst mein Mitarbeiter! Aber ich habe dich nicht gehauen. Dein Handy hat geklingelt, und du bist drangegangen. Ich habe gewartet. Aber ich hätte dich auch hauen können, damit du schnell weitermachst, oder?«

Pierrette schüttelte den Kopf und drohte Leonie spielerisch mit dem Zeigefinger. »Nein, hättest du nicht, du Frechdachs.«

Leonie hüpfte vor ihr hin und her. Ein kleiner, übermütiger Wirbelwind. »Aber sonst tanzt du mir noch auf der Nase herum!«

Pierrette musste gegen ihren Willen lachen. Diese gerissene kleine Kröte. »Komm, steig mal auf, du darfst auf deinem Esel auch reiten. Das wird dir Spaß machen.«

Leonie schüttelte den Kopf. »Pistou schleppt schon unsere Rucksäcke.«

»Es ist in Ordnung, wenn du auf ihm reitest. Die Eselvermieterin sagte, es macht Pistou nichts aus, er schafft das spielend.«

»Warum?«

Pierrette verlor langsam die Geduld. »Herrgott, weil er ein Esel ist. Esel sind dazu da, Dinge zu schleppen.«

Leonie schob die Unterlippe vor und schüttelte den Kopf. »Aber ich bin schwer.«

»Und der Esel ist stark.« Pierrette atmete einmal tief durch. Ihre Enkelin konnte es in Sachen Bockigkeit mit jedem Esel aufnehmen. Woher hatte sie das nur? Wahrscheinlich war das die laxe Erziehung ihrer Schwiegertochter, die sich hier unangenehm bemerkbar machte. Natalie hatte dem Kind offensichtlich jeden Willen gelassen und es nach Strich und Faden verwöhnt. Fordern statt verwöhnen, das war bei der Kindererziehung immer Pierrettes Leitlinie gewesen, so wie sie es von ihren Eltern gelernt hatte. Aber bei ihrer Schwiegertochter war es offensichtlich umgekehrt. Sie verwöhnte, und hier sah man, was dabei herauskam. Aber gut, dann musste die Kleine eben zu ihrem Glück gezwungen werden. So weit kam es noch, dass Leonie aus falsch verstandener Tierliebe nicht auf dem Esel ritt. Dann konnten sie die geplante Tour gleich ganz vergessen, nach spätestens drei Stunden Wandern würde das Kind schlappmachen.

»Leonie, du bist ein Leichtgewicht, und es macht dem Esel wirklich nichts aus. Schau, er ist groß und stark.« Sie fasste Leonie um die Taille, um sie in den Sattel zu heben. Doch Leonie hielt die Beine geschlossen und spannte den Körper an, machte sich steif wie ein Brett. »Nein, Oma, ich will nicht!«

Entnervt setzte Pierrette sie wieder ab. »Na gut. Wer nicht will, der hat schon. Und sag Pierrette, nicht Oma.«

Wie stur kann ein Kind sein, dachte Pierrette und seufzte, als ihr die Ironie des Ganzen auffiel: Da hatten sie schon Glück und einen folgsamen Esel erwischt. Dafür war nun das Kind umso sturer. Sie nahm ein Taschentuch aus der Seitentasche der neuen Wanderhose und wischte sich damit über die Stirn. Dann steckte sie sich eine Zigarette an, sie brauchte jetzt eine. Sie hatte sich das alles einfacher vorgestellt. Sie hatte gedacht, es wäre leichter, eine Verbindung zu ihrer Enkelin aufbauen zu können. Sie waren schließlich verwandt. Und hieß es nicht, dass es ein besonderes Band zwischen Großeltern und Enkelkindern gebe? Und waren Leonie und sie nicht zusätzlich durch Pascals Tod auf eine traurige, aber starke Weise miteinander verbunden? Leonie hatte ihren Vater verloren, sie selbst ihren Sohn. Leonie wurde durch seinen Tod zur Halbwaise, doch für sie selbst, für eine Mutter, die ihr Kind verloren hatte, gab es kein Wort. Dabei fühlte auch sie sich wie eine Waise. Verloren. Genau wie Leonie. Sie beide waren Waisen. Sie hatte ihr einziges, unersetzliches Kind verloren, so wie Leonie ihren einzigen, unersetzlichen Papa. Diese traurige Ungeheuerlichkeit, war Pierrette überzeugt gewesen, wäre das unsichtbare, aber starke Band zwischen ihnen.

Doch die Realität sah anders aus. Von Trauer war Leonie nichts anzumerken, das Kind lebte im Hier und Jetzt und erinnerte sich offenbar kaum mehr an seinen Vater. Zwei Jahre waren eben eine lange Zeit für ein Kind in dem Alter. Inzwischen mochte es in Leonies Kopf mehr Erinnerungen geben, die nach Pascals Tod entstanden waren, als solche mit ihm. Fast ein Drittel ihres jungen Lebens lebte sie nun schon ohne ihren Vater, nur zwei Jahre vielleicht, nur von ihrem dritten bis zum fünften Lebensjahr, hatte sie ihn überhaupt bewusst wahrgenommen. Kein Wunder, wenn die Erinnerung an ihn verblasst war. Bei ihr selbst sah das anders aus, schon wenn man sich nur die lange Zeit anschaute, in der Pascal Teil ihres Lebens gewesen war. Sie hatte ihn schon mit siebzehn bekommen. So viele Erinnerungen, und manchmal erschien es ihr, als habe ihr Leben erst mit seinem richtig begonnen. Sie hatte sich immer für ihn eingesetzt, immer sein Bestes gewollt und wie eine Löwin für ihn gekämpft. Sie hatte sich gegen ihre Familie aufgelehnt, die sie zu einer Abtreibung drängte, und sie hatte es, als die Eltern ihr die Unterstützung versagten, ganz allein geschafft. Sie hatte sich beruflich durchgebissen und ihn, als er ein Jahr alt war, zunächst bei einer Pflegefamilie unterbringen müssen, so schwer es ihr auch fiel. Sie hatte ihn an jedem Wochenende besucht und war stolz und glücklich gewesen, als sie ihn endlich wieder ganz zu sich holen konnte. Da war er sechs Jahre alt gewesen, ein bisschen jünger nur als Leonie jetzt. Obwohl sie, als sie mit siebzehn schwanger wurde, noch völlig von den Wertvorstellungen ihrer Eltern durchdrungen war, hatte sie sich gegen sie durchgesetzt, als es um Pascal ging. »Lass dir durch einen Fehler nicht deine

Zukunft zerstören«, hatte der Vater gesagt. »Lass dich durch diesen Fehler nicht von deinem Weg abbringen«, hatte die Mutter bekräftigt. Jeder mache mal einen Fehler, sie sei eben jung und naiv gewesen, und sie sei nicht die Erste und nicht die Letzte, der so etwas passiere. Wenn man es in einer guten Klinik fachgerecht machen lasse, sei es ohne nachteilige Folgen für eine spätere Familienplanung. Sie müsse auch an das Kind denken. Jedes Kind habe das Recht, erwünscht zu sein. Später einmal, wenn alles passe, werde sie eine umso glücklichere Mutter sein. Weder ihr Vater noch ihre Mutter hatten Verständnis für ihren Wunsch gehabt, ihr Kind zu bekommen, nicht auf »später, wenn alles passt« zu warten, sondern sich auf die Veränderung einzulassen, die ja bereits da war. Es war ja nicht so, dass sie dieses Baby in ihrem Bauch auf später hätte vertrösten können. Pascals Herz schlug schon. Der Weg, der vor ihr lag, mochte steinig werden, aber für sie gab es da keine Alternative. Der Weg wurde wirklich steinig, genau wie die Eltern prophezeit hatten, und sie hatten sie den Weg tatsächlich allein gehen lassen, hatten ihr zwar versprochen, im Notfall zu helfen, aber ihr tatsächlich, von einer finanziellen Hilfe zu Beginn einmal abgesehen, kaum mal einen Stein aus dem Weg geräumt und Pascal weitgehend ignoriert. Natürlich waren die Bedingungen nicht ideal, sie hatte wenig Zeit für ihn gehabt, gerade als er noch ganz klein war, und ihre Beziehung mochte nie so innig gewesen sein, sie selbst nie so eine Rund-um-die-Uhr-Mutter, wie es in den kitschigen Fernsehserien ihrer eigenen Kindheit idealisiert wurde. Aber sie hatte ihn von ganzem Herzen geliebt und sich immer um ihn gekümmert, und sie hatte es keinen einzigen Augenblick bereut, ihn bekommen zu haben. Sie war immer stolz darauf gewesen, allein zurechtzukommen, eine beruflich erfolgreiche, alleinerziehende Mutter zu sein. Sie hatte es nicht nötig gehabt, sich an ihrem Sohn festzuklammern, weil sie ihr eigenes Leben lebte, mit einem Beruf, den sie liebte, und schließlich auch – mit Mitte dreißig – mit Jacques. Er war wunderbarerweise gerade zu dem Zeitpunkt in ihr Leben getreten, als Pascal flügge wurde und zum Studium nach Paris ging. Partner, Beruf, Kind, das war die zeitliche Abfolge bei ihren Schulfreundinnen gewesen, oder auch: Beruf, Partner, Kind. Bei ihr war es andersherum: zuerst das Kind, dann der Beruf, dann der Mann. Und es war perfekt so gewesen.

Doch Pascals plötzlicher Tod hatte ihr den Boden unter den Füßen weggerissen. Für sich selbst konnte sie den Tod als Teil einer großen kosmischen Wirklichkeit begreifen, aber doch nicht für ihren Sohn, der viel zu jung zum Sterben war! Sie hasste das Gerede ihrer Bekannten von der Notwendigkeit, »Trauerarbeit zu leisten«. Niemals würde sie seinen Tod akzeptieren. Leonie, seine Tochter, ihre Enkelin, wäre ein Weg, sich ihm nah zu fühlen, das spürte sie. Eine heimlich sich selbst verschriebene Medizin. Aber ihre Selbstmedikation schlug bislang nicht an. Leonie war nicht Pascal. Sie hatte seine Augen und sein Temperament, das wohl. Und sie stopfte begeistert das Essen in sich hinein, genau wie er früher, das auch. Aber diesen Eigensinn und diese Widerborstigkeit … die hatte sie nicht von ihm. Reiß dich zusammen, Pierrette, ermahnte sie sich. Es nützte ja nichts. Hier waren sie nun, mitten in der Natur, in der Sommerhitze. Sie ist seine Tochter, dachte sie. Sie kann nichts dafür, dass sie als Heilmittel für dich nicht taugt. Sie kann nichts dafür, dass sie dein wundes Herz nicht verbinden kann. Du liebst sie nicht, sie liebt dich nicht. Das ist die Ausgangslage. Aber das Kind ist seit zwei Jahren nicht mehr rausgekommen und hat einen schönen Urlaub verdient. Gib dir Mühe, für Pascal! Der Gedanke an Pascal gab ihr Auftrieb. Er würde wollen, dass seine kleine Tochter Spaß hatte. Er würde sich darüber freuen, dass sie sich endlich die Zeit nahm, ihre Enkelin richtig kennenzulernen. Ja, sie würde sich zusammenreißen. Sie war die Erwachsene, es lag an ihr, diesen Urlaub zu einem Erfolg zu machen. Sie hatte es in der Hand. Wäre doch gelacht, wenn sie das nicht hinbekäme.

»Oma, darf ich baden?« Leonie schaute sehnsüchtig zum Fluss, ihr zarter Kinderarm zeigte auf eine Ausbuchtung in der Flusskehre, in der das klare Wasser nicht so tief war und nur langsam floss. Dort gab es einen breiten Kieselstrand, der sanft zum Wasser hin abfiel. Ideale Bedingungen also. Die Sonne stand schon recht hoch am Himmel, warm genug war es auch schon. Pierrette hatte für alle Fälle einen Badeanzug für die Kleine gekauft. Sie hatte sich natürlich genauestens über die Route informiert, die Badebucht war keine Überraschung für sie. Und jetzt war der ideale Moment, um ihrer Enkelin einen Wunsch zu erfüllen. Sie war streng genug mit ihr gewesen, man musste die Zügel zwischendurch auch mal lockerlassen. Sie hatten noch viele gemeinsame Tage vor sich, und die sollten harmonisch werden. Gute Stimmung war im Beruf vielleicht ein Add-on und auch mal verzichtbar, aber nicht im Urlaub mit Leonie.

»Natürlich, *ma chérie*, ich habe extra einen Badeanzug für dich eingepackt.«

Sie suchten eine für den Esel leicht zugängliche Stelle und fanden einen Trampelpfad, der an einer bambusbewachsenen Böschung entlang hinunter zum Flussufer führte. Unten gab es einen Wiesenstreifen, und kaum dass Leonie ihren Esel anhielt, senkte der den Kopf und graste friedlich. Dieser Esel ist wirklich ein Glücksgriff, dachte Pierrette. Bestimmt gibt es sturere Exemplare, dieser hier kennt seinen Job, trägt brav das Gepäck und frisst nur, wenn er darf.

»Wo ist der Badeanzug, Oma?« Leonie öffnete die Schlaufen der linken Satteltasche, wo ihre Sachen verstaut waren, aber sie war nicht groß genug, um hineinschauen zu können.

»Nein, falsche Seite, er ist bei meinen Sachen.« Pierrette öffnete die Satteltasche auf der anderen Seite, zog den Badeanzug hervor und überreichte ihn Leonie. »Ich hoffe, er gefällt dir.« Leonie nickte, ohne hinzusehen, und verschwand im Bambus, um sich umzuziehen.

»Kommst du auch mit baden?!«, rief das helle Kinderstimmchen aus dem Gebüsch.

»Aber natürlich«, rief Pierrette zurück, während sie sich die Hosenbeine aufkrempelte und ihre Schwimmschuhe überstreifte. »Aber nicht ganz, nur bis zu den Knien, weißt du, ich habe keine Lust, mich umzuziehen.« Pierrette musste sich zusammenreißen, um sich ihr Entzücken beim Anblick ihrer Enkeltochter nicht anmerken zu lassen. Wie niedlich sie in ihrem hellblauen Badeanzug mit dem angedeuteten Rüschen-Röckchen aussah! Eine kleine, hibbelige Wasser-Ballerina, voller Vorfreude aufs Plantschen. Sie ließ ihre Kleidung und Sandalen am Ufer fallen und balancierte auf nackten Füßen über die Kieselsteine zum Wasser.

»He, he, *petite fille*, einen Augenblick!«, rief Pierrette und reichte ihr schnell die Schwimmschuhe. »Zieh die lieber an, wegen der spitzen Steine. Da kannst du besser laufen, rutschst nicht so leicht aus und trittst dir nichts in den Fuß ein.« Während Leonie ihre Schwimmschuhe über die Füße streifte, band Pierrette ihr noch schnell die blonden Locken zu einem Pferdeschwanz hoch.

»Sollen wir Pistou das Gepäck abnehmen?«, schlug Leonie vor. »Das gefällt ihm bestimmt, dann kann er auch richtig Pause machen.«

Pierrette winkte ab. »Ach, was, der macht auch so Pause. Das Gepäck stört ihn nicht.«

»Aber vielleicht will er auch baden«, sagte Leonie.

Pierrette lachte. »Nein, Pistou will bestimmt nicht baden.«

»Warum nicht?«, fragte Leonie.

Pierrette zog ihre Enkelin neckend am Pferdeschwanz. »Weil er keinen Badeanzug hat. Außerdem hat er Besseres zu tun. Er schlägt sich den Bauch voll.« Sie schaute sich nach einem Baum um, an dem sie den Esel festbinden könnte. Es gab keinen, nur das Bambusgebüsch und ein paar junge Weiden, die waren jedoch nicht stabil genug. Aber der Esel fraß ruhig vor sich hin, er machte nicht den Eindruck, als würde er auf dumme Ideen kommen. Also machte Pierrette nur den Führstrick los, damit er nicht mit den Hufen darauftrat, dann nahm sie Leonie bei der Hand und ging mit ihr zum Wasser. Natürlich würde sie ihre Enkeltochter nicht aus den Augen lassen, wenn sie ins Wasser ging. Sie hatte ihrer Schwiegertochter zwar hoch und heilig versprechen müssen, mit Leonie nicht schwimmen zu gehen, aber das hier war ja nicht schwimmen, das war plantschen: Das Wasser war seicht, die Ausbuchtung sicher, die Strömung gering. Man konnte dem Kind nicht ewig alles verbieten, was Spaß machte, nur weil die Mutter einen psychischen Knacks hatte. Das Leben ging weiter. Vielleicht nicht für sie selbst und auch nicht für ihre Schwiegertochter, aber für Leonie. Sie war ein Kind, das Leben rief nach ihr. Pierrette nahm es Natalie übel, dass sie sich nach Pascals Tod nicht mehr zusammengerissen hatte, um Leonie die Normalität zu geben, die das Kind gerade jetzt brauchte und verdiente. Herrgott, als Mutter hatte man verdammt noch mal zu funktionieren. Wo wäre sie denn damals hingekommen, wenn sie, als Pascal so alt war wie Leonie jetzt, um ihre eigene Befindlichkeit gekreist wäre, statt in die Hände zu spucken und das Leben anzupacken und für ihren Sohn zu sorgen? Sie war jahrelang jeden Morgen um halb fünf aufgestanden und hatte den Haushalt gemacht, bevor sie Pascal weckte, mit ihm frühstückte und ihn zur Schule brachte. Sie hatte gearbeitet, Überstunden gemacht, und danach hatte sie nicht die Füße hochgelegt und sich eine Pause gegönnt, sondern für ihn gekocht, hatte ihm vorgelesen, mit ihm gespielt, ihn zu Freunden und zum Sport gefahren. Lag er im Bett, hatte sie nach dem Aufräumen von Küche, Kinderzimmer und Bad noch drei Stunden für die Abendschule gelernt, bevor sie gegen eins todmüde ins Bett gefallen war. Nur fünf Stunden Schlaf unter der Woche, das war hart gewesen, aber das hieß auch: keine Zeit zur Selbstbespiegelung. Und bald hatte sie dann so viel verdient, dass sie sich eine Hilfe für den Haushalt hatte leisten können. Sie war tüchtig gewesen. Und ihre Schwiegertochter? Ließ sich krankschreiben, rannte zum

Therapeuten und packte Leonie in Watte. Nein, Pierrette fühlte sich an das erzwungene Versprechen, Leonie nicht schwimmen zu lassen, nicht gebunden, denn es war unsinnig. Pascal war ertrunken. Aber Leonie deshalb nicht mehr ins Wasser zu lassen war einfach nur absurd. Was, wenn er bei einem Autounfall umgekommen wäre? Wäre dann das Autofahren tabu gewesen?

Gemeinsam stakten sie Hand in Hand ins Wasser. Pierrette merkte, dass Leonie zu ihr hochsah.

»Woran denkst du, Oma?«

»Warum?«

»Du guckst so böse.«

»Ach, was!« Pierrette lächelte ihrer Enkelin zu. »Ich muss mich nur konzentrieren, um nicht hinzufallen.« Sie standen jetzt fast bis zu den Knien im Wasser. »Na, los, das Wasser ist herrlich, worauf wartest du?«

Leonie gluckste auf vor Freude, löste sich von ihrer Hand und balancierte weiter ins Wasser hinein, zur tiefsten Stelle, wo es ihr bis zur Hüfte ging. Pierrette spritzte sie nass, und Leonie quiekte auf und spritzte zurück.

Pierrette protestierte: »He, du Frechdachs, ich bin angezogen!«

»Pech, Oma!« Leonie klatschte mit den flachen Händen aufs Wasser. Dann hielt sie plötzlich inne und zeigte an Pierrette vorbei. »Schau mal, Pistou!«

Pierrettes Blick folgte ihrem ausgestreckten Arm: Der Esel marschierte etwa fünfzig Meter flussaufwärts geradewegs aufs Wasser zu.

»Ach, keine Sorge, Leonie, der will nur trinken«, sagte sie.

»Aber Pistou soll doch nicht aus dem Fluss trinken!«

Das hatte sie ja ganz vergessen. Nicht nur ihre Schwiegertochter, auch die Eselvermieterin hatte ihr besonderes Wasser-Verbot gehabt. Sie winkte ab. »Das Wasser ist hier sehr sauber. Wenn er Durst hat, soll er nur trinken. Er weiß selbst am besten, was ihm guttut!«

Sie sahen, wie Pistou das Flussufer erreichte, aber dort angekommen senkte er nicht den Kopf, um zu trinken. Nein, er ging weiter, stakste immer weiter ins Wasser, vorsichtig, aber zielstrebig. Als hätte er einen Plan, dachte Pierrette. Wo wollte der Esel nur hin? Als er etwa die Mitte des Flusses erreicht hatte, knickten seine Beine ein, zuerst vorne, dann hinten. Der Esel lag im Wasser! Die Satteltaschen lösten sich vom Croisillon und schwammen eine Weile auf der Oberfläche, trieben auf sie zu, dann gingen sie sang- und klanglos unter.

»Pistou badet!«, jubelte Leonie.

Pierrette fluchte. Darum sollte der Esel also nicht zum Fluss! Sie fischte die Satteltaschen aus dem Wasser. Diese Eselvermieterin! Warum hatte sie nicht gesagt, dass der Esel sich gern im Fluss wälzte? Dann wären sie gewarnt gewesen. Stattdessen dieses nicht nachvollziehbare Verbot. Wenn sie anständig kommuniziert hätte, wie es erwachsene, vernünftige Personen miteinander taten, statt nur unverständliche Verbote auszusprechen, wäre das nicht passiert.

Salomé

Auf dem Weg nach Florac, Dienstag

Natalies Handy klingelte. Pierrette! Endlich! Doch es war nur die Esel-Ausleihstation, Céline erkundigte sich, wie es lief. Es war ein Angebot gewesen, diese telefonische Nachfrage einmal täglich, und Natalie hatte es dankend angenommen. Nach dem kurzen Gespräch steckte sie enttäuscht das Handy wieder weg. Wieder keine Nachricht von Pierrette. Natalie wusste noch nicht einmal, ob sie ihre Nachricht gelesen hatte, Pierrette hatte die Funktion gesperrt, die dem anderen zu sehen erlaubt, ob die Nachricht gelesen wurde. Kurz entschlossen rief sie bei Jacques an. Auch er ging nicht ans Telefon, also sprach sie ihm auf die Mailbox: Sie mache sich Sorgen, da sie weder Pierrette noch Leonie erreichen könne. Er möge doch Pierrette ausrichten, dass sie bitte zurückrufe.

Salomé naschte inzwischen Löwenzahn und Butterblumen vom Wegrand. Na schön, dachte Natalie, als sie das Handy wieder wegsteckte, soll sie nur. Sie selbst war nicht bei der Sache, das merkte die Eselin sofort und nutzte es aus. Wenn sie selbst beim Wandern auf ihrem Handy herumtippte, dann konnte die Eselin auch beim Wandern fressen, es war nur gerecht. Tipp-Wandern, Fress-Wandern.

Ob Salomé sich wohl Gedanken über diese kleinen Geräte machte, mit denen die Menschen ständig hantierten? Dachte sie vielleicht, das Handy sei eine Art Nahrung für Menschen? Doch die genießerisch Gräser abrupfende Salomé sah nicht so aus, als würde sie sich Gedanken machen. Sie fraß. Esel hatten in den Jahrtausenden, in denen Menschen sie für ihre Zwecke nutzten, wahrscheinlich herausgefunden, dass sie lieber selbst jede Chance zum Fressen nutzten, statt sich nur auf ihre Menschen zu verlassen. Vor dem Verleihen als Packesel an wohlstandsmüde Städter hatte es Jahrhunderte gegeben, in denen ihre Arbeitskraft schlichtweg ausgenutzt wurde, sosehr es eben ging. Kluge Tiere, die sie waren, hatten sie zwar kooperiert – was blieb ihnen auch übrig –, sich aber durch ihre sanfte Unzuverlässigkeit, durch ihre Gewohnheit, bei Gefahr und Stress stehenzubleiben, statt zu fliehen, als eher unbrauchbar fürs Reiten und schnelle Fortkommen erwiesen. So mochten Esel zwar ebenso oft geschunden und brutal misshandelt worden sein wie Pferde, hatten aber den schnellen, gehorsam voranpreschenden Pferden die Schlachtfelder überlassen. Natalie lächelte, als sie sich zwei Ritter auf Eseln vorstellte, oder ganze Armeen, die an den Stricken ihrer Esel zerrten und, bevor überhaupt ans Kämpfen mit dem Feind zu denken war, ein Tauziehen mit ihren Eseln gewinnen mussten, um sie aufs Schlachtfeld zu bewegen. Von wegen: dumme Esel und edle Rösser. Esel trugen gutmütig die schwersten Lasten für die Menschen, aber sie ließen sich nicht ins laute Kampfgetümmel und in den Tod treiben.

Der Ton einer eingehenden Nachricht riss Natalie aus ihrem Tagtraum. Jacques hatte schon geantwortet:

Salut, Natalie, Pierrette und ich haben heute Morgen noch telefoniert. Alles bestens. Sage ihr aber Bescheid, dass sie sich bei dir meldet! Bis später, Jacques

Erleichtert fasste sie Salomé am Halfter. »*Allez,* Salomé*!*« Die Eselstute setzte sich wieder in Bewegung, und Natalie durchströmte ein Gefühl von Erleichterung. Es war alles gut. Eine friedliche Eselstute hier neben ihr, die Wärme, die Weite der bewaldeten Hügel, das Wandern. Sie sah hinauf zum azurblauen Himmel. Leonie geht es gut, dachte sie. Alles bestens, hatte er geschrieben. Auf Jacques war Verlass. Und er würde schon dafür sorgen, dass Pierrette sich endlich meldete.

Natalie streichelte Salomé über den Hals. Wie umsichtig und zielgerichtet die Eselstute ihre Hufe setzte. Esel waren keine Draufgänger, sie stürzten sich nicht in Gefahren, sie waren bedächtig, vorsichtig. Es ist nichts falsch daran, dachte Natalie, wenn man vorsichtig ist. Sie selbst hatte – als Bademeisterin – die Gefahrvermeidung zu ihrem Beruf gemacht. Insofern, dachte sie, sind Salomé und ich uns ähnlich. Achtsam sein. Nicht über Hindernisse springen, die sich umgehen lassen. Kaum hatte sie das gedacht, versperrte hinter der nächsten Wegbiegung eine umgestürzte Kiefer den Weg. Natalie hielt nach einer Möglichkeit Ausschau, das Hindernis zu umgehen. Rechts ging es einen Steilhang hinunter. Auf der linken Seite stand der Wald zu dicht, und es gab noch mehr umgestürzte Bäume. Keine Chance. Das durfte doch nicht wahr sein. Gerade hatte sie sich noch beglückwünscht, eine weise, sanfte Eselin dabeizuhaben und kein hektisches Pferd. Na, toll, da stand sie nun mit ihrer Eselin. Ein Pferd, selbst ein Pony hätte leicht über den Baumstamm springen können, er stellte kein hohes Hindernis dar. Aber konnten Esel überhaupt springen? Natalie führte Salomé zum Baumstamm, sprang selbst hinüber und drehte sich zu Salomé um, zog leicht am Strick.

»Salomé, *allez-hop!*« Salomé rührte sich nicht vom Fleck, stand stocksteif, nur ihre Ohren zuckten nervös. Natalie setzte sich auf den Baumstamm, zog ihr Handy hervor und googelte: ›Können Esel springen?‹ Sie stieß auf einen Artikel über einen jungen Ägypter und seinen springenden Esel. Die Überschrift war ernüchternd: ›Diese Esel-Dame kann, was andere nicht können.‹ Verdammt. Wie lange war der Baum schon umgestürzt? Welchen Weg hatten Pierrette und Leonie gestern mit ihrem Esel genommen? Auf demselben Weg zurückgelaufen waren sie nicht, sonst wären sie ihr ja entgegengekommen. Womöglich hatten sie sich von hier aus verlaufen? Oder es war etwas passiert? Nervös nahm Natalie ihr Handy, rief Pierrette an und betete, dass sie diesmal dranging. Doch nach dem dritten Klingeln kam wieder nur die Mailbox.

»Wen rufst du an, die Feuerwehr?«

Natalie zuckte zusammen und sah Gerome auf sich zukommen. »Meine Güte, erschreck mich doch nicht so! Warum sollte ich die Feuerwehr anrufen?«

Er grinste breit. »Damit sie dir hilft, das Langohr auf die andere Seite zu hieven. Anders kriegst du es nämlich nicht da drüber. Esel springen nicht.«

»Danke, das habe ich auch schon begriffen.« Sie merkte selbst, dass sie leicht patzig klang. »Sorry, aber mir ist gerade echt nicht nach Späßen, ich hab nämlich keine Ahnung, wie es jetzt weitergehen soll. Wenn ich das richtig sehe, gibt es keine Alternative zu diesem Weg, oder?«

»Es gibt immer eine Alternative.« Er nahm seinen Rucksack ab, setzte sich neben sie auf den Baumstamm, kramte im Rucksack und reichte ihr einen Schokoriegel. »Hier, nimm erst mal eine Stärkung.«

Natalie griff wortlos zu. Sich mäßig witzige Belehrungen anhören zu müssen war wohl der Preis, den sie hier mitten im Wald für einen Tipp zahlen musste. Aber der Schokoriegel schmeckte gut. »Danke«, sagte sie beim letzten Bissen, schon halbwegs versöhnt. Was konnte er dafür, dass er gerade in dem Moment auftauchte, an dem ihre gute Wanderstimmung von diesem blöden Baum zerschlagen worden war.

»Weißt du, seit wann der Baum da liegt?«, fragte sie.

Er zuckte die Schultern. »Ich schätze, schon ein paar Tage.«

»Also nicht erst seit heute oder gestern?«

Er schüttelte den Kopf, deutete nach rechts. »Schau, da vorn siehst du noch den Stamm, dort ist er abgebrochen, wahrscheinlich beim Sturm letzte Woche.«

Natalie nickte und überlegte. Gestern hatten also Pierrette und Leonie mit ihrem Esel auch hier vor demselben Problem gestanden. Aber da sie ihr nicht entgegengekommen waren, gab es wohl eine alternative Route. Sie sah Gerome an.

»Du kennst dich doch gut aus. Weißt du, welche Umgehung wir nehmen könnten?«

»Wir?«, fragte er lächelnd.

»Der Esel und ich«, stellte Natalie schnell klar.

Er nickte, das Lächeln verschwand aus seinem Gesicht. »Verstehe.« Er zog eine Wanderkarte aus dem Seitenfach seines Rucksacks. »Es gibt zwei Möglichkeiten. Auf dem ersten Weg brauchst du etwa zwei Stunden länger, dafür ist er leichter zu gehen. Die andere Strecke ist etwa genauso lang wie der versperrte Weg, aber da hättest du mehr Höhenmeter zu überwinden, und an mindestens einer Stelle ist er auch ein bisschen anspruchsvoll. Aber es sollte kein Problem sein, wenn du einigermaßen trittsicher und schwindelfrei bist.«

Natalie ließ sich anhand der Karte beide Routen zeigen und überlegte, was das Vernünftigste wäre. Trittsicherheit war nicht das Problem, Schwindelfreiheit allerdings schon. Ihr wurde schon auf einer Leiter schwindlig. Aber die Aussicht, sich zwei Stunden Wanderzeit zu ersparen, war verlockend.

»Wenn ich wüsste, ob der Esel trittsicher und schwindelfrei ist?«, überlegte sie. Welche Route wohl Pierrette gewählt hatte?

Gerome lächelte ihr aufmunternd zu. »Esel sind der Inbegriff von Trittsicherheit und Schwindelfreiheit. Das haben sie Pferden voraus. Pferde waren Steppenbewohner, bei Gefahr wegzurennen war das Beste für sie. Esel sind Bergbewohner, sie trainieren seit Jahrhunderten Trittsicherheit und setzen ihre Hufe sehr bedächtig. Deshalb werden Esel auch immer eher stehenbleiben, wenn sie Gefahr wittern, hektische Flucht wäre in den Bergen gefährlich. Sie erstarren lieber und hoffen, dass der Wolf sie übersieht. Erst wenn er wirklich angreift, kommt die Flucht. Gar nicht dumm, denn Wölfe zum Beispiel sehen ihre Beute am besten, wenn die sich bewegt.«

Natalie sah ihn nachdenklich an. »Du weißt so viel über Esel, du magst sie anscheinend sehr. Warum wanderst du eigentlich nicht mit einem?«

Er erhob sich und ging zu Salomé. »Worauf du auf

schmalen Wegen achtgeben solltest«, sagte er, während er ihr die Stirn kraulte, »ist allerdings, dass Salomé an Berghängen nicht neben dir geht. Löse am besten den Strick, damit sie nicht darauftritt, oder lege ihn ihr über den Hals, und dann gehst du vor oder besser noch hinter ihr. Du musst Salomé nicht den Weg zeigen, sie folgt dem Weg von allein. Wenn sie neben dir geht, könnte es sonst passieren, dass Salomé dich unbeabsichtigt runterschubst. Ein Esel hat kein Gefühl dafür, wie viel Platz der neben ihm gehende Wanderer braucht. Und erst recht nicht, wie breit er selbst mit seinen Packtaschen ist.« Er streichelte Salomé über die Nüstern, dann schulterte er seinen Rucksack, nickte Natalie zu. »Alles klar, mit dem Weg?«

»Ja, vielen Dank. Ich denke, ich werde die längere Route nehmen.«

»Wenn es wegen Salomé ist, der Weg wäre kein Problem für sie.«

»Es ist meinetwegen: Ich bin nicht schwindelfrei.«

»Verstehe.« Er sah sie prüfend an, schien zu überlegen, auf etwas zu warten. Darauf, dass sie ihn doch bat, mitzukommen? Ihr Instinkt sagte ihr, dass sie es tun solle. Aber das hätte bedeutet, die Eigenständigkeit, die sie sich erst langsam wieder zurückeroberte, gleich wieder aufzugeben. Nein, sie würde das hier allein bewältigen. Sie stand auf und schulterte ihren Rucksack.

»Na, dann … danke für den Tipp mit der Umgehungsroute, man sieht sich!«

»Salut!« Gerome kletterte über den Baumstamm und winkte ihr von der anderen Seite zu. Dann nahm er noch einmal den Rucksack ab, griff hinein und zog einen weiteren Schokoriegel hervor. »Hier, fang auf, Frühstück für

dich, falls du heute im Wald übernachtest!«, rief er und warf den Riegel in hohem Bogen über den Baumstamm.

Sie war zu überrascht, um ihn aufzuschnappen, er landete neben ihr auf dem Waldboden. Sie hob ihn auf und blickte Gerome nach, wie er mit schnellen Schritten im Wald verschwand. Ihr Kopf sagte ihr, dass sie richtig gehandelt hatte, aber am liebsten hätte sie ihn zurückgerufen. Da plötzlich schrie die Eselin ihr markerschütterndes Iihh-Aahh, einmal, zweimal, dreimal, und da erst begriff Natalie, dass auch Salomé ihm nachgeschaut hatte. Der Schrei galt ihm. Was hatte dieser Mensch an sich, dass Salomé nach ihm rief, so sehnsuchtsvoll, wie sie nach Pistou gerufen hatte?

Und nach einer weiteren Weile geschah ein kleines Wunder. Er kam zurück, wie magisch angezogen von ihrem Ruf. Als er Salomé erreicht hatte, streichelte er ihr die Stirn und richtete seinen Blick fast schüchtern auf Natalie.

»Wenn es dir nichts ausmacht .... soll ich nicht vielleicht doch mitkommen?«

»Das ist sehr nett, aber ich schaffe das schon«, hörte sie sich sagen. Aber sie spürte, wie die Röte, die sich auf ihren Wangen ausbreitete, ihre Worte Lügen strafte.

»Nicht deinetwegen«, sagte er schnell. «Ist schon klar, dass du zurechtkommst. Es ist ... wie soll ich das sagen ... Es ist wegen Salomé«, erklärte er, während er weiter Salomés Stirn kraulte. »Salomé und ich sind alte Kumpel. Vor zwei Jahren sind wir gemeinsam mit meiner damaligen Freundin hier in den Cevennen gewandert. Und im letzten Jahr, das war kurz nach der Trennung, bin ich dann allein mit Salomé gewandert, und es war ... weißt du, es ist etwas Besonderes, wenn du allein mit einem Esel wanderst. Es ist … schwer zu beschreiben. Es verändert dich. Salomé ist die Hektik der Welt fremd, und ihre Langsamkeit wirkte so wunderbar ansteckend. Ich war ein glücklicher Vagabund mit Esel. Das ganze Jahr über habe ich mich darauf gefreut, wieder mit Salomé zu wandern, und dann sagte Céline letzte Woche plötzlich, sie sei schon vergeben. Ich hätte noch einen anderen Esel bekommen können, drüben in La Borie, aber einen anderen Esel wollte ich nicht.« Er sah sie an. Die selbstsichere Unbekümmertheit war aus seinen Gesichtszügen verschwunden. »Hör zu, ich weiß, was du denkst. Zuerst versuche ich, dir die Eselwanderung madig zu machen, und dann, mich dir aufzudrängen. Aber nur für den Fall, dass du es nicht ganz schrecklich fändest … wäre es nicht vielleicht eine Win-win-Situation: Ich zeige dir die alternative Wegstrecke, begleite euch und genieße Salomés Gesellschaft. Aber sobald wir in der Gîte ankommen, lasse ich dich endgültig in Ruhe, versprochen.«

Natalie brauchte einen Moment, bis sie begriff, was er da gerade gesagt hatte. »Du hast also am ersten Abend in der Herberge versucht, mir die Eselwanderung auszureden, weil du den Esel für dich haben wolltest«, stellte sie fest.

Er wich ihrem Blick aus, strich sich etwas verlegen eine Haarsträhne aus der Stirn. »Na ja, ich hätte nichts dagegen gehabt, wenn ich dir Salomé hätte abluchsen können.«

Natalie überlegte, wie schlimm sie es fand. War es nicht eher eine Erleichterung, dass er nicht hinter ihr, sondern hinter der Eselin her war? Und irgendwie war es ja auch rührend: ein Mann, der an einem Esel hing – so wie der Esel an ihm.

»Abluchsen«, sagte sie kopfschüttelnd. »So kann man es auch sagen. Du würdest dich gut mit meiner Schwiegermutter verstehen.«

»Autsch. Ich nehme an, das war kein Kompliment?«

Natalie merkte, wie sich ihr Gesicht zu einem breiten Grinsen verzog. Sie gab der Eselin einen sanften Klaps aufs Hinterteil. *»Allez,* Salomé*!«* Die Stute setzte sich wie selbstverständlich in Bewegung, und sie gingen wieder rechts und links von ihr. Nach einer Viertelstunde wurde der Weg zu schmal, um nebeneinander zu gehen, und sie ließen Salomé vorausgehen. Natalie folgte ihr, das Schlusslicht bildete Gerome.

»Deine Tochter«, rief er von hinten. »Und diese Wanderung, die deine Schwiegermutter mit ihr macht, und eure seltsame Rallye. Was hat es eigentlich damit auf sich?«

»Das ist kompliziert«, gab sie über die Schulter zurück.

»Mathe ist kompliziert!«, rief er.

»Es ist ja keine Rallye«, sagte sie. »Das habe ich nur gesagt, weil … das niemanden etwas angeht.«

»Deine Schwiegermutter wollte nicht, dass du mitkommst!«, rief er. »Das meintest du mit abluchsen, nicht wahr? Du findest, deine Schwiegermutter hat dir deine Tochter weggenommen?«

Natalie gab keine Antwort. Dass er sie auf diesem Weg abseits der eigentlichen Route begleitete, war ja gut und schön. Aber in Sachen Familie hatte sie keinen weiteren Gesprächsbedarf.

Gerome war zum Glück sensibel genug, um das Thema fallenzulassen, und sie gingen schweigend weiter. Zunächst empfand Natalie dieses Schweigen als unangenehm, wie das Schweigen im Aufzug, bei Taxifahrten oder beim Friseur. Doch dann merkte sie, dass Gerome gar nichts von ihr erwartete. Ab und zu machte er sie auf einen schönen Ausblick aufmerksam, manchmal zog er sein Handy hervor, um eine besondere Pflanze zu googeln, und einmal blieb er etwas zurück, um für Salomé ein Büschel saftiges Gras zu pflücken. Es brauchte weder Smalltalk noch tiefgründige Gespräche. Salomé, Gerome und sie waren einfach gemeinsam unterwegs, verbunden allein durch die gemeinsame Richtung ihrer Schritte in der sengenden Mittagshitze. Zuweilen stibitzte Salomé ganz beiläufig Gräser oder Blumen vom Wegrand und kaute sie im Gehen. Lag da ein Ausdruck schelmischer Zufriedenheit in ihren dunklen Augen? *Easy going*, ging es Natalie durch den Kopf. Sie merkte, wie diese Leichtigkeit des gemeinsamen Wanderns ihr von Ausblick zu Ausblick mehr Freiheit gab, die Schönheit der Natur in sich aufzunehmen. Sie fand ihren Rhythmus beim Atmen und Gehen, die Gedanken kamen beim Anblick der Wildkräuter und Blumen am Wegrand zur Ruhe, und auf den Anhöhen schweifte ihr Blick über die weite, grüne Sommerlandschaft. Der Himmel präsentierte sich postkartenblau, am Horizont über den Bergen standen ein paar Schönwetterwolken in strahlendem Weiß. Wie idyllisch es hier war.

Als sie nach eineinhalb Stunden ein mit Heidesträuchern bewachsenes Hochplateau überquerten, merkte Natalie, wie erschöpft sie war. Ihre Füße schmerzten, sie hatte einen trockenen Mund und ein Gefühl von Schwäche, das vom Magen ausging. Die Sonne stand inzwischen fast senkrecht am Himmel, die Luft war heiß und flirrend. Sie blieb stehen, nahm ihren Sonnenhut ab und wischte sich den Schweiß von der glühenden Stirn.

»Ich glaube, wenn wir den Schatten erreichen, könnte ich eine Pause gebrauchen.«

Gerome schaute sie prüfend an. »In zehn Minuten Gehzeit von hier kommt ein kühler Platz im Schatten, perfekt für ein Picknick, und frisches Quellwasser für Salomé gibt's da auch. Meinst du, dass du es bis dahin schaffst?«

»Klar.« Sie hielt sich am Tragegestell des Sattels fest, ihre Beine waren ganz zittrig. Gerome sah sie besorgt an, dann zog er seine Trinkflasche aus dem Rucksack und reichte sie ihr. »Hier, bitte, nimm ein paar Schlucke Wasser!«

Sie wehrte ab. »Ich habe selbst etwas dabei.«

»Hattest«, korrigierte er. »Du hast dein letztes Wasser vor einer Stunde getrunken.« Er drückte ihr die Wasserflasche in die Hand. »Nun mach schon, trink den Rest!«

»Und du?«

»Mir geht's gut. Aber du brauchst jetzt dringend Flüssigkeit, sonst kippst du um.«

»Nein, ich trinke dir nicht den letzten Rest Wasser weg!«

»Ich habe noch eine stille Reserve. Na, komm schon.«

Sie gehorchte, setzte die Flasche an den Mund und trank es bis zum letzten Tropfen. Das Wasser war lauwarm, aber die reine Wohltat. »Danke«, sagte sie, als sie ihm die Flasche zurückgab. Die Beine waren immer noch zittrig, aber ihr war nicht mehr schwindlig. Er nahm ihr den Hut vom Kopf und fächelte ihr damit Luft zu.

»Besser?«

Sie nickte und brachte wieder ein Lächeln zustande. »Es war so dumm, zu wenig Wasser einzupacken. Ich hatte gedacht, ein Liter reicht locker. Aber ich hab mich gerade gefühlt wie ein vertrockneter Schwamm.«

Er lächelte. »Wie SpongeBob in Shell City.«

Sie musste lachen. »Genau. Warte – ein erwachsener Mann guckt SpongeBob?«

Sein Lächeln wurde breiter. »Eine erwachsene Frau offensichtlich auch.«

»Die erwachsene Frau hat eine siebenjährige Tochter.«

»Okay, dann habe ich eine Nichte.«

»Meine Tochter ist nicht erfunden.«

»Meine Nichte auch nicht. Sie ist zehn.« Er grinste. »Allerdings schaue ich mit ihr nicht ›SpongeBob‹. Nicht dass ich nicht versucht hätte, sie dafür zu begeistern. Aber sie steht auf diesen Animé-Quatsch.«

Natalie sah ihn an und wusste nicht, was sie denken sollte. Dieser Typ mit Dreitagebart, der aussah wie der Trainer eines Survival-Trainingscamps, schaute ›SpongeBob‹.

Er setzte ihr wieder den Hut auf. »Denk jetzt nicht, du bist die Einzige, die die Hitze hier unterschätzt.« Er stopfte seine Trinkflasche zurück in die Seitentasche des Rucksacks und setzte ihn wieder auf. »Dass meine Ex und ich unsere erste Wanderung überlebten, verdanken wir wildfremden Wanderern, die uns Wasser und eine Packung Traubenzucker geschenkt haben. Seitdem habe ich immer von beidem so viel dabei, dass ich gut etwas abgeben kann.« Er griff in die Seitentasche seiner Canvas-Hose und zog eine Schachtel mit Traubenzucker-Bonbons hervor. »Jetzt wirf noch ein paar von denen ein, und dann ab mit uns in den Schatten, ja?«

Sie gelangten ans Ufer des sanft murmelnden Bachs, von dem eine wohltuende Kühle ausging.

»Zieh mal die Schuhe aus und halte deine Füße ins Wasser«, sagte Gerome.

Natalie sah ihn überrascht an. »Was?«

»Probier's doch einfach. Du hast immer noch einen puterroten Kopf, die Abkühlung wird dir guttun.«

Sie begann, sich die Wanderschuhe auszuziehen. »Jawohl, Herr Lehrer.«

Er zupfte ein paar Grashalme aus und warf sie nach ihr. »Nicht frech werden.«

»Und? Habe ich recht: Du bist Lehrer?«

»Gott, nein.«

Natalie schnappte nach Luft, als sie die Füße ins eiskalte Wasser hinabsenkte.

»Tut gut, oder?«

Sie nickte. »Was machst du sonst so, wenn du nicht gerade wanderst?«

»Dies und das«, sagte er ausweichend. Er erhob sich und ging zu Salomé. »Wenn du den erlernten Beruf meinst, ich bin Pfleger. Ich habe im Universitätskrankenhaus von Montpellier gearbeitet, auf der Intensivstation.« Er führte Salomé zum Bach und ließ sie trinken. Danach nahm er ihr die Packtaschen ab, löste ihren Sattelgurt und befreite sie auch vom Packsattel. Dann kontrollierte er noch ihre Hufe und gab ihr ein paar Scheiben trockenes Baguette, die Salomé in ihrer bedächtigen, genießerischen Art zermalmte. Zuletzt führte er die Eselstute zu einer grasbewachsenen Uferstelle, wo sie mit den Hufen scharrte, um sich, befreit von ihren Lasten, auf dem Boden zu wälzen. Wohlig rollte sie sich von einer Seite auf die andere, ihre langen, dürren Eselbeine zappelten über dem weißen Bauch in der Luft.

Natalie musste lachen. Dann schweifte ihr Blick zu Gerome, der mit selbstvergessenem Lächeln der Eselin zuschaute. Es war ein harmonisches, friedliches Bild. Mit einem Mal wurde ihr bewusst, wie froh sie war, dass Gerome sie begleitete. Er verströmte eine heitere Gelassenheit, die guttat. Offensichtlich auch Salomé. Es schien, die Eselin hatte wirklich einen Narren an ihm gefressen. Gerome bemerkte ihren Blick, kam zu ihr an den Bach, wühlte in seinem Rucksack, zog ein rotkariertes, großes Geschirrtuch hervor und breitete es auf der Wiese am Ufer aus.

»Zeit für eine Stärkung«, bemerkte er, während er verschiedene Reißverschlüsse an den Seiten des Rucksacks öffnete und nacheinander ein halbes Baguette, eine Tüte mit Kirschen, einen Camembert, zwei kleine Fläschchen Rotwein und ein paar weitere Schokoriegel hervorholte und auf dem Handtuch ausbreitete. Schließlich griff er in die Seitentasche seiner Canvas-Hose, holte ein Opinel-Messer hervor und reichte es ihr mit großer Geste. »Greif zu! Das Glück ist ein Picknick!«

Natalie klappte das Messer auf, schnitt sich ein großes Stück Camembert ab, brach sich ein Stück Baguette dazu ab, gab Gerome das Taschenmesser zurück und zwang sich zu warten, bis er sein Baguette ebenfalls belegt hatte. Dann wünschten sie sich einen guten Appetit, und sie schloss die Augen und nahm den ersten Bissen. Der Camembert war köstlich, das Baguette kross, für einen himmlischen Moment gab es nichts als diesen Genuss. Ja, das Glück ist ein Picknick, dachte sie. Und war selbst überrascht, dass sie so etwas plötzlich denken konnte.

Sie ließen eine ganze Weile die Füße in den Bach baumeln, aßen Kirschen, tranken Rotwein und spuckten die Kerne um die Wette ans andere Ufer. Sie hatte gegen Gerome keine Chance, seine Kerne flogen doppelt so weit wie ihre. Und er war offensichtlich viel zu ehrgeizig, um Gentleman zu sein und sie auch mal gewinnen zu lassen. Sie beobachtete ihn amüsiert von der Seite, wie er den Kopf zurücklegte, einen Augenblick konzentriert innehielt und dann mit dem ganzen Oberkörper nach vorn schnellte und den Kirschkern abfeuerte. Zufrieden sah er dem Kern nach, dann erst merkte er, dass sie diesmal nicht mitmachte und ihn beobachtete.

»Warum machst du nicht mehr mit?«

Sie zuckte die Schultern. »Ich habe ja doch keine Chance.«

»Ich weiß.« Er grinste. »Pardon, aber ich bin auf dem Land großgeworden. Im Dorf gab es einen großen Kirschbaum, und im Sommer haben wir Kinder um die Wette gespuckt, bis wir von den Kirschen Bauchschmerzen bekamen.«

»Lass mich raten. Du hast immer gewonnen.«

Er winkte ab. »Zuerst nicht. Ein Nachbarjunge, Stéphane aus der Klasse über mir, war der Beste. Gegen ihn hatte ich keine Chance. Bis er vom Kirschbaum gefallen ist. Ab da war ich ein Jahr lang Kirschkernkönig.«

Gerome nahm eine weitere Kirsche, aß sie und legte den Kopf nach hinten. Eine Sekunde später schnellte der Kern durch die Luft.

»Moment mal, vom Baum gefallen?«, hakte Natalie nach.

Gerome grinste über ihr schockiertes Gesicht, zuckte die Schultern, nahm die nächste Kirsche. »Ja, von ziemlich weit oben.«

»War er … tot?«

Gerome lachte schallend. »Was hältst du denn von mir? Dann hätte ich dir diese Geschichte wohl kaum erzählt. Nein, er hat sich nur einen Arm gebrochen.«

»*Nur* einen Arm gebrochen?«

»Unkomplizierter Bruch, nichts Schlimmes heutzutage.«

Sie schüttelte den Kopf, nahm sich auch noch eine Kirsche. »Gib es zu, und du hast dich darüber auch noch gefreut.«

»Aber ja, selbstverständlich. Bis er wieder klettern konnte, war die Kirschsaison vorbei und meine Regentschaft gesichert.«

Beide spuckten ihre Kerne, wieder flog seiner doppelt so weit wie ihrer.

»Und ich dachte, du bist ein netter Kerl. Jeden Tag eine gute Tat, oder wie war das?«

Er grinste und nahm sich wieder eine Kirsche. »Bei Kirschen hört der Spaß auf. Du kannst das nicht verstehen, du bist nicht in unserem Dorf großgeworden. Kirschkernspucken war eine große Sache für uns Kinder. Da gab es kein Mimimi. Man konnte in der Schule ein Versager sein, aber wer beim Kirschkernspucken gewann, war König.« Er sah sie auffordernd an. »Nimm die letzte Kirsche, machen wir es wie früher bei uns im Dorf, das letzte Mal zählt, alles vorher gilt nur als Warmspucken.«

Sie nahm die letzte Kirsche, kaute und genoss die Süße und das Aroma.

»Bereit?«, fragte er. »Du musst den Kirschkern von allen Pflanzenfasern befreien, dann fliegt er besser.«

»Ach, was.« Sie musste lachen. »Als ob das eine Rolle spielt. Du gewinnst ja sowieso. Aber weißt du was: Ich spucke gar nicht gegen dich, sondern gegen mich selbst. Ich versuche einfach, es weiter zu schaffen als letztes Mal.«

»Ja, genau, du trittst nur gegen dich selbst an.« Er grinste. »Weißt du, welche Kinder so was früher gesagt haben? Die Touristenkinder.«

Na, warte, dachte Natalie. Gleichzeitig lehnten sie sich zurück. Natalie konzentrierte sich, rollte den Kirschkern in der Zungenspitze ein. Dann spuckte sie ihn beim Vorschnellen des Kopfes mit aller Kraft aus. In derselben Sekunde schossen beide Kerne über den Bach, und Natalie traute ihren Augen kaum: Ihr eigener flog in hohem Bogen weit über das Bachufer hinaus, während seiner im Wasser landete.

»*Merde*«, fluchte er mit gespielter Verzweiflung.

»Das hast du mit Absicht gemacht«, bemerkte sie nüchtern.

»Absolut nicht!« Er legte die Hand auf die Brust. »Beim Kirschkernspucken kenne ich keine Verwandten, da bin ich ganz Dorfjunge. Tatsächlich bedauere ich, dass es hier keinen Kirschbaum gibt, sonst würde ich neue Kirschen pflücken, für die nächste Runde.«

Er zeigte zu den Bäumen, die keine Kirschbäume waren. Er grinste. »Oder dich zum Pflücken hochschicken, wer weiß, was passiert.«

Sie lachten beide, und plötzlich wusste sie genau, wie er früher ausgesehen hatte, als zehnjähriger Junge mit Strubbelkopf, verschrammten Armen und dreckiger Baumkletterer-Hose, und sie fühlte sich mit einem Mal so übermütig, dass sie beinahe vorgeschlagen hätte, wer dem anderen länger in die Augen schauen könnte, ohne loszulachen. Als hätte er ihre Gedanken erraten, sah er sie jetzt an, ganz ernst. Sie überlegte gerade, ihn durch ein Schielen zum Lachen zu bringen, da beugte er sich zu ihr und küsste sie.

Pistou

Auf dem Weg nach Mialet, Dienstag

Sie hatten durch die Badelust des dummen Esels zwei Stunden verloren. Nein, verbesserte Pierrette sich, durch die dumme Eselfrau und ihre Vorschrift ohne Begründung. Aber immerhin hatte die Kleine ihren Spaß, sie vergnügte sich mit drei anderen Kindern am Flussufer. Mit Ästen und Kieseln bauten sie einen Staudamm und beobachteten die winzigen Fische darin. Pierrette hatte den Inhalt der Satteltaschen zum Trocknen auf Steinen ausgebreitet. Zum Glück hatte die Eselfrau ihnen Plastiktüten gegeben, in denen sie den Inhalt ihrer Rucksäcke verstaut hatten. Eine Maßnahme gegen den unwahrscheinlichen Fall eines heftigen Regengusses, eigentlich. Natürlich war beim Bad des Esels etwas Wasser eingedrungen, aber es war nicht so schlimm. Nur die Satteltaschen aus Sackleinen waren pitschnass. Der Esel würde dadurch schwerer zu schleppen haben. Geschieht ihm ganz recht, dachte Pierrette. Er stand mit hängendem Kopf etwas abseits unter einer jungen Kiefer, die Augen halb geschlossen, und döste vor sich hin, nur der Eselschwanz schlug ab und zu eine Fliege fort. Pierrette hatte ihn kurz angebunden, so kurz, dass er nicht fressen konnte. Das hatte er sich selbst zuzuschreiben.

Pierrette zog ihr Handy hervor. So viele Nachrichten von Natalie. Sie würde ihr bald antworten müssen. Gott, was ging dieses Mädchen ihr auf die Nerven. Während sie die Nachrichten ihrer Schwiegertochter durchscrollte, pfiff aus dem Handy ›Frère Jacques‹, das Erkennungszeichen für eine WhatsApp von Jacques. Als sie sie las, verfinsterte sich ihr Gesicht.

Liebes, Natalie hat bei mir angerufen, melde dich bitte bei ihr. Bald. Sie macht sich Sorgen. Vergiss nicht, sie ist die Mutter.

Pierrette atmete tief ein und wieder aus. Jetzt rief sie schon bei Jacques an. Und wie es klang, schlug er sich auch noch auf ihre Seite. *Vergiss nicht, sie ist die Mutter.* Ja, sie war die Mutter. Die verrückte Helikopter-Mutter. Sie schrieb ihm das, dann hielt sie inne, löschte den Text wieder, schrieb stattdessen: *Alles klar, mach ich. Danke!*, setzte ein Kuss-Emoji dazu und tippte auf ›Senden‹. Jacques meinte es gut, er war Anwalt und wusste sehr genau, was er da schrieb. Natalie war die Mutter und hatte das Recht auf ihrer Seite. Großmütter dagegen waren, so himmelschreiend ungerecht sie das auch fand, vor dem Gesetz praktisch rechtlos. Wenn sie ihre Schwiegertochter ernsthaft gegen sich aufbrachte, konnte die ihr am Ende noch den Kontakt zu Leonie verbieten. So sah es leider aus. Pierrette machte, bequem von ihrem Platz im Schatten aus, ein Foto von Leonie, wie sie am Flussufer mit den anderen Kindern spielte. Sie betrachtete es, sah, dass man Leonie auf diese Entfernung kaum erkennen konnte, und nahm ein weiteres Foto auf, diesmal benutzte sie den Zoom. Schon besser. Natalie würde ihre Tochter sehen, wie sie fröhlich mit anderen Kindern am Flussufer spielte. Sie trug ein Sommershirt mit langem Arm, eine bis zu den Knien aufgekrempelte Jeans und eine Sonnenkappe, darauf würde Helikopter-Natalie achten. Deutlich war zu sehen, dass der Fluss hier keinerlei Bedrohung darstellte, er war flach und seicht, und die Kiesel leuchteten hell unter dem blaugrün glitzernden Wasser. Zur Sicherheit beschnitt Pierrette das Bild noch, entfernte einen Großteil des Flusses, so dass er wie ein Bach wirkte. Ja, so war es einwandfrei. Anschließend machte sie noch ein Lächel-Selfie von sich im Schatten, im Hintergrund der Esel. Schnell tippte sie eine Nachricht dazu:

Hallo Natalie, alles wunderbar hier, uns geht's ausgezeichnet, Natalie ist begeistert von ihrem Esel, das Wandern macht ihr riesigen Spaß.

Sie wollte schon auf ›Senden‹ tippen, als ihr einfiel, dass Natalie trotz der Bildbeschneidung vielleicht den Fluss wiedererkannte, an dem sie ja gestern schon vorbeigewandert war, und sich dann womöglich fragte, warum sie jetzt erst dort waren. Rasch ergänzte sie den Text:

Das Foto von Leonie und den anderen Kindern ist am ersten Tag unserer Wanderung beim Picknick am Fluss entstanden. LG Pierrette

Sie schickte die Nachricht ab. Zufrieden lächelte sie in sich hinein. *Am ersten Tag der Wanderung beim Picknick am Fluss entstanden*, das war nicht gelogen. Es war ihr erster Wandertag. Sie steckte das Handy zufrieden wieder weg. Diese Nachricht würde ihrer Schwiegertochter ein gutes, sicheres Gefühl geben. Und darauf kam es an. Es war wie bei Wohnungsbesichtigungen: Alle Informationen, die gegeben wurden, mussten korrekt sein. Lügen waren zu vermeiden. Welche Auswahl an Informationen man allerdings gab und auf was man das Auge des Betrachters lenkte, stand auf einem anderen Blatt.

Pierrette holte die Sachen fürs Picknick aus den Packtaschen, zum Glück waren die belegten Baguettes, Croissants und das kleingeschnittene Obst in Deckelschüsseln verstaut und nicht nass geworden. Sie breitete alles auf einem großen, flachen Felsbrocken aus, dann rief sie Leonie herbei:

»Na, komm, *ma chérie*, es gibt ein Picknick!« Alle vier Kinder stürmten begeistert zu ihr, und ehe Pierrette wusste, wie ihr geschah, grapschten sie sich alles, was da war, und stopften alles durcheinander in ihre kleinen, gierigen Münder. Pierrette war so überrumpelt, dass ihr nicht einmal einfiel, selbst schnell zuzulangen, und natürlich blieb auch kein Anstandsrest übrig. Diese Kinder heutzutage, dachte sie verärgert. Nimm, was du kriegen kannst. Maßlos verwöhnt, keine Erziehung mehr. Aber dann sah sie, wie glücklich Leonie mit vollem Mund den letzten Baguette-Rest kaute, wie ihre Augen dabei strahlten, wie ausgelassen und fröhlich sie mit diesen anderen Kindern war, und ihr Ärger verflog. Sie hat das Talent zum Glücklichsein, dachte sie, und es gab ihr einen Stich. Genau das hatte sie früher über Pascal gedacht, und ganz besonders, als er in diesem Alter war, von draußen hereinstürmte, wenn sie zum Essen rief, und schon bevor er auch nur sah, was es gab, freudig ausrief: *»Maman, délicieux!«* Auch er hatte das Talent zum Glücklichsein.

Nach dem Picknick verabschiedete Leonie sich mit viel Rufen und Winken von den anderen Kindern, und sie gingen noch eine halbe Stunde am Fluss entlang, bis sie das Dorf Mas Soubeyran erreichten. Laut Karte führte der direkte Weg über die Umgehungsstraße. Die Eselfrau hatte ihr empfohlen, den kleinen Umweg durch das Dorf zu nehmen, es sei sehr hübsch und lohne sich. Dort gebe es auch einen Kiosk, falls sie noch etwas bräuchte, und ein kleines Café und einen Trinkbrunnen für den Esel. Pierrette überprüfte ihren Vorrat an Zigaretten. Sie hatte noch genug, und eine Essensration für die zweite Pause am frühen Nachmittag hatte sie klugerweise verwahrt.

»Gehen wir ins Dorf? Krieg ich ein Eis?« Leonie sah sie an, strahlend und siegesgewiss wie ein Kind, das immer ein Eis bekommt, wenn es eins will. Pierrettes Blick blieb an den kindlichen Pausbacken ihrer Enkeltochter hängen, und sie fasste einen Entschluss. Sie hatte eine Verantwortung.

»Nein, *ma chérie*, wir bleiben auf der Umgehungsstraße, denn wir müssen schauen, dass wir schnell vorankommen, sonst schaffen wir es heute nicht mehr bis zur Herberge.« So macht man das, liebe Eselfrau, dachte sie. Man begründet Verbote, statt sie einfach nur von oben herab zu diktieren. Wenn man Gründe für etwas angibt, kann der andere den Sinn dahinter erkennen, und das Befolgen von Anordnungen fällt leicht. Keine große Sache, einfach das Einmaleins der Menschenführung. Die Eselfrau kannte sich offenbar nur mit Eseln aus.

»Aber es ist gleich da vorne«, quengelte Leonie und zeigte über den Zebrastreifen zur Dorfstraße, wo tatsächlich kurz vor der nächsten Biegung der Wimpel eines Kiosks flatterte.

»Außerdem ist Eis ungesund«, schob Pierrette eine weitere Begründung hinterher. »Wer zu viel Eis isst, wird dick.« Idealerweise zeigte man nach den Implikationen für das allgemeine Ziel auch die ganz persönlichen Implikationen bei Nichtbefolgen auf. Es wirkte. Leonies Lächeln erlosch wie eine Kerze, der man den Sauerstoff genommen hatte. Pierrette sah das traurige Gesicht und ärgerte sich. Offensichtlich war es das erste Mal, dass Leonie kein Eis kriegte, wenn sie eins wollte. Das sah Natalie ähnlich, nach Pascals Tod hatte sie die Kleine mit Süßigkeiten vollgestopft, statt für Bewegung, gesunde Ernährung und Struktur zu sorgen. Als könnte man über den Verlust des Vaters mit Süßigkeiten hinwegtrösten. Ein bisschen pummelig war Leonie schon geworden, wenn man ganz genau hinsah. Nicht mehr nur Arme und Beine, wie sich das für ein Kind ihres Alters gehörte. Sie würde dafür sorgen, dass ihre Enkeltochter wieder auf Spur kam. Gesunder Geist in einem gesunden Körper. Allerdings fiel ihr dabei, das war klar, die Rolle der Spielverderberin zu. Verkehrte Welt, dachte sie. Normalerweise verwöhnten Großmütter die Enkelkinder mit ungesundem Zeug, und die Eltern schimpften. Aber was Leonie anging, war die Rolle der Verwöhn-Oma schon von der Mutter besetzt. Ihr blieb nur die Buhmann-Rolle der Oma, die unvernünftige Ernährungs-Auswüchse einer überforderten, nachgiebigen Helikopter-Mutter korrigierte. »Und weißt du, was noch passiert? Du kriegst Löcher in den Zähnen von zu viel Eis.«

Leonie riss erschreckt die Augen auf, dann senkte sie langsam den Kopf, ließ die Schultern hängen. Weinte sie etwa? Pierrette fasste sanft unter Leonies Kinn, hob das Gesichtchen etwas an. Wirklich, zwei Tränen perlten an den Wangen herab. Hatte sie übertrieben? Das übergeordnete Ziel war die gemeinsame Wanderung, der Ausbau ihrer Beziehung zu ihrer Enkeltochter, und sie durfte nicht riskieren, dass Leonie nicht mehr mit ihr weiterwandern wollte. Oder, noch schlimmer, dass die Kleine sie nach der Wanderung hassen würde und nie mehr wiedersehen wollte. Der Abfalleimer an der Bushaltestelle hinter dem Zebrastreifen brachte Pierrette auf die rettende Idee. Sie würde Leonie zeigen, dass auch sie bereit war, auf etwas zu verzichten. Sie würde einen Handel vorschlagen, sich mit Leonie verbünden. Gemeinsam stark und solidarisch sein. Sie wie eine Erwachsene behandeln, auf Augenhöhe.

»Weißt du was?«, sagte sie freundlich. Sie ging in die Hocke, reichte Leonie ein Taschentuch. »Ich weiß, wie schwer es dir fällt, kein Eis zu essen. Es ist ja auch lecker. Ich mache selbst auch etwas, das nicht so gesund ist. Ich rauche. Wir machen einen Handel, ja? Du isst kein Eis, ich rauche nicht.«

Leonie sah sie an, ihr Interesse war geweckt. Pierrette überreichte Leonie den Führstrick, griff in die Tasche ihrer Wanderweste, zog die angebrochene Zigarettenpackung hervor und warf sie, von dem Esel und Leonie beobachtet, in hohem Bogen in den Mülleimer. Dann wandte sie sich wieder ihrer Enkelin zu und streckte feierlich die Hand aus.

»Komm, schlag ein!«

Leonie wischte sich mit dem Taschentuch über die Wangen, stopfte es in die Hosentasche, ergriff dann zögernd ihre Hand. Pierrette schüttelte sie kräftig.

»Oder weißt du was? Sagen wir: du ein Eis pro Tag, ich eine Zigarette pro Tag. Und wir passen gegenseitig aufeinander auf, ja?« Da hüpfte Leonie ausgelassen in die Höhe beim Händeschütteln und lachte endlich wieder ihr glucksendes, glückliches Kinderlachen.

Geschafft, dachte Pierrette zufrieden und tastete mit der anderen Hand nach der Reservepackung. Ab jetzt würde sie meistens heimlich rauchen müssen, aber das war es wert.

Salomé

Auf dem Weg nach Florac, Dienstag

Er küsste sie nicht auf den Mund, seine Lippen berührten ihre Wange, nur ganz leicht. Im nächsten Augenblick löste er sich von ihr, sah sie an. Seine Augen waren so dunkel und unergründlich. Ihr Herz schlug schneller, ihr Bauch kribbelte, und sie spürte eine unbändige Lust, ihn zu küssen. Wirklich zu küssen. Sich diesem intensiven Augenblick hinzugeben, ohne nachzudenken. Sich in seinen Armen fallen zu lassen, ihm ganz nah zu sein. Aber nein, was tat sie da? Sie schlug die Augen nieder, atmete tief durch, so lange, bis sie wieder auf dem Boden gelandet war. Hatte sie soeben tatsächlich einen Meter oberhalb geschwebt …? Sie spürte seine sanfte Berührung am Ellenbogen.

»Es tut mir leid«, sagte er. »Ich wollte dich nicht …«

»Nein, schon gut«, brachte Natalie hervor. Aber sie traute sich nicht, ihn wieder anzusehen, sich der Anziehungskraft seines Blickes noch einmal auszusetzen. Sie schaute zu Salomé, die nur wenige Meter von ihnen entfernt im Schatten graste, als sei nichts geschehen.

»Ich kann nur … also, es geht nicht.« Sie riskierte einen Blick in seine Augen, vorsichtig, doch sofort drohte der

Zauber sie wieder in ihren Bann zu schlagen. Schnell schaute sie auf ihre Hände. »Tut mir leid. Es hat gar nichts mit dir zu tun.« Sie zeigte auf den Ehering. »Es ist erst zwei Jahre her …«

Er sagte nichts und wartete ruhig, dass sie weiterreden würde. Leise plätscherte das Wasser über die Kieselsteine, eine sanfte Brise ließ die Blätter rascheln. Natalie fühlte, sie schuldete ihm eine Erklärung, aber es war ihr unmöglich, sie konnte nicht klar denken, während sie so dicht neben ihm saß und die Luft zwischen ihnen wie elektrisch aufgeladen schien. Seine Präsenz war so stark, dass die Sehnsucht nach Berührung übermächtig zu werden drohte. Sie rückte ein wenig von ihm ab. Er ließ es geschehen, gab ihr Raum.

»Es ist nicht nur sein Tod«, sagte sie endlich, den Blick auf den Bach gerichtet. »Ich bin schuld daran. Jeden Tag meines Lebens werde ich diesen Gedanken haben, wenn ich aufwache und wenn ich einschlafe. Jeden Tag würde ich alles dafür geben, die Zeit zurückzudrehen und diesen Tag ungeschehen zu machen.«

Eine lange Weile schwieg er, ebenfalls auf den Bach schauend. Dann räusperte er sich. »Das Leben macht irgendwann jeden fertig.«

Sie sah ihn überrascht an, und er erwiderte ihren Blick. Sie spürte, dass er wusste, wovon er sprach. Dieser Blick hatte etwas Durchdringendes, Tiefes. Als wäre er durch eine lange Nacht gewandert. Natalie drehte sich von ihm weg, so dass er ihr Gesicht nicht sah. Sie konnte nicht sprechen, ihre Gedanken verselbstständigten sich, gingen zurück zu diesem schlimmsten Tag ihres Lebens, doch die Worte wollten sich einfach nicht einstellen. Irgendwann fühlte sie wieder seine Hand auf ihrer Schulter, warm und ermutigend und nur für einen Augenblick.

»Okay. Es war … ich weiß nicht, wie ich … Wenn ich bloß auf meinen Mann gehört hätte«, sagte sie schließlich. »Er wollte, dass wir in diesem Jahr nur zu dritt Urlaub machen, egal wo, aber einfach nur Camping zu dritt. Aber ich dachte, dass seine Mutter dann enttäuscht wäre. Wir sind immer im Sommer zu ihr gefahren, es war der einzige Kontakt im Jahr. Wir haben also unseren Sommerurlaub wie immer bei meiner Schwiegermutter in Montpellier verbracht. Leonie war gerade fünf geworden, und sie hatte von uns einen großen Ball zum Aufblasen geschenkt bekommen. Mit dem haben wir am Strand von Montpellier gespielt.« Sie bedeckte die Augen mit beiden Händen, atmete tief durch, um die aufsteigenden Tränen zu unterdrücken. Wieder einmal lief dieser Nachmittag wie ein Film vor ihren inneren Augen ab, ein Film, der als heiterer Urlaubsfilm begann und zur Tragödie wurde. »Der Himmel war bedeckt«, erzählte sie stockend weiter. »Kein Badewetter, sie hatten die gelbe Flagge gehisst. Aber ideal für einen Nachmittag am Strand. Wir haben eine gigantische Sandburg gebaut. Gegen fünf am Nachmittag haben wir dann mit dem großen Ball gespielt, ihn uns zugeworfen. Dann haben wir ›Schweinchen in der Mitte‹ gespielt, Leonie wollte immer das Schweinchen sein, das versucht, den Ball zu fangen, und hat gequietscht vor Freude.« Sie lächelte traurig bei der Erinnerung. »Es hat ihr solchen Spaß gemacht. Wir waren alle so ausgelassen, so glücklich.« Sie wischte sich eine Träne aus dem Augenwinkel. »Wenn ich nur geahnt hätte, was passiert. Ich hatte mir eine scharfkantige Muschel eingetreten, brauchte ein Pflaster, bin zur Umkleidekabine, hab schon meine Sachen mitgenommen, um mich bei der Gelegenheit gleich umzuziehen. Zwischendurch hörte ich Leonie weinen, sie rief ›Mein Ball, mein Ball!‹, und ich dachte, er ist geplatzt. Aber Pascal war ja bei ihr. Als ich umgezogen war, schrie sie »Mama, Mama!«, aber ich dachte wieder, so eilig ist es nicht, Pascal ist ja bei ihr. Kämmte mir noch eben die Haare und flocht mir einen Zopf. Als ich aus der Kabine trat, der Schock: Leonie stand bis zur Brust im Wasser, wurde von einer Welle hochgehoben und verschwand. Ich bin sofort hingestürzt. Es waren die schlimmsten Sekunden meines Lebens, im sandigen Wasser der Brandung nach ihr zu suchen, ohne sie zu sehen. Aber ich habe schließlich ihr Bein zu packen bekommen. Und sie an Land gebracht. Sie hatte viel Wasser geschluckt, und es dauerte, bis sie wieder sprechen konnte. Dann wimmerte sie »Papa, Papa …«, und mir blieb das Herz stehen. Ich war so damit beschäftigt gewesen, Leonie zu retten, dass ich gar nicht an Pascal gedacht hatte. Ich sah aufs Wasser, entdeckte am Horizont den Ball, der schon weit aufs Meer hinausgetrieben war vom Wind, und wusste, was passiert war.« Sie stockte, formte mit der linken Hand eine Faust, biss hinein. Der Schmerz half ihr, in der Gegenwart zu bleiben, wenn die Erinnerung sie fortzureißen drohte.

»Ça va?«, fragte Gerome leise und legte ihr wieder eine Hand auf die Schulter.

Sie nickte. »Er hat wohl versucht, den Ball zu holen. Ich rannte ins Wasser, aber er war nicht mehr zu sehen. Da war nur noch der Ball, der immer weiter aufs offene Meer getrieben wurde. Man hat mich irgendwann mit einem Rettungsboot aus dem Wasser gefischt. Die Suche nach ihm war vergeblich.«

»Furchtbar«, sagte Gerome. »Was für ein tragischer Unfall.«

»Ja, ein Unfall.« Sie sah ihn mit brennenden Augen an. »Aber einer, der nicht hätte passieren müssen. Ich bin ausgebildete Rettungsschwimmerin. Das ist mein Job, weißt du? Ich hab damals als Bademeisterin in einem Kölner Schwimmbad gearbeitet. Und im Urlaub ertrinkt mein Mann und fast auch unsere Tochter, nur weil ich mir noch die Haare kämme. Verstehst du: weil ich mir noch die Haare kämme! Wäre ich wenige Minuten früher wieder da gewesen ... ich hätte ihn davon abgehalten, ins Wasser zu gehen. Auf keinen Fall, hätte ich gesagt. Es ist zu gefährlich. Es ist nur ein Ball, wir kaufen einen neuen!«

»Du hast deine Tochter gerettet.«

»Ich bin diese Minuten so oft im Kopf durchgegangen. Ich wünschte, ich könnte das alles zurückspulen wie einen Film. Pascal war immer so impulsiv, er neigte zu unüberlegten Entscheidungen. Aber er hörte auf mich. Die Stimme der Vernunft, so hat er mich immer genannt. Nur dass die Stimme der Vernunft im entscheidenden Augenblick nicht bei ihm war.«

»Nein«, sagte Gerome und sah sie eindringlich an. »Wie kannst du denken, dass es deine Schuld war! Es war ein schreckliches Unglück! Ganz im Gegenteil: Du hast das Leben deiner Tochter gerettet! Ohne dich wäre deine Tochter auch nicht mehr am Leben.«

Natalie strich sich über die Haare. »Ja, das sagen sie mir alle, aber davon gehen die Albträume nicht weg. Es nützt nichts, denn tief in mir drin fühle ich, dass er noch am

Leben wäre, wenn ich mir nicht in aller Ruhe die Haare gekämmt hätte.«

Er sah auf ihre kurzgeschnittenen Haare und nickte verstehend. »Deshalb trägst du die Haare jetzt so kurz, dass du keinen Kamm mehr brauchst, *n'est-ce pas*? Weil das Kämmen deiner Haare dich immer weiter daran erinnert hätte.«

Sie nickte und versuchte ein Lächeln. »Genau, willkommen in meiner Küchen-Psychologie. Hab wohl versucht, mit den Haaren die Schuldgefühle abzuschneiden. Hat aber nicht funktioniert.«

»Dafür sieht's toll aus.«

Sie sah ihn verwirrt an. Ein kleines, freches Lächeln umspielte seinen Mund. Machte er sich über sie lustig? »Ja, das musst du ja jetzt sagen«, sagte sie etwas zu barsch.

Er hob die Schultern und lächelte jetzt richtig breit. »Gar nichts *muss* ich sagen, was ich nicht wirklich meine.«

Toller Moment für ein Kompliment, dachte Natalie. Trotzdem spürte sie, dass seine Direktheit sie unmittelbar in die Gegenwart zurückkatapultierte. Das war neu für sie – wenn sie sonst in diese Erinnerungen eintauchte, gelang es ihr immer nur mit Mühe, aus diesem Strudel wieder an die Oberfläche zu gelangen. Und plötzlich war da jemand, der … Natalie rupfte Gras aus und warf es ihm ins Gesicht.

»Blödmann!« Irgendwie tat seine direkte, freche Art ihr gut. Es war, als gäbe es da plötzlich eine kleine Brücke über einer Schlucht.

Ihr Handy gab einen kurzen Ton von sich, eine neue Nachricht war angekommen. Automatisch griff Natalie nach dem Handy, in der müden Hoffnung, dass sie von

Pierrette oder Leonie sein könnte. Ihr Herz machte einen Sprung: Sie sah Leonie, spielend am Fluss mit anderen Kindern. Und darunter ein Selfie von Pierrette, in ungewohntem Wander-Outfit, wie immer ihre tadellosen Zähne zeigend, dahinter ein Stück von einem Eselhintern.

»Endlich!«, rief sie aus. »Eine Nachricht von meiner Schwiegermutter! Sogar mit einem Bild von meiner Tochter. Es geht ihnen gut.« Sie sah Gerome lächelnd an, und er lächelte zurück. Das Lächeln wirkte aufrichtig, er freute sich für sie. Und plötzlich merkte sie, dass ihr schon wieder die Tränen kamen, verdammt! Schnell stand sie auf und ging zu Salomé. Warum, zum Teufel? Jetzt, wo sie wusste, es war alles in Ordnung. Aber offenbar kam mit der Erleichterung auch die Erschöpfung. Die Sorge um Leonie und der Ärger über Pierrette hatten sich in ihr ausgebreitet wie ein Ballon, der von Tag zu Tag mehr Raum beanspruchte. Mit der Nachricht und dem Foto ihrer Tochter entwich die Luft mit einem Mal – und ließ eine schlaffe Hülle zurück. Es fühlte sich an, als hätten nur die Sorge und der Ärger ihr Halt gegeben, ihr Denken hatte nicht weiter gereicht als bis zur nächsten Nachricht von Pierrette. Wollte sie sich wirklich weiterhin von den Nachrichten ihrer Schwiegermutter abhängig machen? Litt sie nicht längst unter der Machtlosigkeit, der Rolle, in die sie sich selbst begeben hatte: sich abhängig zu machen von den guten Nachrichten ihrer Schwiegermutter? Wollte sie wirklich so weitermachen? Vor Pascals Unfall war das Muttersein für sie ein einziger Sommertag gewesen, mit Sonne und Lachen und unbeschwertem Glück, die Nächte voller Sterne am Himmel und der Erwartung eines prachtvollen Sonnenaufgangs. Ihr Glück war höchstens einmal unterbrochen worden durch kleine Kümmernisse, ein aufgeschlagenes Knie, eine Fiebernacht – dann ein kurzes In-den-Arm-Nehmen, die Tränen trocknen, das Fieber senken, ein Pflaster kleben, und alles war wieder in Ordnung gewesen. Mit Pascal an ihrer Seite hatte sie immer das Gefühl gehabt, eine liebevolle Macht wache über ihre kleine Familie. *Tout ira bien*, alles wird gut, das war Pascals Motto für alle Lebenslagen gewesen. Und sie hatte diese Worte so gern aus seinem Mund gehört, ihm so gern geglaubt. Das Leben, eine ewige Kette von Happy-Endings. Er war immer so mitreißend unbeschwert gewesen, hatte das Leben genossen und Vertrauen in die Zukunft gehabt. *Tout ira bien.*

Und mit genau diesem Vertrauen, dass alles schon gut gehen würde, hatte er leichtfertig sein Leben aufs Spiel gesetzt – und es verloren. Manchmal konnte sie kaum atmen, so wütend war sie auf ihn, und so sehr hasste sie sich dann dafür, so sehr war sie hin- und hergerissen zwischen Wut auf ihn und die Trauer um ihn. Wie konnte er ihrer aller Zukunft zerstören? Die Scham über ihre Wut und Wut auf sich selbst, dass sie im entscheidenden Moment nicht da gewesen war, hatte sie oft überwältigt, so dass sie die Tage für ihre Tochter gerade noch so überstanden – in den Nächten jedoch in die Kissen geweint hatte. Nach Pascals Tod war die Welt mit einem Schlag kein freundlicher Ort mehr. Sie war voller Raubtiere, die aus dem Nichts heraus angreifen und ihr das Liebste nehmen konnten. Und ihr geliebtes Wasser war zum furchterregendsten Raubtier von allen geworden. Im Frühling hatte sie am Aachener Weiher eine Entenmutter mit ihren Küken beobachtet, wie sie übers Wasser paddelten. Plötzlich war eines der Küken unter Wasser gezogen worden, sang- und klanglos war es verschwunden, leichte Beute für eine Ratte. So war ihre Welt jetzt. Nein, so war die Welt. Nicht nur jetzt, sondern immer schon. Nur hatte sie es die ganze Zeit vorher nicht gesehen, nicht sehen wollen. Das Gefühl von Geborgenheit war eine Seifenblase gewesen, eine zerplatzte Illusion.

Nein, stopp!, sagte sie sich. Sie musste das Gedanken-Karussell anhalten, etwas tun, sei es auch noch so banal, das die Aufmerksamkeit erforderte! Sie stand auf, holte den Striegel aus der oberen Satteltasche und begann, Salomé damit sanft über den Rücken zu streichen. Unter der Satteldecke hatte sie geschwitzt, der getrocknete Schweiß verklebte das Fell und musste ausgebürstet werden, sonst gäbe es Satteldruck. Gerome beobachtete sie eine Weile, sie spürte seinen Blick, obwohl sie ihm den Rücken zugewandt hatte. Dann entfernte er sich in den Wald. Sie blickte ihm nach. Als er nach einer Weile zurückkam, hielt er in jeder Hand einen kleinen Strauß mit leuchtend gelben Löwenzahnblüten.

Er hat für mich Blumen gepflückt, dachte sie bestürzt. Was sollte sie hier auf der Wanderung mit Blumen anfangen? War er etwa doch der Casanova des Wanderwegs? War das alles nur Masche? Die große, romantische Geste? Ihr fiel das Geschirrtuch ein, das er für das Picknick dabeigehabt hatte. Und der Rotwein. Warum hatte er für seine Ein-Mann-Wanderung zwei kleine Fläschchen Rotwein dabei? Er stand jetzt dicht neben ihr, zwei prächtige, leuchtend gelbe Sträuße in den Händen. Sie striegelte mechanisch weiter und tat, als bemerke sie die Blumen nicht. Was sollte das?

Da sah sie aus den Augenwinkeln, wie er Salomé den ersten Strauß hinhielt. Die Eselin schnupperte kurz daran, dann weidete sie sich an der gelben Pracht, und die Blüten winkten aus dem Maul heraus.

»Das ist pures Esel-Yoga«, sagte Gerome. »Ich nenne es den Esel-Sonnengruß.« Er fütterte Salomé mit dem zweiten Löwenzahnstrauß. »Macht gute Laune. Wirkt immer. Füttere einen Esel, und alles wird gut.«

Alles wird gut. *Tout ira bien.* Er sagte diesen Pascal-Satz. Im selben Tonfall. Natalie ließ den Striegel auf die Erde fallen, ging halb blind vor Tränen zum Bachufer. Sie wusste nicht, ob eine Minute oder eine Stunde vergangen war, als sie fühlte, dass er hinter ihr stand.

»Natalie, ist alles in Ordnung?«, flüsterte er. Da brach es aus ihr heraus.

»Nichts ist in Ordnung, wie könnte es!?«, schluchzte sie. Er versuchte, sie in die Arme zu nehmen, aber sie schlug wild um sich. »Lass mich!«

»Nein«, sagte er nur und nahm sie in den Arm, weil er spürte, dass ihr Widerstand bereits brach. Während sie noch halbherzig auf seinen Rücken trommelte, weinte sie hemmungslos an seiner Schulter.

»Nein«, schluchzte sie immer wieder.

»*Tout ira bien*«, sagte er immer wieder, bis sie ruhiger wurde. »Doch, alles wird wieder gut.« Langsam verebbte das Schluchzen, erschöpft lag sie in Geromes Armen und lauschte seinen geflüsterten Worten, die nichts von einem Casanova hatten, sondern die Worte eines guten Freundes waren, der nichts als Trost spendete, da war, Wärme gab. Er streichelte ihr übers Haar, so wie sie Leonie übers Haar streichelte, wenn sie hingefallen war.

»Ich dachte, Pascal und ich, wir … wir werden zusammen alt«, sagte Natalie. »Aber dann war unsere Geschichte plötzlich … abgeschnitten.«

Er streichelte ihr über die Schultern. »Aber deine geht weiter. Wir machen es alle so. Wir gehen weiter, weil wir weitergehen müssen. Aber niemand geht allein.«

»Doch, ich«, flüsterte sie.

»Unsinn. Niemand muss allein gehen.« Er fasste sie an den Schultern, hielt sie auf Armeslänge Abstand, dann drehte er sie in Richtung Salomé. »Zum Glück gibt es Esel, oder nicht?«

Natalie lächelte unter Tränen, löste sich von ihm. »Mein Gott«, sagte sie und wischte sich über die Augen, »es tut mir leid.« Sie suchte in ihrer Hosentasche nach einem Taschentuch, fand keins und wischte sich mit den Händen über das Gesicht. »Ich kenne dich kaum und heule dir die Schulter voll. Ich bin so ein …«, sie suchte nach dem französischen Wort für »Weichei«, aber es fiel ihr nicht mehr ein.

»Joghurtfresser?«, fragte er. Sie nickte, und er lachte leise. »Ja, genau das habe ich auch gerade gedacht: Was ist sie nur für ein Joghurtfresser!«

Sie musste lachen. *Bouffeur de yaourt*, dieses Wort hatte sie seit Jahren nicht mehr gehört. »Joghurtfresser? Ihr seid so witzig, ihr Franzosen. Esst nur Weißbrot und macht euch über Leute lustig, die Joghurt essen!«

»Touché!« Er lachte und knuffte sie in die Seite, dann holte er den Sattel. Gemeinsam sattelten sie Salomé und schnallten die Packtaschen wieder an. Als Natalie die Eselin losband, nahm Gerome ihren Strohhut und setzte ihn auf ihren Kopf. Sein Blick war fest: »Bereit?«

Sie nickte und wandte sich schnell von ihm ab, vertrieb eine Stechmücke von Salomés Hals, die gar nicht da war, unfähig, seinem Blick lange standzuhalten. Es hatte nichts als aufrichtige Sorge in seinem Blick gelegen, aber er löste trotzdem eine Achterbahn der Gefühle in ihr aus.

Sie gingen lange schweigend nebeneinander, der Weg führte bergauf und bergab durch die langsam abkühlende Luft. An der sich schon tief nach Westen neigenden Sonne konnten sie ablesen, dass die Richtung stimmte. Und als sie eine Anhöhe erklommen und weit ins Gebirge schauen konnten, zeigte Gerome auf die Wolken über ihnen.

»Schau, die sind wie wir. Es sieht aus, als kämen sie überhaupt nicht voran, als stünden sie am Himmel wie eine Fototapete, aber in Wirklichkeit werden sie von den Kräften des Himmels mühelos bewegt.«

»So kann man das auch sagen.« Natalie grinste. »Das sieht verdammt nach Regen aus, habe ich gerade gedacht. Wie weit ist es noch?«

»Nicht mehr weit. Noch zwei Stunden, schätze ich.«

Natalie stöhnte innerlich auf. Zwei Stunden noch. Und das nannte er nicht mehr weit. Ihre Füße schmerzten schon wieder höllisch. Sie liefen weiter.

»Warum bist du eigentlich Pfleger geworden?«, fragte sie.

Er antwortete nicht sofort. »Ich mache eigentlich etwas Ähnliches wie du«, sagte er da. »Ich passe auf, dass die Leute den Kopf über Wasser halten.«

»Wie meinst du das?«

Er zuckte die Schultern. »Dass sie nicht sterben. Klappt aber leider nicht immer, und das ist das Problem. Manchmal bist du machtlos. Manchmal tust du alles, was du kannst, und sie sterben trotzdem. Oder sie leben weiter, aber es wäre eigentlich besser für sie gewesen, wenn sie gestorben wären.«

»Bewundernswert«, sagte Natalie. »Ich glaube, ich könnte das nicht.«

Er sah sie über den Hals von Salomé hinweg an, ein bisschen spöttisch. »Das ist die übliche Reaktion, wenn ich erzähle, was ich mache. Wobei, normalerweise kommt davor noch, wie sehr sie einen bewundern für das, was man tut.«

Sie lachten beide. »Ja«, sagte Natalie, »genau das hätte ich auch als Nächstes gesagt. Aber ich hätte es auch wirklich ernst gemeint.«

»Alle meinen es ernst«, sagte Gerome. »Und in der Pandemie meinten die Leute es auch ehrlich mit dem Applaus. Wir haben viel echte Anerkennung bekommen. Es war eine Zeit, in der die Menschen gemerkt haben, was das Personal in den Krankenhäusern leistet, und besonders froh waren, dass es uns gibt. Mittlerweile wirkt sich diese Anerkennung auch finanziell aus. Leider nur zu spät für mich.«

»Warum?«

»Ich arbeite nicht mehr in meinem Beruf. Nach drei Monaten Pandemie hatte ich einen Burn-out. Zuerst dachte ich noch, das wird schon wieder. War sechs Wochen krankgeschrieben, und mit den Medikamenten, die mir mein Hausarzt verschrieb, ging es dann eigentlich einigermaßen, und dann haben meine Freundin und ich die Eselwanderung gemacht. Es schien alles gut. Damals habe ich Salomé kennengelernt.« Er zwinkerte ihr zu. »Daher stammt übrigens auch die Erkenntnis, dass alles gut ist, wenn man einen Esel füttert, ganz im Ernst. Diese Wanderung hat mir wirklich gutgetan, sie hat mich innerlich zur Ruhe kommen lassen und mir ein Gefühl dafür gegeben, dass es immer weitergeht, in kleinen Schritten. Ich habe gelernt, auf meinen Körper zu hören und ihm zu vertrauen und dass das Abendessen und der Wein köstlicher schmecken, wenn man einen anstrengenden Fußmarsch hinter sich hat. Und dass ein einfaches Bett in einem Gemeinschafts-Schlafraum etwas Herrliches ist, wenn man erschöpft in der Herberge ankommt. Als Wanderer mit einem Esel bist du auf einer anderen Frequenz als der Rest des Lebens. Ich glaube, es ist die Einfachheit der täglichen Routine, die dir die innere Ruhe wiedergibt. Du hast keine Zeit, über andere Dinge nachzugrübeln, du denkst nur daran, auf dem richtigen Weg zu bleiben, einen Platz zum Schlafen zu finden, deine Klamotten auszuwaschen, für dich und den Esel Essen zu besorgen. Na ja, aber dann war die Wanderung vorbei, und ich habe wieder angefangen, auf der Intensivstation zu arbeiten. Und dann kam der erste Winter der Pandemie. Das Schlimmste war, wie vielen Patienten wir nicht helfen konnten und wie schnell es oft ging, weißt du. Einmal hatte ich einen Patienten, der am frühen Nachmittag eingeliefert wurde. Er war knapp über sechzig, und seine Werte sahen eigentlich nicht dramatisch aus, aber dann plötzlich verschlechterte sich sein Zustand rapide, und er starb noch in derselben Nacht. Andere kämpften wochenlang um ihr Leben und starben dann doch. All das Leid. Das Besuchsverbot, die Einsamkeit und die Angst vor dem Tod. Die Panik in ihren Augen, wenn sie erfahren, dass sie beatmet werden müssen. Sie haben es aufgenommen wie ein Todesurteil, und oft war es das auch. Die Angst, dass sie das Bewusstsein verlieren, hier und jetzt, und nicht mehr aufwachen werden. Dass sie sich von ihren Lieben nicht verabschieden können, oder höchstens am Telefon, und zwischen vermummtem Personal, angeschlossen an Geräte, sterben werden.«

Natalie hörte die Verbitterung, mit der er sprach, und wusste nicht, wie sie sie mit dem Gerome in Verbindung bringen sollte, der ihr »*Tout ira bien*« zugeraunt hatte.

»Jedenfalls«, fuhr Gerome fort, »war es mit der Erholung durch die Eselwanderung dann wieder schnell vorbei. Ich hätte mich rechtzeitig krankmelden sollen und nicht so lange warten, bis gar nichts mehr ging.«

Natalie nickte. »Aber du hast gedacht, du musst durchhalten.«

»In der Situation damals dachte ich, das ist meine verdammte Pflicht. Zusammenbrechen kannst du später, jetzt wirst du gebraucht, sagst du dir. Es fehlten ja nicht nur Masken, Schutzkleidung, Beatmungsgeräte, noch schlimmer war ja der Personalmangel. In den Krankenhäusern haben alle die Zähne zusammengebissen und gearbeitet bis zum Umfallen. Die eiserne Entschlossenheit, für die Patienten und die Kollegen, für das Team durchzuhalten, das war etwas, das die letzten Kraftreserven mobilisiert hat, trotz der Überlastung und Hektik, trotz des Chaos und des niederschmetternden Bewusstseins, dass alles, was du tust, trotzdem nicht genug sein wird. Dass trotzdem wieder Menschen sterben werden, für die du nichts tun kannst, weil das ganze System überlastet ist. Weil du überlastet bist. Irgendwann habe ich neben einem Bett gestanden, auf die Überwachungsgeräte gestarrt und konnte mich nicht mehr bewegen. Ich wusste nicht mehr, was ich tun musste. Die Verbindung zur Welt war plötzlich abgebrochen. Meine Erinnerung setzt erst wieder in der Klinik ein. Die Kollegen haben dafür gesorgt, dass ich in die Psychiatrie kam. Ich war insgesamt vier Monate im Krankenhaus, dann noch mal sechs Wochen in der Reha. Als ich aus der Reha kam, hat meine Freundin eine riesige Party für mich gegeben. Mit Cocktail-Taxi und DJ und über hundert Leuten.«

»Wow.«

»Fand ich auch. Aber nicht ›Wow, wie toll‹, sondern ›Wow, nichts wie weg hier‹. So viele Menschen. Laute Musik. Ich hab mich auf dem Absatz umgedreht. Meine erste Nacht außerhalb der Klinik habe ich bei einem befreundeten Kollegen auf der Wohnzimmercouch verbracht.« Er zwinkerte ihr zu. »Deshalb ist SpongeBob mein Held. Ich habe in dieser Nacht nicht schlafen können und sämtliche ›SpongeBob‹-DVDs seiner Kinder geschaut.«

»Deine Freundin hatte es bestimmt gut gemeint mit der Willkommensparty.«

Er lachte leise und nickte. »Das hat sie mir auch vorgeworfen, am nächsten Tag. Ich sei unfassbar egozentrisch und undankbar und hätte allen die Party versaut. Und dann hat sie Schluss gemacht.«

Natalie sah ihn entgeistert an. »Sie hat deswegen Schluss gemacht?«

»Oh, nein, das war nicht der Grund. Hätte sie sowieso getan. Sie war inzwischen mit einem anderen Mann zusammen. Die beiden wollten mit der Bekanntgabe nur warten, bis ich wieder gesund war. Und dann wollte sie mich erst einmal gut ankommen lassen, deshalb die Party. Sie sollte so eine Art Abschiedsgeschenk sein.«

»Wie großherzig von ihr.« Natalie konnte es nicht fassen. »Wie lange wart ihr zusammen?«

»Fast vier Jahre. Aber alles hat sein Gutes. Sie fand die Eselwanderung damals öde.«

»Meinst du, ihr habt zusammengepasst?«, fragte Natalie.

»Doch, zu Anfang dachte ich, sie ist es: die Eine, die Richtige. Aber da war ich auch ein anderer. Wir haben uns im Urlaub kennengelernt, auf Ibiza. Wir haben jede Nacht gefeiert, als gäbe es kein Morgen, die Aspirin vor dem Schlafengehen gehörte dazu wie das Aufstehen nicht vor zwei Uhr am Nachmittag. Aber ich habe mich verändert.«

Natalie nickte. »Durch den Burnout.«

Er schüttelte lächelnd den Kopf. »Durch Salomé. Es verändert einen, wenn du mit einem Esel wanderst. Also, wenn du dich darauf einlässt. Du merkst, dass du tief in dir drin auch eine Art inneren Esel hast. Einen Instinkt. Es ist heilsam, auf ihn zu hören.«

Natalie sah ihn an, die schwarzen Locken, das gebräunte Gesicht mit den weiß daraus hervorleuchtenden Zähnen, den Dreitagebart. Der gestählte, sportliche Körper. Wenn man sich das verschwitzte T-Shirt und die Desert-Boots wegdachte und gegen ein Club-Outfit eintauschte, war es leicht, ihn sich beim Feiern in den angesagten Clubs an der Côte d'Azur vorzustellen.

»Für meine Ex war die Pandemie auch nicht leicht«, erklärte er. »Sie ist zwar nicht krank geworden, aber ihre Arbeit bei einer Versicherung verlagerte sich ins Homeoffice. Ihr fehlten die Kontakte zu den Kollegen und auch das Ausgehen abends, sie hat sich gelangweilt. Tatsächlich fand sie, dass ihr eigener Boreout viel schlimmer gewesen sei als für mich der Burnout. Die Folter der Langeweile. Sie hat versucht, die fehlenden Sozialkontakte – ich war in dieser Zeit ehrlich gesagt auch nicht besonders gesprächig – in den sozialen Netzwerken zu kompensieren, saß stundenlang zu Lofi-Musik am PC. Und die Eselwanderung war dann der Gipfel der Langeweile für sie. Immerhin hat sie es mir zuliebe versucht. Es war ja auch eine Art des Urlaubmachens, die trotz der Beschränkungen durch die Pandemie funktionierte. Wir hatten Zeltgepäck dabei und haben im Freien campiert. Und wenn ich nach der Eselwanderung vorsichtiger mit meiner Gesundheit umgegangen wäre, wer weiß, dann wären wir vielleicht immer noch zusammen.«

»Verstehe.« Natalie wischte sich verstohlen eine Träne aus dem Augenwinkel. Sie hatte das Gefühl, etwas sagen zu müssen, das ihm zeigte, dass sie es wirklich verstand. »Verdammt«, sagte sie und wünschte im selben Augenblick, sie hätte den Mund gehalten.

Er legte die Finger an die Schläfe, sah sie mit schwer zu deutendem Gesichtsausdruck an. »Tut mir leid«, sagte sie schnell.

»Was tut dir leid?«

»Ich hätte gern etwas Besseres gesagt als *verdammt.*«

Jetzt lächelte er und zuckte dabei die Schultern. »Wieso? Ehrlich gesagt hätte ich es sogar verstanden, wenn du *Scheiße* gesagt hättest. *Scheiße* ist genau richtig, *Scheiße* trifft es auf den Punkt. Es gab einige Freunde, die mir damals sagten, ist doch halb so wild, schau nach vorn, oder wer weiß, wofür es gut ist, oder Kopf hoch, oder was uns nicht umbringt, macht uns stark, aus Fehlern lernt man, oder die Hauptsache ist, immer wieder aufzustehen, durch Misserfolg zum Erfolg, und all diesen Bullshit. Und das in einer Situation, die einfach nur scheiße ist. Es gibt Momente im Leben, die sind zu gar nichts gut, und du lernst auch nichts draus, du bist einfach am Boden. Und wenn einer dir dann mit solchen Sprüchen aus dem Manager-Handbuch kommt, würdest du ihn am liebsten in den Arsch treten. Es geht ja um diesen Moment, in dem du knietief in einem Sumpf aus Scheiße steckst. Klar weißt du, dass du dich am eigenen Schopf aus der Scheiße ziehen musst. Aber es ist dieser Moment, in dem einer sich einfach nur neben dich hockt und *Scheiße* sagt, dass deine Füße wieder Halt bekommen.« Er lächelte Natalie zu. »Also, ein Hoch auf *Scheiße. Scheiße* ist gut, *Scheiße* ist … warum grinst du so?«

»Du würdest dich gut mit meiner Tochter verstehen. Leonie hat genauso viel Freude an dem Wort wie du.«

Er zog die Augenbrauen hoch, dann grinste er breit. »Deine Tochter war mir schon sympathisch, als du erwähnt hast, dass sie ›SpongeBob‹ schaut. Aber Begeisterung für SpongeBob *und* Scheiße: tolles Kind.«

»Ich hatte eigentlich gehofft, es ist nur eine Phase.«

»Apropos SpongeBob«, sagte er. »Weißt du noch, wie er sich gerettet hat, damals, als er fast ausgetrocknet wäre?«

Natalie überlegte. »Er hat geweint, nicht wahr? Hat ihn nicht seine eigene Träne irgendwie gerettet?«

»Genau.« Gerome lächelte versonnen. »Was für ein Bild, oder? Aber es war nicht nur seine eigene Träne, sondern auch die von seinem Freund. Ein bisschen kitschig, aber SpongeBob und Patrick liegen da nebeneinander unter der Wärmelampe, sind schon fast vertrocknet und weinen beide eine letzte Träne, und diese beiden Tränen laufen zusammen, vereinigen sich zu einem Herzen, das dann runterrollt und in eine Steckdose tropft. Daraufhin qualmt die Steckdose, und der Qualm löst die Sprinkleranlage aus. Ihre gemeinsam geweinten Tränen retten die beiden.«

Sie nickte lächelnd und zeigte auf Salomé, die stehengeblieben war und in diesem Moment äpfelte. Ein Blick – und sie brachen in schallendes Lachen aus.

Es tat so gut, allen Gefühlen einfach nachzugeben, zu spüren, dass der Vorrat an Emotionen offenbar nicht verschüttet oder gar aufgebraucht war. Ja, sie hatten beide riesige Pakete zu schultern, aber tat es nicht gut, zu sehen, dass Weinen und Lachen ganz nah beieinanderlagen? Der Austausch mit diesem Mann, der gestern noch ein Fremder gewesen war, erschien Natalie plötzlich wie ihre Wanderung. Die Gespräche mit ihm führten über Höhen und Tiefen, durch Schatten und Sonne, und er schaffte es, dass sie auch wieder die leuchtenden Blumen am Wegrand wahrnahm, Kirschkerne spuckte und über Eseldung lachte, der nach Ferien und Freiheit roch.

»Weißt du schon, wie es weitergeht bei dir?«, fragte Natalie, als sie kurz vor Florac noch einmal eine Pause einlegten. »Also, wenn der Urlaub vorbei ist.«

Er zuckte die Schultern. »Mal schauen. Ich habe seither nur Gelegenheitsjobs angenommen, meist in der Landwirtschaft. Nur das, was mir Spaß machte, und nur so viel, dass es für ein Zimmer und das Essen reichte. Bin im Land rumgekommen. Das letzte Jahr war wie eine Art Sabbatical für mich. Jetzt gerade komme ich von der Atlantikküste. Südlich von La Rochelle habe ich im letzten Monat für die Austernzüchter gearbeitet. Du fährst bei Ebbe raus in die Tidenzone, rüttelst die Säcke auf den Austerntischen, wendest sie und befreist sie von Algenbewuchs.

Oder du lädst die Säcke ein und bringst sie an Land. Es ist raue, aber unkomplizierte Arbeit, du arbeitest in der Natur, und der Blick auf den Himmel und das Meer ist so weit. Morgens in dieser Stille da rauszufahren war jeden Tag wieder schön.«

»Also gehst du nach der Wanderung wieder zurück?«

»Nein.« Er lockerte Salomés Sattelgurt. »Ich denke, dass ich wieder in mein altes Krankenhaus in Montpellier zurückkehren werde. Ich weiß, dass ich dort gebraucht werde. Und ich denke, ich bin jetzt so weit.« Er streichelte Salomé über den Hals. »Beim Wandern mit Salomé wollte ich mir darüber endgültige Klarheit verschaffen.«

»Aber dann habe ich sie dir weggeschnappt«, stellte Natalie fest. Plötzlich hatte sie ein schlechtes Gewissen. »Wenn ich gewusst hätte …«

»Hast du nicht«, unterbrach er sie schnell. »Wir gehen doch zusammen, oder nicht?« Er drehte sich zu ihr um, sah ihr in die Augen. »Außerdem: Glaubst du tatsächlich, du hast sie mir weggeschnappt? Nein, Salomé hat sich dich geschnappt. Hier in den Cevennen wählen die Esel ihre Menschen aus. Weißt du also, was ich glaube? Salomé wollte, dass wir uns begegnen. Sie hat dich zu mir geführt.«

Natalie erwiderte seinen Blick und spürte wieder die Magie, das elektrisch geladene Feld, das sie beide umgab. Sie wusste, wenn sie ihm noch eine Sekunde länger in die Augen sah. Schnell wandte sie den Blick zu Boden.

»Schon gut«, sagte er leise und ging weiter.

Pistou

Auf dem Weg nach Mialet, Dienstag

Ab und zu wehte eine sanfte Brise durch den Wald, und es duftete nach Kiefern. Für einen kurzen Moment vergaß Pierrette dann den Geruch der Anstrengung, der sie umgab: Schweiß. Und der stammte nicht vom Esel. Der Esel schwitzte nicht, kein Wunder, er tippelte leichtfüßig daher, weil Leonie ja nicht auf ihm reiten wollte. Sie gingen auf einem knochentrockenen Weg. Das steilste Wegstück hatten sie hinter sich gebracht, doch die lichten Nadelbäume spendeten kaum Schatten vor der sengenden Sommerhitze. Die Kleine war müde, das war nicht zu übersehen. Hoffentlich hielt sie durch. Sie hatten nun gut drei Viertel der Tagesetappe geschafft. Es war drei Uhr und damit die heißeste Zeit des Tages. Es würde noch lange dauern, bis die Sonne so schräg am Himmel stand, dass sie nicht mehr derart erbarmungslos brannte. Leonie hatte bis vor einer halben Stunde munter vor sich hin geplaudert, was Pierrette entzückend fand, denn Pascal war in dem Alter genauso gewesen. Je länger sie mit Leonie durch den Wald wanderte und je mehr die Kleine ihr vertraute, ihr erzählte, desto mehr erinnerte sie Pierrette an Pascal. An seine fröhliche Art, die Impulsivität. Warum war ihr das früher nie aufgefallen? Sie hatte immer nur die äußere Ähnlichkeit mit Natalie gesehen. Natalie war verdammt hübsch, genau die Sorte, hinter der die Männer her waren. Pierrette wusste noch, was ihr durch den Kopf ging, als sie Natalie zum ersten Mal sah, damals am Flughafen von Marseille: Was für eine Schönheit. Dann hatte sie die Schüchternheit bemerkt, die so gar nicht dazu passte, diese unsichere Art, als sei sie ein Mauerblümchen, und gedacht: Wow, mit diesem naiven Augenaufschlag wird sich dieses Mädchen mühelos einen Kerl angeln, der sie auf Händen durchs Leben trägt. Pierrette hatte einige solcher Frauen unter ihren Kunden: Unter Emanzipation verstanden sie, ihre Tage mit Dingen zu verbringen, die sie tun wollten, statt mit Dingen, die sie tun mussten, zum Beispiel um den Lebensunterhalt zu verdienen. Sie pendelten zwischen Kosmetikerin, Spa, Kunstgalerien, teuren Restaurants und Golfplatz, während ihre Männer sich für sie abrackerten und auch noch stolz darauf waren. Diese eitlen Luxus-Haustiere diskutierten über die Krisenherde in der Welt und ihre Kleiderwahl für die nächste Spendengala und sagten im nächsten Augenblick Sachen wie: »Wir tragen in der Familie nur noch personalisierte Socken von Bleuforêt, so ist für unsere Marie das Sortieren leichter.«

Bestimmt ist dieses Mädchen ähnlich, hatte Pierrette damals gedacht. Ein zukünftiges Luxus-Haustier auf der Suche nach seinem Zuhause. Ein schöner Schmetterling auf der Durchreise. Wahrscheinlich ist sie bald wieder weg. Doch sie hatte sich geirrt. Natalie war nicht nur das volle Jahr geblieben, das sie vereinbart hatten, sondern hatte sogar verlängern wollen. Und Pierrette hätte beinahe zugestimmt. Denn Natalie war intelligent und angenehm im

Umgang. Pascals Deutsch war in dieser Zeit nahezu perfekt geworden, und das Mädchen hatte sich als Naturtalent in der Küche herausgestellt. Sie war lernbegierig und kochte kreativ und mit Liebe zum Detail, fast wie eine Französin. Auch ihre anfängliche Einschätzung, was Natalie und Männer betraf, hatte Pierrette revidiert. Natalie ging selten aus, junge Männer schienen keine Rolle in ihrem Leben zu spielen. War es Intuition gewesen, dass sie dann doch gezögert hatte, der Verlängerung zuzustimmen? Das unbestimmte Gefühl, dass ein Au-Pair, das ein zweites Jahr bliebe, schon gefährlich nahe dran war, zum Familienmitglied zu werden? Wie blind sie gewesen war, nicht zu erkennen, dass genau das schon längst geschehen war.

Konnte man es dem Mädchen übelnehmen? Sie war von nie gekanntem Luxus umgeben. Der Wunsch, dazuzugehören, war verständlich. Für die meisten ihrer Au-pairs war der Job bei ihr die Eintrittskarte für ein Jahr Luxusleben in Südfrankreich gewesen. Eine Art mediterraner Langzeiturlaub, erkauft mit ein bisschen Kochen und deutsch Plaudern. Auf das Aussehen der Mädchen hatte Pierrette nie geachtet, es war ihr egal gewesen. Es gab ja keinen Monsieur Berger. Das bildhübsche Au-pair und der Hausherr, was für ein Klischee – und oft auch wahr, jedenfalls kursierten in ihrem Bekanntenkreis zuweilen entsprechende Gerüchte. Aber dass Natalie ihren Sohn verführen würde, das hatte sie nicht kommen sehen. Es war ihr immer wichtig gewesen, dass Pascal sein Deutsch nicht vergaß. Und dass er Gesellschaft hatte. Sie kam ja erst am frühen Abend von der Arbeit, und dann war sie oft zu müde, um noch Deutsch zu reden. Nach so vielen Jahren in Frankreich träumte sie sogar auf Französisch, und wenn sie Deutsch sprach, suchte sie oft die Wörter. Abgesehen vom deutsch Reden mit Pascal war das Kochen die Aufgabe der wechselnden Au-pairs gewesen und ein bisschen Aufräumen vielleicht. Um die Böden mussten sie sich nicht kümmern, das machte eine Firma; die Wäsche war, seit er vierzehn war, im Wesentlichen Pascals Aufgabe, denn er sollte kein verwöhnter Schnösel werden; abschreckende Beispiele im Bekanntenkreis gab es einige. Pierrette hatte ihre deutschen Au-pairs immer anständig behandelt. Es war eine Beschäftigung auf Zeit, nicht mehr und nicht weniger. In ihrem Bekanntenkreis sprachen die Frauen von ihren Au-pairs manchmal, als seien sie Pflegetöchter, und begleiteten sie zum Zahnarzt, nahmen sie sogar mit in den Urlaub, aber Pierrette blieb da realistisch. Vier Stunden Arbeitskraft täglich, dafür erhielt das Au-pair die Möglichkeit, seinen Horizont zu erweitern, dazu ein geräumiges Zimmer mit eigenem Fernseher, Verpflegung und ein nicht zu knappes Taschengeld. Pierrette sah sich nicht als Mutterersatz für die jungen Mädchen, ihr Haus war Arbeits- und Wohnstätte für sie, aber kein zweites Elternhaus; bei allem Entgegenkommen weckte Pierrette, was das Zwischenmenschliche betraf, keine übertriebenen Erwartungen. Das Verhältnis war von Freundlichkeit, Höflichkeit und einer gewissen Distanz geprägt, jeder kannte seinen Platz, es gab Grenzen. So war der Schock gewaltig gewesen, als sie eines Tages früher von der Arbeit nach Hause kam und die beiden gesehen hatte: Pascal war in den Pool gesprungen, Natalie hinterher, hatte ihn lachend eingeholt, sie hatten sich umarmt und geküsst. Es wirkte vertraut, wie sie sich küssten, das da war offensichtlich nicht das erste Mal. *Er trinkt doch morgens noch Kakao* war alles, was sie denken konnte. Sie entfernte sich leise, floh ins Badezimmer, ließ sich ein Vollbad ein und dachte diesen einen Satz immer wieder: *Er trinkt doch morgens noch Kakao.* Sie stellte sich vor, wie sie Natalie anzeigen würde, wegen Unzucht mit Minderjährigen. Verwarf den Gedanken wieder. Der Skandal, und überhaupt die Unmöglichkeit. Er war ja schon sechzehn. Warum hatte sie nichts gemerkt? Diese bildhübsche junge Frau, fast zwanzig, die sich jeden beliebigen jungen Mann am Strand hätte angeln können, hatte Pascal verführt, der nur aussah wie ein Mann, aber doch eigentlich noch ein Kind war. Es kam ihr vor, als sei es gestern erst gewesen, dass sie gemeinsam seinen Teddy in die Erinnerungskiste gebettet und auf den Dachboden geräumt hatten. Als Pierrette aus der Badewanne stieg und sich abtrocknete, fühlte sie sich ausgenutzt und hintergangen. Sie fasste einen Plan: Sie würde so tun, als hätte sie nichts gemerkt, aber dafür sorgen, dass dieses Mädchen hier verschwand. Eine Szene und Vorwürfe würden die beiden nur enger zusammenschmieden. Pascal, ihr impulsiver, lieber Junge, war zum ersten Mal in seinem Leben verliebt. Natürlich dachte er, es sei für immer, und vergötterte seine erste große Liebe. Jedes Wort, das sie gegen Natalie sagte, würde sich gegen sie selbst verkehren. Sie musste klug und besonnen handeln. Was geschehen war, war geschehen, *c'est la vie*, und das Beste war, die beiden im Glauben zu lassen, sie hätte nichts von dieser *amour fou* mitbekommen. Aber sie würde den Vertrag nicht verlängern. Pascal würde versuchen, sie zu überreden, dass sie es doch tat, sie würde sich also einen guten Grund überlegen müssen. Der selbstverständlich nichts mit der Beziehung der beiden zu tun haben durfte. Natürlich wäre

Pascal traurig bei Natalies Abreise. Aber sein Liebeskummer würde nicht ewig anhalten. In der Jugend war die Liebe ein Strohfeuer, heftig auflodernd und schnell erloschen. Wahrscheinlich wäre seine Verliebtheit ohnehin noch vor Ende des Sommers vorbei. Und spätestens dann wäre Pascal ihr insgeheim dankbar dafür, dass sie Natalies Vertrag nicht verlängert hatte. Denn wie unangenehm wäre es, noch ein ganzes Jahr mit dem Mädchen unter einem Dach leben zu müssen, mit dem er seine ersten sexuellen Erfahrungen gemacht hatte und das ihm nun nichts mehr bedeutete? Wie peinlich wäre es für ihn, jeden Abend von einer schmollenden oder schmachtenden Ex bekocht zu werden? Oder, andersherum, falls sie mit ihm Schluss gemacht hätte: Wie würde er über sie hinwegkommen können, wenn er sie noch jeden Tag sah, sie aber nichts mehr von ihm wissen wollte?

Es geschah alles genau so, wie sie es geplant hatte. Natalie schien zwar bestürzt, als Pierrette ihr mitteilte, dass sie ihren Au-Pair-Vertrag wegen unerwarteter finanzieller Schwierigkeiten leider nicht werde verlängern können, hatte es aber sofort akzeptiert. Ihr Verhalten milderte ein wenig die Wut, die Pierrette ihr gegenüber empfand. Offenbar hatte das Mädchen doch ein schlechtes Gewissen. Zu Recht. Pascal dagegen hatte mit aller Macht und bis zum letzten Tag versucht, sie umzustimmen. Nach Natalies Abreise hatte er sich dann viel in seinem Zimmer eingeschlossen, kaum noch mit Pierrette geredet und insgesamt abwesend gewirkt. Aber schon gegen Ende des Sommers wurde er wieder zugänglicher, und die Klassenfahrt nach Paris zu Beginn seiner *Terminale*, des letzten Jahrs vor dem *Baccalauréat*, holte ihn endgültig zurück in sein altes Leben. Endlich traf er sich auch wieder mit seinen Freunden am Strand. Pierrette atmete auf. Sie hatte die Situation gut gemeistert und als Mutter das Richtige getan. Die erste Liebe war etwas, durch das man als junger Mensch durchmusste und das meist in Tränen endete. Das gehörte zum Reifeprozess dazu. Die Trennung war durch äußere Umstände über die beiden Verliebten gekommen. Keiner musste also Schluss machen, sie waren einfach vom Schicksal getrennt worden. Liebeskummer light, sozusagen. Ein Ende ohne Schuld, Bitterkeit und Reue. Hadern nur mit dem Schicksal, aber kein Streit. So ermöglichte sie es Pascal, eine schöne und ungetrübte Erinnerung an den Sommer seiner ersten großen Liebe zu bewahren. Seine Gefühle für Natalie konnten durch die räumliche Trennung langsam, quasi antiseptisch, ins Leere laufen und abkühlen.

Plötzlich merkte Pierrette, dass etwas fehlte: das gedämpfte Klippklapp der Eselhufe neben ihr! Sie sah sich erschrocken um, der Esel war an der letzten Wegbiegung stehengeblieben. Pierrette eilte zu ihm zurück, unterwegs brach sie sich einen Zweig als Gerte ab. Wurde das Tier etwa doch noch bockig? Da sah sie, dass der Esel zum Wegrand schaute. Sie folgte seiner Blickrichtung und erschrak: Leonie kauerte dort am Boden. Mein Gott, vor lauter Erinnerungen hatte sie gar nicht mehr auf Leonie achtgegeben. Sie rannte zu ihr.

»*Ma chérie*, was ist los? Was ist mit dir?« Leonie war sehr blass. Pierrette befühlte die Stirn ihrer Enkelin, sie war kaltschweißig.

»Mama«, wimmerte Leonie.

Himmel, dachte Pierrette und fühlte sich zum ersten

Mal seit Jahren einer Situation nicht gewachsen. »Mein Liebling, ich bin ja da«, sagte sie beruhigend, hob Leonie auf und legte sie an einer grasbewachsenen Stelle wieder ab, hob ihr die Beine hoch, um den Kreislauf zu unterstützen. Als Leonie wieder etwas Farbe im Gesicht hatte, lief Pierrette zum Esel, der inzwischen am Wegrand graste, und holte eine Wasserflasche und Traubenzucker aus der Packtasche. Sie gab Leonie etwas Wasser zu trinken, legte ihr ein Stück Traubenzucker in den Mund. Langsam kehrten die Lebensgeister zurück.

»Kann ich noch einen Traubenzucker haben? Ich hab so Durst. Und Hunger.«

Pierrette strich Leonie übers Haar. »Ja, und wir laufen schon viel zu lange. Aber es ist nun nicht mehr weit. Wir machen eine lange Pause, du isst und trinkst noch mal ordentlich, und dann schaffst du die letzte halbe Stunde bis zur Herberge spielend. Und da bekommst du zur Belohnung ein Eis.«

»Was für eins?«

»Das darfst du dir aussuchen.«

»Melonen-Eis?«

»Natürlich.«

»Twister?«

»Auch das.«

»Kriege ich auch eine Cola?«

»Ja.«

»Die darf ich zuhause aber nicht.«

»Dann machen wir eine Ausnahme.«

»Oma?«

»Ja, *ma chérie*?«

»Du bist ganz blass.«

Pierrette merkte, dass die Kleine vermutlich recht hatte. Ihre Beine waren zittrig. Sie lächelte Leonie zu. »Weißt du was? Wir ruhen uns jetzt hier im Schatten aus, bis es kühler wird. Und wenn wir weiterwandern, dann musst du mir etwas versprechen.«

»Was denn?«

»Dass du auf Pistou reitest.«

Pistou, der seinen Namen hörte, näherte sich neugierig. Leonie hielt ihm auf der flachen Hand eines ihrer Traubenzuckerbonbons hin, das er sanft mit dem Maul aufnahm. Pierrette biss sich auf die Zunge, sagte aber nichts. Jetzt fraß der Esel auch noch den Traubenzucker weg. Der hätte ihr selbst auch gutgetan.

»Nein. Pistou trägt doch schon so viel«, sagte Leonie.

Pierrette atmete tief durch. Ihr Wanderhemd war durchgeschwitzt, ihre Füße brannten, sie hatte Kopfschmerzen. Aber es half nichts, sie mussten verdammt noch mal diese Herberge erreichen. Mit einem Kind, das sich um das Wohlergehen eines Esels sorgte, der nicht einmal schwitzte. Im Gegensatz zu ihr. *Bon Dieu*, wie sehnte sie sich nach einer Dusche. »Ich habe eine Idee, Leonie: Wenn wir Pistou sein Gepäck abnehmen, reitest du dann auf ihm?«

»Aber wer schleppt dann das Gepäck?«

»Ich.« Pierrette zwang sich zu einem Lächeln.

Ihre Enkeltochter nickte ihr zu wie jemandem, der eine gute Idee hatte, die in der Luft lag und bei der sich alle im Nachhinein fragen, warum man nicht gleich darauf gekommen ist. Leonies ganze Sorge galt dem Esel, um die Belastungsfähigkeit ihrer Großmutter machte sie sich offensichtlich keine großen Gedanken. Pierrette beschloss, das als Kompliment anzusehen. Sie war zäh, zäher als ein Esel.

Jeder hielt sie für stark, und sie war es auch, immer schon. Und wenn nicht, dann ließ sie sich das nicht anmerken. Schwäche war wie Hochwasser: Wenn man sich nicht ordentlich abschottete, flutete sie herein und überschwemmte alles. Pierrette schaute, was sie noch an Essbarem dabeihatten. Sie teilten sich die magere Ausbeute von Müsliriegeln, Reste von Baguette und Wasser, dann ruhten sie im Schatten der Bäume, selbst der Esel, den Pierrette diesmal sogar absattelte, hörte irgendwann mit dem Grasen auf und stand mit eingeknicktem Hinterbein am Wegrand und döste. Als Leonie die Augen zufielen, war die Zeit für Pierrettes kleinen Triumph über den Esel gekommen. Sie hatte in der kleinen oberen Packtasche, zwischen Striegel und Hufkratzer, noch eine letzte Möhre für Pistou entdeckt. Die würde sie sich jetzt gönnen. Als sie krachend in die Möhre biss, erwachte Pistou aus seinem Halbschlaf, die Ohren schnellten in ihre Richtung. Sie lächelte ihm mit Genugtuung zu und biss wieder ab, den Futterneid des Esels auskostend. So weit ist es mit mir, dachte sie resigniert, als sie sich neben Leonie ins Gras legte. Was für ein Triumph. Ich fresse dem Esel die Möhre weg. Dann legte sie den Arm um Leonie und nickte ebenfalls ein. Als Leonie sie aufweckte, mochte nicht mehr als eine Stunde vergangen sein, doch Leonie war wie ausgewechselt, wieder voller Energie. Pierrette fühlte sich immer noch wie erschlagen, und als sie ihr Versprechen einhielt und ihren Rucksack schulterte, merkte sie, dass der Esel ihr zusah. Es hätte sie nicht gewundert, wenn er schadenfroh gelacht hätte.

Mon Dieu, der Rucksack war schwer wie Blei. Sie beschloss, im nächsten Ort neue Möhren zu kaufen und sie dem Esel wegzuessen, vor seinen Augen. Sie half Leonie beim Aufsteigen. Die Kleine strahlte übers ganze Gesicht auf dem Rücken des Esels, und Pistou, der nun von oben von einem hellen Stimmchen beplaudert und von zarten Händen gestreichelt wurde, tippelte ganz zufrieden weiter. Die Sonne stand schräg und mild am Himmel, schon fast berührte sie den Bergrücken im Westen. Sie gelangten an einen der gelben Wegweiser, die das Wandergebiet durchzogen, es waren nur noch drei Kilometer.

Pierrette atmete auf. Schon fast geschafft, sie würden es noch vor Einbruch der Dunkelheit bis zur Herberge schaffen. Morgen, nahm Pierrette sich vor, würde sie dem Kind beibiegen, dass dieser Esel durchaus in der Lage war, ein kleines Mädchen plus Gepäck zu tragen. Aber für heute hatte sie immerhin erreicht, dass Leonie endlich mal auf ihm ritt. Sie schwätzte wieder vor sich hin, mit ihr, mit dem Esel, und sie kamen gut voran. Alles gutgegangen, sagte Pierrette sich. Ein Zwischentief, ein kleiner Schwächeanfall. Kein Grund zur Beunruhigung, sie hatte ja alles im Griff gehabt.

Als sie in der Herberge ankamen, war das Erste, was Pierrette auffiel, der Dreck. Dies war die schäbigste Unterkunft, die sie je gesehen hatte. Vor dem Haus parkte ein verbeulter schmutzig weißer Citroën-Kastenwagen. Eine magere Katze saß neben der dreckverkrusteten Fußmatte und putzte sich. Schnell band Pierrette den Esel an, griff nach Leonies Hand und zog sie in die Herberge, damit sie gar nicht erst auf die Idee käme, das Tier zu streicheln. Im Inneren gab es Staubmäuse auf dem dunklen Dielenboden, an den Lampen und in den Ecken hingen Spinnweben, und der Holztresen der kleinen Bar im Schankraum war voller tiefer, dunkler Rillen. Hier tanzten die

Bazillen Samba. Wie mochten da erst die Schlafzimmer aussehen? Pierrette überlegte gerade, wie groß die Erfolgsaussichten wären, auf die Schnelle noch eine andere, bessere Unterkunft zu suchen, da überreichte der Wirt ihr schon den Schlüssel.

»Sie haben die Nummer eins, Madame, unser schönstes Zimmer, frisch renoviert«, sagte er, als hätte er ihre Gedanken erraten. Dann wandte er sich Leonie zu. »Herzlich willkommen, kleine Prinzessin!« Er kam hinter dem Tresen hervor, bückte sich zu ihr und zeigte zu der Gefriertruhe in der Ecke. »Jedes Wanderkind kriegt bei uns ein Eis geschenkt. Such dir eins aus!«

Pierrette war hin- und hergerissen. Dieser Wirt wusste, wie man Kinder einfing, damit die Erwachsenen nicht gleich wieder die Flucht ergriffen. Sie hasste es, manipuliert zu werden. Ein Gratis-Eis war kein Ersatz für eine gepflegte Unterkunft. Aber sie war müde und froh, zu sitzen. Leonie suchte sich schon eifrig ihr Eis aus. Pierrette sah durch einen schmuddeligen Fliegenvorhang in die kleine Küche hinter der Bar. Eine Zumutung. Ihr graute vor dem Abendessen. Auf keinen Fall werden wir hier Salat essen, dachte sie. Schnecken waren ja lecker, aber bitte in Weinsauce und nicht roh und lebendig zwischen den Blättern. Am besten aßen sie hier nur Gekochtes oder gut Durchgebratenes. Obwohl, auch gut durchgebratene Käfer wären noch Käfer. Und Dreck bliebe Dreck. Sie schüttelte sich innerlich. Oder in Gottes Namen sie würden hier schlafen, aber wenigstens irgendwo anders essen. Aber gab es in diesem Nest überhaupt ein anderes Restaurant? Auf dem Weg hierher hatte sie keines gesehen.

»Ihr habt nach eurer Wanderung einen Bärenhunger,

stimmt's?«, sagte der Wirt zu Leonie. »Wenn du mit dem Eis fertig bist, bringt ihr euren Esel auf die Weide und versorgt ihn, und dann könnt ihr auch schon essen.« Er holte Eiswürfel aus der Gefriertruhe.

Pierrette sah, wie Leonie ihr Eis in großen Stücken abbiss wie eine Verhungernde. Ihre Enkeltochter hatte gute Zähne, das musste man ihr lassen, und für mangelnde Contenance beim Essen konnte sie ja nichts. Erziehung ist gutes Vorbild, weiter nichts, dachte Pierrette und nahm sich vor, demnächst ein ernstes Wort mit Natalie über Leonies Tischsitten zu reden und dann auch die deutsche Unart zur Sprache zu bringen, Kinder mit Süßigkeiten zu bestechen, zu trösten oder ruhigzustellen. Hatte Natalie denn nicht damals als Au-pair bei ihr gelernt, dass Essen ein kultureller Wert an sich war und keine Triebbefriedigung für zwischendurch? Snack, schon das Wort war so ekelhaft wie Schmelzkäse. Französische Kinder erhielten am Nachmittag das traditionelle *Goûter*, das war alles. So gab es keine tyrannisch quengelnden Zucker-Junkies, und selbst Kleinkinder schafften es, über mehrere Gänge hinweg gesittet am Tisch zu sitzen, ohne aufzustehen.

»Was gibt es denn zum Abendessen?«, fragte Leonie auf Deutsch, und Pierrette übersetzte.

»Einen Bohneneintopf mit Hammelfleisch, und zum Dessert unsere berühmten Crêpes«, gab der Wirt Auskunft. Pierrette wollte wieder übersetzen, aber Leonie strahlte schon übers ganze Gesicht.

»Und für Sie eine kleine Erfrischung aufs Haus, Madame?«

Pierrette wandte ihre Aufmerksamkeit wieder dem Wirt zu. Er gab – Gott sei Dank nicht mit den bloßen Händen –

ein paar Eiswürfel in ein Glas, schenkte großzügig Ricard ein, füllte mit Wasser auf und schob Pierrette das randvolle Glas zu.

»Bitte sehr, Madame. Ist gut gegen Muskelkater. Besser als eine heiße Dusche.«

Pierrette bedankte sich verhalten. »Fragst du ihn, was für Crêpes es gibt?«, bat Leonie. »Hoffentlich mit Maronencreme, die mag ich am liebsten!«

Es gab Pierrette einen Stich. Maronen-Crêpes waren auch Pascals Lieblingsdessert gewesen. Sie übersetzte, und der Wirt nickte. »Selbstverständlich, Crêpes mit Maronenmus sind unsere Spezialität. Aus Maronen von unseren eigenen Esskastanien.«

Leonie hüpfte jubelnd mit dem Eis in der Hand zu Pierrette. »Es gibt Maronen-Crêpes! Isst du die auch so gerne, Oma?«

»Aber sicher, *ma chérie.*« Pierrette streichelte ihr übers Haar, dann seufzte sie und griff zum Glas. Der Plan, auswärts zu essen, war damit wohl passé. Gegen Maronen-Crêpes war man machtlos. Aber irgendwie tat es gut, sich zu fügen. Genug gekämpft, es war Urlaub. Der erste Wandertag lag hinter ihnen, mit Höhen und Tiefen, aber alles in allem hatten sie ihn gut gemeistert. Leonie war erschöpft, aber so glücklich, wie man als Kind nur sein konnte, wenn man sich auf sein Lieblingsdessert freute. Und sie hatte – das war der Kleinen hoch anzurechnen – ihren kleinen Schwäche- und Heimwehanfall unterwegs wirklich gut überwunden. Sie durfte nicht vergessen, Natalie das zu schreiben, da wäre sie beruhigt. Oder, ach was, am besten schrieb sie ihr gar nichts davon, sonst würde es nur Nachfragen hageln. Pierrette schwenkte das Glas, so dass die Eiswürfel klirrten, genoss das süße, frische Aroma von Anis, nahm noch einen Schluck, der kühl die Kehle hinunterrann. Beim erneuten Blick in die Küche stellte sie fest, dass es dort so schlimm nun auch wieder nicht aussah. Und selbst wenn, dachte sie beim nächsten Schluck: Dreck scheuert den Magen. Sie genoss das wohlig entspannte Gefühl, das von ihr Besitz nahm und nur mehr die schönen Erinnerungen an diesen ersten Wandertag übrig ließ.

Als Leonie mit ihrem Eis fertig war, kam der Wirt hinter dem Tresen hervor. »*Alors*, und jetzt zeige ich euch die Eselweide!«

Ach, du liebe Zeit, der Esel, den hatte sie ja ganz vergessen! Schnell folgte Pierrette dem Wirt und Leonie und hörte ihn schon draußen fluchen.

»Merde! Bon Dieu de merde!«

Als sie vor die Tür trat, sah sie die Bescherung: Ein Esel, der aussah wie immer, stand neben einem abgefressenen Blumenkübel. Das ist ja nun wirklich nicht unsere Schuld, dachte Pierrette. Es war doch mehr als dumm, Blumen vor die Tür einer Herberge für Eselwanderer zu pflanzen! So etwas passierte doch bestimmt nicht zum ersten Mal. Am Ende war das Absicht, um nichtsahnenden Eselwanderern eine zusätzliche Rechnung präsentieren zu können?

»Kommt jetzt die Polizei?«, flüsterte Leonie. Pierrette ging in die Hocke, sah den schockierten Gesichtsausdruck ihrer Enkelin und strich ihr übers Haar.

»Aber nein«, flüsterte sie. »Es ist nichts Schlimmes.« Dann erhob sie sich wieder. »Pardon, Monsieur«, sagte sie laut. »Natürlich komme ich für den Schaden auf, setzen Sie mir den Betrag für eine neue Bepflanzung bitte einfach auf die Rechnung.«

Der Wirt nickte, immer noch etwas sauer, und stapfte ihnen voran zur Eselweide. Pierrette zwinkerte Leonie zu, dann umfasste sie ein flauschiges Eselsohr und sagte in verschwörerischem Tonfall, gerade so laut, dass Leonie es hören konnte:

»Sag, Pistou, wie hat es geschmeckt? Waren die Blumen lecker?«

Leonie kicherte erleichtert. Das ist das schönste Geräusch dieses Tages, dachte Pierrette, als sie dem Wirt zur Weide folgten. Plötzlich merkte sie, wie Leonies kleine Hand sich vertrauensvoll in ihre schob, und ein warmes Glücksgefühl strömte von der Hand aus durch ihren ganzen Körper.

Später beim Abendessen weigerte Leonie sich, den Eintopf zu essen – was Pierrette nur zu gut verstehen konnte. Von Wollen konnte auch bei ihr keine Rede sein. Sie musste. Sie beneidete ihre Enkelin darum, wie unbefangen und unbeschwert von Höflichkeit sie einfach »Das esse ich nicht, das ist eklig!« ausrief – zum Glück auf Deutsch. Pierrette erklärte dem Wirt, der die Szene mit hochgezogenen Augenbrauen verfolgt hatte, Leonie sei Vegetarierin, und aß selbst mit beträchtlicher Selbstüberwindung ihren Teller leer. Unter normalen Umständen hätte sie diese roten und weißen Bohnen und das fettige, sehnige Hammelfleisch zurückgehen lassen. Aber sie wusste nur zu gut, dass das hier für heute die einzige Chance auf Nahrungsaufnahme war, abgesehen von den Crêpes zum Nachtisch. Und die überließ sie lieber Leonie, so konnte sich wenigstens das Kind an etwas satt essen, das schmeckte.

»Es ist eine Freude, Kindern zuzusehen, wenn sie so reinhauen«, bemerkte der Wirt lächelnd.

Leonie stopfte sich gerade mit beiden Händen ihren dritten Crêpe in den Mund. Sein Groll über den mundräuberischen Esel und Leonies Suppenstreik waren verflogen. Pierrette nutzte die Gelegenheit, sich nach Käse zu erkundigen. Zu ihrer freudigen Überraschung nickte der Wirt und brachte eine Platte mit Käse und Trauben an den Tisch. Entzückt sah sie die Auswahl an Käse: Camembert, Bleu de Chèvre, Pélardon, Tommette de Savoie. Hätte sie das nur vor diesem grässlichen Hammeleintopf gewusst.

Wenigstens ihr Zimmer war eine positive Überraschung und tatsächlich viel adretter, als Pierrette nach dem Anblick der restlichen Herberge zu hoffen gewagt hätte. Es war einfach, aber sauber und strahlte eine ländliche Gemütlichkeit aus, und die offensichtlich professionell gemangelte Bettwäsche duftete so frisch und verlockend, als seien die aufgedruckten Lavendelblüten echt. Am liebsten wäre Pierrette sofort ins Bett gefallen. Doch Leonie, die ebenfalls sichtlich erschöpft war, wollte partout noch nicht schlafen. Sie war über den Punkt, zwar bis zum Umfallen müde, aber aufgedreht von süßem Eis und sage und schreibe fünf Crêpes mit Maronenmus. Pierrette selbst fühlte sich wie gerädert, die Schultern und der Rücken schmerzten vom Tragen des Rucksacks, die Füße brannten wie Feuer. Hammeleintopf und Käse lagen schwer im Magen, der Pastis und die zwei Gläser Rotwein zum Essen waren in Kopf und Glieder gefahren. Wie sehr sehnte sie sich nach Schlaf!

Aber daran war nicht zu denken. Es war die reine Folter: Während sie sich kaum noch bewegen konnte vor Schmerzen und Müdigkeit, hüpfte Leonie auf dem Bett herum wie ein wild gewordenes Äffchen. Pierrette hätte viel dafür gegeben, wenn sie mit einem Fingerschnipsen ein Kindermädchen für Leonie hätte hervorzaubern können, das sie ins Bett brachte. Oder wenigstens ein Pusterohr mit Betäubungspfeil, mit dem sie die herumtobende Kleine ins Reich der Träume hätte schicken können.

Pierrette musste bei der Vorstellung grinsen und mobilisierte ihre letzten Kraftreserven. Sie schlug den ganz bestimmten Tonfall an, nach dem es keine Widerworte mehr geben konnte. »Komm, Leonie, Zähne putzen. Es ist Zeit fürs Bett. Du musst jetzt schlafen, denn morgen wandern wir weiter.«

In der Ferne war Donnergrollen zu hören, ein Gewitter braute sich zusammen. Pierrette registrierte es mit Erleichterung. Endlich kam die Abkühlung. Hoffentlich regnete es ordentlich, dann würde es morgen nicht mehr ganz so heiß sein. Leonie hüpfte zum Fenster, sah hinaus in die dunkle Nacht. Als ein Blitz am Wolkenhimmel zuckte, quiekte sie erschreckt auf, beim direkt darauffolgenden knallenden Donner lief sie zu Pierrette und sprang ihr in die Arme. Pierrette fing sie überrumpelt auf, spürte einen kurzen, heftigen Schmerz im Rücken und ein leichtes Knacken in der Schulter. Du liebe Zeit, Leonie nannte sie nicht nur ständig Oma, sie hatte es auch raus, dass sie sich so alt wie eine fühlte.

»Na, na«, sagte sie beruhigend. »Du bist doch ein großes Mädchen, du hast doch keine Angst vor einem Gewitter, oder etwa doch? Hier bist du in Sicherheit.«

Leonies ängstliches Gesicht war dicht vor ihrem. »Und Pistou? Ist der auch in Sicherheit?«

»Aber ja.« Pierrette streichelte ihr übers Haar. »Um Pistou brauchst du dir keine Sorgen zu machen.«

Leonie sah sie zweifelnd an, und Pierrette nickte noch

einmal bestätigend. »Ich wette, Pistou freut sich sogar über die Dusche.«

»Kann Pistou vom Blitz getroffen werden?«

»Nein, ausgeschlossen.«

»Aber er steht doch auf der Wiese, und es gibt keinen Stall.«

»Aber Esel werden nicht vom Blitz getroffen.«

»Warum nicht?«

Pierrette dachte fieberhaft nach. Wenn ihr jetzt nichts einfiel, würde Leonie sie noch ewig wach halten. »Weil … wegen ihrer langen Ohren.«

»Warum?« Leonie sah sie zweifelnd an. Zweifelnd, aber bereit zu glauben. Es kam jetzt auf das Argument an.

»Die Ohren funktionieren wie Blitzableiter«, sagte Pierrette und biss sich im nächsten Augenblick auf die Zunge. Aber Leonie nickte erleichtert und drückte sich an sie, und Pierrette genoss für einen Moment die Nähe.

»Oma, singst du mir ›*Un éléphant qui se balançait*‹ vor?«, fragte Leonie. »Das singt Mama mir immer abends vor. Ohne das Elefantenlied kann ich nicht einschlafen.«

»Wie geht das denn?«

Leonie summte die Melodie. »Aber den Text kann ich nicht.«

»Alles klar«, sagte Pierrette und begann ebenfalls, die Melodie zu summen.

»Aber du musst auch den Text sagen«, sagte Leonie. »Den weiß ich nicht. Da müssen wir Mama fragen.«

Pierrette überlegte kurz. »Gut«, sagte sie dann. »Du gehst ins Bad und putzt dir die Zähne, ich frage deine Mama.« Sie setzte Leonie vorsichtig ab, ihre Arme wurden schon ganz taub.

Sofort begann Leonie wieder, wild umherzuspringen. »Ich auch, ich auch, ich will auch mit Mama sprechen!«

»Morgen, Liebes.«

»Jetzt, jetzt, jetzt!« Wie ein Flummi hüpfte sie bei jedem Wort in die Höhe.

»Nein, es ist schon spät, *ma chérie*. Morgen.« Pierrette sagte es in ihrem Tonfall für schwierigste Verhandlungen. Niemand widersprach diesem Tonfall, das war eine Gewissheit aus langer Erfahrung mit sturen und gerissenen Geschäftspartnern, Großkunden und Mitarbeitern. Pierrette sah ihrer Enkeltochter in die Augen, und Leonie erwiderte ihren Blick. Pierrettes Gewissheit, als Siegerin aus diesem Duell hervorzugehen, schmolz dahin. Diesen Augen gegenüber war sie machtlos.

Doch dann nickte Leonie. »Okay, Oma, aber nach dem Zähneputzen singst du mir das Lied vor, ja?«

Leonie hüpfte ins Bad, und Pierrette atmete auf. Das war noch einmal gutgegangen. Wenn sie Leonies Wunsch nachgegeben hätte, ausgerechnet jetzt, so spät am Abend, wäre an Schlafen erst recht nicht mehr zu denken gewesen. Das Kind wäre von der Sehnsucht nach seiner Mutter überwältigt, und sie dürfte es ausbaden.

Schnell wählte sie Natalies Nummer. Schon beim ersten Klingeln meldete sie sich, ihre Stimme überschlug sich vor Aufregung.

»Hallo, Pierrette, ach, endlich! Ich hab mir solche Sorgen gemacht, wie schön, dass du anrufst, wie geht es euch? Wie geht es Leonie? Ist alles in Ordnung? Hat sie Heimweh? Isst sie auch gut? Trägt sie auch immer ihre Sonnenkappe? Ist der Esel lieb?«

Pierrette schloss entnervt die Augen. Die Fragen kamen

wie erwartet durchs Telefon geschossen, wie Tennisbälle aus einer zu schnell gestellten Ballwurfmaschine.

»Natalie, stopp!«, unterbrach sie ihre Schwiegertochter. »Hör zu, bei uns ist alles gut. Wir sind in der Herberge, haben schon gegessen, es gab sogar Maronen-Crêpes. Leonie ist zwar hundemüde, aber noch zu aufgedreht zum Schlafen. Ich will ihr etwas vorsingen, damit sie runterkommt, und sie möchte gern, dass ich ihr ›*Un éléphant qui se balançait*‹ vorsinge, aber ich kenne den Text nicht. Kannst du mir helfen?«

Es war eine Weile still am anderen Ende, und Pierrette dachte schon, ihre Schwiegertochter habe aufgelegt. Dann hörte sie ein Schniefen. »Alles okay mit dir, Natalie?«

»Ja, alles okay«, sagte Natalie mit belegter Stimme. »Ist nur Heuschnupfen.« Sie räusperte sich ein paarmal, dann sang sie Pierrette das Lied vom Elefanten vor, der in der Hängematte balanciert, mit weicher Sopranstimme sang sie das lustige Lied, und Pierrette war gegen ihren Willen gerührt. Wie schön musste es für Leonie sein, jeden Abend so vorgesungen zu bekommen! Sie konnte nicht anders, sie beneidete ihre Enkelin. Es war die Sorte freudiger Neid, die man den Menschen gegenüber hat, die man liebt. Dieses Gefühl, dass der andere es gut hat, vielleicht besser als man selbst, und man sich darüber freut, es ihm aus tiefstem Herzen gönnt. Und sich nur ausmalt, wie es wäre, wenn man für einen Tag, einen Abend, für ein Gute-Nacht-Lied einmal tauschen könnte. Es war ein Gefühl, das sie bis ins Innerste traf, als ihr bewusstwurde, wie seltsam das war. Wünschte sie sich gerade allen Ernstes, von Natalie abends vorgesungen zu bekommen? Stellte sie sich wirklich sehnsüchtig vor, Natalie, die als Mutter doch so viel falsch machte, sei ihre Mutter? Ja. Zum ersten Mal, seit sie Natalie kannte, fühlte sie, dass Natalie eine gute Mutter war. Eine Mutter, wie Pierrette sie gern selbst gehabt hätte.

»Danke, ich melde mich morgen«, sagte sie verwirrt, als Natalie fertig war, legte schnell auf und schaltete das Handy stumm.

Salomé

Florac, Dienstagabend

Natalie hielt das Handy in der Hand, starrte aufs Display. Pierrette hatte einfach aufgelegt. Tatsächlich einfach aufgelegt, ohne sie mit Leonie sprechen zu lassen. Sie fühlte Geromes Blick auf sich. Als sie hochsah, bemerkte sie die Rührung in seinem Gesicht.

»Du hast deiner Tochter ein Gute-Nacht-Lied vorgesungen?« Seine letzten Worte gingen in einem erneuten Donnergrollen fast unter. Sie waren spät, aber wohlbehalten in ihrer Herberge angekommen, gerade noch rechtzeitig vor dem Gewitter.

Natalie war wie gelähmt. »Nein, meiner Schwiegermutter«, sagte sie tonlos. »Sie will Leonie ein Gutenachtlied vorsingen, kannte aber den Text nicht.«

Er runzelte die Stirn. »Warum hat sie deiner Tochter nicht einfach das Handy gereicht, damit du ihr selbst vorsingst?«

Natalie schluckte. Sie schob den Teller von sich, sie hatte keinen Hunger mehr. »Dann bekommt sie Heimweh. Meine Stimme wäre für Leonie ein Trigger für Heimweh, sagt meine Schwiegermutter.«

Gerome pickte sich ein paar Pommes Frites von ihrem

Teller. »Ich habe ja keine Kinder, aber ich war selbst mal eins. Wenn ich früher Heimweh hatte, tat es gut, zuhause anzurufen.«

»Pierrette sieht das anders«, sagte Natalie. »Sie hat oft zum Besten gegeben, dass sie Pascal zum ersten Mal allein in den Urlaub geschickt hat, als er neun Jahre alt war, es ging mit den Pfadfindern ins Zeltlager nach Korsika. Die anderen Eltern hätten ihre Kinder vor der Abreise ermahnt, sie sollten sich jeden Tag melden, anrufen oder wenigstens eine SMS schicken. Aber sie habe klugerweise das Gegenteil getan und Pascal zur Heimweh-Prophylaxe das Handy weggenommen. Keine Nachrichten seien gute Nachrichten, meinte sie. Er sollte einfach schön mit den anderen Kindern spielen und seine Ferien genießen und gar nicht an zuhause denken. Und es habe bestens funktioniert.«

Gerome lachte ungläubig auf. »Wirklich?«

»Außerdem hatte Pierrette Vertrauen zur Zeltlager-Leitung«, erzählte Natalie weiter. »Das waren ja Erziehungsprofis, was sollte da also schiefgehen. Ich schätze, sie ist in der Hinsicht eine echte Französin. Ach, eigentlich in jeder Hinsicht. Sie kam als junges Mädchen nach Frankreich, wie ich als Au-pair, und ist so französisch wie der Eiffelturm.«

»Französisch wie der Eiffelturm? Aber bitte, was soll das denn heißen? Ein Herz aus Stahl?«

Natalie musste lachen. »Nein, sie ist lässig, pragmatisch. Pascal hat sie geliebt, ich glaube nicht, dass er sie anders gewollt hätte. Es war normal, so wie es war. Hier in Frankreich haben es die Mütter leichter, du bist nicht für alles verantwortlich. Bei uns in Deutschland bist du entweder

Rabenmutter oder Glucke. In Frankreich vertrauen Eltern, was die Erziehung angeht, auch auf den Staat, strukturierte Tagesabläufe und Erziehungsprofis. In dieser Hinsicht ist meine Schwiegermutter durch und durch Französin. Sie macht sich nicht so einen Kopf. Als ich Leonie zum ersten Mal auf den Schoß nahm und ihr ›Heile, heile, Segen‹ vorsang, hat Pascal sich köstlich amüsiert. Wenn ihm als Kind jemand ›Heile, heile, Segen‹ vorgesungen hatte, dann war es ein deutsches Au-pair. Er hat tatsächlich gedacht, Mütter tun so etwas nicht. Er hat beizeiten gelernt, allein klarzukommen. Er erzählte mir, dass er schon als Kind selbst wusste, wo die Pflaster liegen. Pascal ist früh selbstständig geworden. Ich wünschte oft, ein bisschen von Pierrettes Lässigkeit als Mutter zu haben.«

»Lässig oder nachlässig. Hättest du dir etwa so eine Mutter gewünscht?«

Natalie sah ihn überrascht an. Dann nickte sie, sah sein ungläubiges Gesicht, schaute auf ihre Hände. Sie hatte diesen Gedanken nie zu Ende gedacht, doch in diesem Moment wurde ihr klar, dass er schon lange in ihr arbeitete. Ihre Gedanken wanderten zurück zu ihrer Hochzeit. Damals hatte sie auch über diese Frage nachgedacht. Sie hatten die Hochzeit in Montpellier gefeiert, Pierrette hatte alles bezahlt, und selbstverständlich war alles luxuriös gewesen. Die Location, das Catering, die Gäste. Nur sie, die Braut, nicht. Sie war sich mehr wie ein Gast vorgekommen, sie kannte ja kaum jemanden. Außerdem hatte sie weder Weiß tragen noch sich von Pierrette das Kleid bezahlen lassen wollen, mit dem Ergebnis, dass jede andere Frau ein schöneres trug als sie. Den Vogel schoss natürlich Pierrette ab, und hätte nicht jeder Pierrette gekannt, dann wäre wohl sie in ihrem Zweiteiler aus elfenbeinfarbener Brokatseide für die Braut gehalten worden. Aber dann hatte Pierrette eine Rede gehalten und gesagt, sie würde nun nicht etwa ihren Sohn verlieren, sondern im Gegenteil eine liebe Tochter hinzugewinnen, und plötzlich war Natalie bewusst geworden, dass sie, die Waise, nun wieder eine Familie, eine Ersatz-Mutter hatte. Sie hatte sich umarmt gefühlt.

Dann war der nächste Morgen gekommen. Pascal und sie hatten zuhause in der Villa übernachtet. Natalie war um acht Uhr durch eine Handy-Nachricht von Pierrette aufgewacht, mit der Bitte, doch schon einmal das Frühstück vorzubereiten. *Du weißt ja noch, wo alles steht, nicht wahr? Das Au-pair hat heute frei.* Natalie hatte Pascal schlafen lassen und sich an die Arbeit gemacht. Gegen halb zehn war Pascal aufgewacht und hatte geholfen. Pierrette hatte als »Bräutigams-Mutter« am Pool Platz genommen, die anderen Hausgäste um sich geschart und sich von Natalie erst einmal »gegen den Kater« den geliebten Pastis mit Grenadine servieren lassen. Was diesen Morgen doch noch schön machte, war, dass Pascal das Frühstück mit ihr gemeinsam vorbereitete und servierte. Er hatte nichts dabei gefunden, im Gegenteil, es hatte ihm Spaß gemacht.

»Wir sind gestern so verwöhnt worden, jetzt können wir uns ein wenig revanchieren und meine Mutter verwöhnen«, meinte er, und sie hatte genickt. Am nächsten Tag würden sie auf Hochzeitsreise gehen, zwei Wochen Mittelmeer-Kreuzfahrt, von Marseille aus, ein Geschenk von Pierrette. Sie hatte so viel Geld für alles ausgegeben. Doch dann hatte Natalie beim Aufräumen im Wohnzimmer das Manuskript von Pierrettes Hochzeitsrede entdeckt, fix und fertig aus dem Internet kopiert. Nein, Natalie wäre niemals die hinzugewonnene Tochter für Pierrette. Sie war und blieb das Au-pair, das sich ihren Sohn geangelt hatte. Alle Ausgaben, alle Mühen, die sie im Zusammenhang mit der Hochzeit auf sich genommen hatte, zielten nur auf Pascal ab, sie selbst war eigentlich nur das Anhängsel, die geduldete Nutznießerin.

Aber was, überlegte Natalie jetzt, wenn Pierrette, auch wenn sie die Rede aus dem Internet hatte, es damals trotzdem ernst gemeint hatte? Und wenn sie selbst, Natalie, Pierrettes Bitte, das Frühstück zu machen, überbewertet hatte? Wenn Pierrette nur gedankenlos gewesen war?

Natalie hob den Blick, sah Gerome an, der sie immer noch ungläubig anschaute. »Ja, eigentlich, ich glaube schon, dass ich sie ganz gern als Mutter gehabt hätte.«

»Im Ernst?«

»Na ja. Du kennst *meine* Mutter nicht.« Es war ihr rausgerutscht. Natalie griff hastig zum Glas und trank einen Schluck. Gerome runzelte die Stirn, schwieg aber.

»Meine Mutter ist schon lange tot«, erklärte Natalie. Halt den Mund, Natalie, dachte sie. Nicht weiterreden. Doch sie konnte nicht anders. Geromes Blick hatte etwas an sich, das ihre Schutzwälle einbrechen ließ. »Sie ist an Krebs gestorben, als ich achtzehn war. Mein Vater hatte uns verlassen, als ich noch zur Grundschule ging, und sie ist darüber nie hinweggekommen. Ab da ist irgendwie die Zeit für sie stehengeblieben. Er war zwar nicht mehr da, aber trotzdem immer an allem schuld, was schieflief. Als meine Mutter die schlimme Diagnose bekam, war das auch seine Schuld. Und am Ende war sie nicht nur auf meinen Vater, sondern auch auf mich wütend. Ich sei genau wie mein Vater, rücksichtslos und egoistisch, und wir beide seien schuld an ihrer Krankheit. Sie hätte mich nie bekommen sollen. Es war wohl die Krankheit, da sagt man Sachen, die man sonst nie sagen würde. Ich bin dann in den letzten Wochen nicht mehr zur Schule gegangen, weil sie nicht mehr allein bleiben konnte, und an einen Pflegedienst war nicht zu denken, einen anderen als mich wollte sie nicht in ihrer Nähe. Ich bin dann durchs Abi gefallen.«

»Was war mit deinem Vater?«, fragte Gerome. »Hätte er dir nicht helfen können?«

Natalie schüttelte den Kopf. »Ich hasste meinen Vater, wir hatten keinen Kontakt mehr. Dafür hat meine Mutter gesorgt. Sie war ziemlich manipulativ. Das kapierst du aber erst im Nachhinein, als Kind habe ich ihr natürlich geglaubt, dass er mich genauso fallen gelassen hat wie sie. Bei der Beerdigung habe ich ihn getroffen, wir haben uns ausgesprochen, uns irgendwann weinend gegenübergesessen, aber es war zu spät. Wir waren uns so fremd. Er war mein Vater, aber nicht mehr mein Papa.«

»*Merde*«, sagte Gerome leise.

Natalie nickte, versuchte ein Lächeln. »In dieser Situation lernte ich Pierrette kennen. Ich ging als Au-pair nach Frankreich. Es war eine Flucht, zuhause wäre ich verrückt geworden. Pierrette war die erste Mutter, die ich, abgesehen von meiner, Tag für Tag erlebte. Es tat auf jeden Fall gut, dass sie so ganz anders war als meine. Sie war nicht viel da. Ich glaube, wenn sie eine liebevolle Glucke gewesen wäre, dann hätte ich das nicht ertragen. Das wäre zu viel gewesen. Aber so war es damals genau richtig für mich. Sie war kaum zuhause, aber man merkte, dass sie Pascal liebte, gern mit ihm zusammen war. Es gab klare Ansagen, aber keine Vorwürfe und kein Runtermachen. Wenn sie zusammen zu Abend aßen, haben sie viel gelacht. Meine Güte, sie haben sich unterhalten und zusammen gelacht. Und er hatte Freunde, ein Leben außerhalb, genau wie sie. Sie hatten beide ihre Freiheit. Das alles kannte ich nicht. Ich hatte ja eineinhalb Jahre lang nur noch meine Mutter versorgt, war immer direkt nach der Schule nach Hause gegangen. Die einzige Ausnahme, meine persönliche Freiheitsinsel, war das Schwimmen. Meine Mutter war stolz auf mein Schwimmtalent, meine Pokale standen im Wohnzimmer in einer Glasvitrine, die sie extra gekauft hat. Ich durfte immer zum Schwimmtraining, auch als es ihr schon sehr schlecht ging, und sie erlaubte sogar auch, dass ich mich bei schönem Wetter mit meinen Freunden am Fühlinger See traf. Schwimmen. Das war das Einzige, womit ich es ihr recht machen konnte, worauf sie sogar stolz war. Der Pool, der zum Haus meiner späteren Schwiegermutter gehörte, war für mich dann auch der Hauptgrund, dorthin zu gehen, sonst wäre ich lieber in eine Familie mit kleinen Kindern gegangen.«

»War das auch der Grund für deine Berufswahl?«, fragte Gerome.

Sie nickte. »Als ich nach dem Au-pair-Jahr nach Deutschland zurückkehrte, habe ich eine Lehre gemacht und bin Bademeisterin geworden. Ich habe es geliebt, Kindern das Schwimmen beizubringen. Jeden Morgen, wenn ich zur Arbeit ging und in das Hallenbad trat, hatte ich ein gutes Gefühl, wenn ich an meine Mutter dachte. Denn das Schwimmen war etwas, das sie an mir gut fand, bis zuletzt.« Natalie griff zu ihrem Weinglas und trank es hastig leer.

»Du sagst, du hast den Schwimmunterricht geliebt. Jetzt nicht mehr?«

Natalie stellte das Glas heftig ab. »Seit Pascal ertrunken ist, kann ich das nicht mehr. Schon die Vorstellung, dass ein Kind ertrinkt, weil ich einen Fehler mache, einen Augenblick abgelenkt bin.«

»Machst du etwas anderes?«

»Zuerst war ich krankgeschrieben, aber ich musste ja weiter für Leonie funktionieren. Außerdem hatte ich Angst, dass sie mir weggenommen wird. Ich habe also meinen Beruf abgehakt und mir einen reinen Geld-Job gesucht. Und mit flexibler Arbeitszeit, als Alleinerziehende musst du schauen, dass du einen Arbeitgeber findest, der das Problem versteht und entgegenkommend ist. Ich arbeite bei Starbucks und habe außerdem drei Putzstellen bei Nachbarn. So kommen wir finanziell über die Runden.«

»Klingt anstrengend.«

Natalie lächelte. »Ist anstrengend. Aber in Kaffeebechern und Putzeimern kann keiner ertrinken, das ist das Gute. Die Putzstellen sind zeitlich flexibel, ich kann einfach arbeiten, wenn ich zwischendurch in der Woche Zeit habe, also wenn Leonie zum Beispiel bei einer Freundin ist. Bei Starbucks arbeite ich morgens, wenn sie in der Schule ist. Nur zweimal im Monat muss ich auch am Wochenende arbeiten, aber dann ist Leonie entweder auch bei einer Freundin, oder zur Not nehme ich sie mit ins Café. Sie sitzt dann in einer ruhigen Ecke, kriegt einen Kakao, macht Spiele auf ihrem Handy, malt oder erledigt ihre Hausaufgaben. Leonie liebt es, wenn sie mitkommen darf. Es ist ein gutes Gefühl, allein zurechtzukommen und für Leonie zu sorgen. Und genug Zeit für sie zu haben. Ich bin jetzt ein bisschen so, wie meine Schwiegermutter früher war. Alleinerziehend, beruflich selbstständig.«

»Du bewunderst sie tatsächlich«, stellte er kopfschüttelnd fest.

»Pierrette war als Mutter nicht perfekt«, sagte Natalie und zuckte die Schultern. »Aber wer ist das schon. Im Vergleich zu meiner eigenen Mutter war sie … na ja, sie ist kein Opfer, verstehst du? Sie machte Pascal nie Schuldgefühle. Weißt du, ich habe Pierrette immer bewundert, denn als sie mit siebzehn schwanger wurde, haben ihre Eltern sie kaum unterstützt, aber sie hat alles ganz allein auf die Reihe bekommen. Sie hat das alles aus eigener Kraft geschafft. Auch sie hat damals eine Stelle als Au-pair angenommen, genau wie ich. Das gab ihr im ersten Jahr die Möglichkeit, ihren Sohn mit den Kindern der Familie zu betreuen. Danach hat sie ihn in einer Pflegefamilie untergebracht und eine Ausbildung zur Immobilienkauffrau gemacht. Sie war beruflich dann sehr erfolgreich, und als Pascal auf die *École Maternelle* ging, hat sie ihn wieder zu sich geholt, ab da hat sie selbst Au-pairs beschäftigt. Sie ist stark und lässt sich nicht die Butter vom Brot nehmen.«

Gerome nickte, dann stand er auf und bestellte an der Theke noch etwas Käse und Brot. »Apropos nicht die Butter vom Brot nehmen lassen«, sagte er, als er wieder an den Tisch zurückkehrte. »Das ist der Punkt. Deine Bewunderung ist ja gut und schön, aber was sie momentan abzieht, ist nicht in Ordnung. Als Oma hat sie kein Recht, dir deine Tochter vorzuenthalten.«

»Ich weiß ja, aber …«

Die Wirtin brachte den Käse. Gerome bedankte sich,

legte etwas Camembert auf ein Stück Brot und reichte es ihr. »Meine Güte, Natalie, du bist die Mutter! Und was Leonie angeht, bestimmst nur du allein, und alles wird so gemacht, wie du es willst, oder gar nicht. Das solltest du deiner Schwiegermutter auch klarmachen!«

»Versuche ich ja. Auf meine Weise. Schließlich bin ich hier, oder?«

Er gestikulierte aufgebracht mit den Händen. »Du machst ihr gar nichts klar! Du läufst ihr hinterher wie ein geprügelter Hund, der hofft, ab und zu einen Knochen zugeworfen zu bekommen. Sie lässt dich dieses Gutenachtlied singen und legt dann einfach auf und gibt dir wieder nicht deine Tochter ans Telefon. Das ist herzlos und eine Unverschämtheit. Wehr dich!«

Natalie trank noch einen großen Schluck Wein. »Als ob das so leicht wäre.«

»Du wärst doch gern mehr wie sie. *Mon Dieu*, dann probier's aus, was hast du zu verlieren?«

»Wie denn?« Natalie bekam einen Schluckauf. »Wenn ich sie jetzt anrufe, geht sie doch wieder nicht ans Telefon.«

Sie griff nach der Flasche, um sich nachzuschenken, aber Gerome hielt ihren Arm fest. »Dann zwing sie dazu, dir zuzuhören! Nimm dir morgen ein Taxi zu dem Ort, wohin die beiden morgen wandern, und warte auf sie. Und danach machst du ihr unmissverständlich klar, dass ihr gemeinsam weitergeht oder gar nicht. Das ganze Theater ist doch lächerlich, du bist die Mutter, du bist hier die Chefin, nicht sie. Sie müsste dir eigentlich dankbar sein, dass du ihr dein Liebstes auf der Welt anvertraust. Es läuft nach deinen Regeln oder gar nicht.«

»Hör auf. Bitte!« Natalie entwand sich seinem Griff.

»*Pardon*«, sagte er sofort.

Die Wirtin brachte noch einen Teller mit Pélardon auf den Tisch. »Danke sehr«, sagte Natalie, brach sich ein Stück Brot ab und strich etwas Käse darauf. »Aber wenn ich mit dem Taxi zurück zur letzten Herberge fahre, was wird dann aus Salomé?«

»Natalie, das fragst du ernsthaft?«, fragte Gerome und verdrehte die Augen. »Das ist doch wirklich kein Problem, ich könnte sie übernehmen.« Er schenkte ihnen beiden Wein nach, zunehmend angetan von seiner Idee. »Wir machen es so: Du setzt dich ins Taxi und lässt dich in den nächsten Ort fahren, triffst dort deine Schwiegermutter und deine Tochter. Ihr legt vor Ort einen Tag Pause ein, bis ich mit Salomé eintreffe. Dann könntet ihr Salomé wieder übernehmen und alle gemeinsam mit beiden Eseln weiterwandern. Es sei denn, euch reicht der eine Esel, auch gut, dann würde ich mit Salomé bis zum Ende der Route laufen.« Er griff zum Glas, prostete ihr zu, strahlte vor Begeisterung über seine Idee.

So hatte er sich das also gedacht. Er hatte für den Vorschlag nicht lange gebraucht. Natalie nippte an ihrem Wein, um Zeit zu gewinnen. Gerome schaute sie an, wartete auf eine Antwort, inzwischen bescheiden lächelnd wie jemand, der eine geniale und großzügige Idee hatte und sich darauf vorbereitet, den zu erwartenden Dank entgegenzunehmen. Sie stellte ihr Glas ab, dann erhob sie sich und griff nach der Weinflasche.

»Danke für das Angebot«, sagte sie mit belegter Stimme. »Aber nein. Du bist wirklich ein Pfadfinder, nicht wahr: jeden Tag eine gute Tat.«

Als sie sah, wie verwirrt und verletzt er sie ansah, tat

ihr sofort leid, was sie gerade gesagt hat. Und vor allem in welchem Tonfall. Das hatte er nicht verdient. Wahrscheinlich redete er sich sogar ein, ihr wirklich helfen zu wollen. Aber eins war offensichtlich: Er war so verrückt nach dem Esel, dass ihm beinahe jedes Mittel recht war. Es war ein Fehler gewesen, ihm ihre Wunden zu zeigen. Bewusst oder unbewusst, jedenfalls streute er nun Salz hinein, denn das diente seiner eigenen Agenda. Sie zwang sich zu einem versöhnlichen Lächeln.

»Ich denke noch mal darüber nach. Gute Nacht, Gerome, wir sehen uns.«

Bevor sie in den Frauen-Gemeinschaftsschlafsaal ging, schüttete sie im Bad den Rest des Weins weg. Eigentlich hatte sie ihn mitgenommen, um in den Schlaf zu finden. Aber sie war wütend, auf den Wein und darauf, was er mit ihr machte. Der Wein war genau wie Gerome. Er bot eine Lösung, machte aber alles nur noch schlimmer. Er gab nur vor, ihr Freund zu sein.

Pistou

Mialet, Dienstagmorgen

Leonie wachte früh auf, geweckt durch die ersten Sonnenstrahlen, die durch das Fenster schienen. Für einen traumnahen Moment glaubte sie, zuhause zu sein, bei Mama im Bett, an sie gekuschelt. Doch im nächsten Moment wurde ihr bewusst, dass der warme Hügel neben ihr Oma war und dass es gestern ein furchtbares Gewitter gegeben hatte. Ob es Pistou gut ging? Leise krabbelte sie aus dem Bett und zog sich an. Nachthemd aus, neue Unterhose, Jeans, T-Shirt, Sandalen an, fertig. Wachsam den Blick auf Oma gerichtet, schlich sie zur Tür. Beim Knarren eines Dielenbretts hielt sie erschreckt inne, wartete, ob Oma aufwachte. Als der nächste sanfte Schnarcher vom Bett kam, schlüpfte sie erleichtert zur Tür hinaus und zog sie vorsichtig hinter sich zu. Oma war so müde gewesen, sie sollte noch schlafen. Außerdem wollte sie allein zu Pistou gehen. Vorsichtig setzte sie ihre Füße auf die Stufen der Holztreppe, die nach unten in den Gastraum führte. Die Fensterläden waren noch geschlossen. Es war still, nur die Eistruhe brummte. Leonie wusste nicht, wo der Lichtschalter war, und wartete, bis ihre Augen sich an die Dunkelheit gewöhnt hatten. Dann ging sie zur Eistruhe, stibitzte sich ein Wassereis, packte es sorgfältig aus und warf die Hülle in den Mülleimer. Mit dem Eis in der Hand schon an der Tür, besann sie sich, holte ein Zwei-Euro-Stück aus ihrem Brustbeutel und legte es auf die Truhe. Dann drückte sie vorsichtig die Klinke der Haustür hinunter. Sie musste fest gegen die schwere Holztür drücken, dann gab sie mit einem leisen Quietschen nach, und Leonie stand draußen in der frischen, klaren Morgenluft. Sie schaute auf ihre Armbanduhr. Als sie die Uhr in der Schule lernten, war das nichts Neues für sie gewesen. Papa hatte ihr die Igel-Hase-Maus-Uhr geschenkt, als sie noch in den Kindergarten ging, und ihr auch beigebracht, sie zu lesen. Der Stundenzeiger war ein Igel, der Minutenzeiger ein Hase und der Sekundenzeiger eine Maus. »Die Maus läuft und läuft«, erklärte er ihr, »sie dreht sechzigmal ihre Runde. Der Hase ist langsamer, er dreht nur eine Runde, und der Igel ist am langsamsten, er bewegt sich nur ein kleines bisschen bis zur nächsten Zahl. Und doch zeigen alle drei gemeinsam die Zeit an.« Der Igel stand auf der Fünf, der Hase auf der Elf, und die Maus lief gerade an der Zwölf vorbei. Leonie wusste, dass es noch lange dauern würde, bis ihre Oma aufwachte. Sie hatte sich ihren Handy-Wecker auf sechs gestellt und das Handy an das Ladekabel angeschlossen, es hatte kaum noch Strom. Aber Leonie hatte das Handy wieder vom Kabel getrennt, als Oma eingeschlafen war. So würde der Wecker am Morgen nicht klingeln, Oma könnte ausschlafen. Leonie lächelte, als sie daran zurückdachte, wie Oma sich selbst in den Schlaf gesungen hatte mit dem Lied vom Elefanten. Die letzte Zeile hatte sie schon nicht mehr geschafft. Sie war wirklich sehr müde gewesen. Aber sie war ja auch sehr alt. Oma glaubte, der liebe Gott hätte einen Fehler gemacht, als er Papa sterben ließ und nicht sie. Sie wäre zuerst an der Reihe gewesen. Leonie hatte gehört, wie sie das bei der Beerdigung zu jemandem sagte. Wahrscheinlich stimmte das. Oma konnte ja nichts dazu, aber Leonie wünschte, der liebe Gott hätte sich nicht vertan. Sie hätte Oma oder Mama gern gefragt, ob das oft passierte, ob der liebe Gott oft einen Fehler machte und die Reihenfolge vertauschte, aber sie hatte das Gefühl, dass das keine gute Frage war. Keine Frage, bei der die Erwachsenen lächelten und einem die Antwort sagten. Sondern eine Frage, bei der sie die Antwort auch nicht wussten. Oder bei der sie zwar die Antwort wussten, aber traurig sein würden.

Sie wollte nicht, dass Mama traurig war. Mama dachte immer an Papa und war traurig. Wenn sie nach Papa fragte, wurde Mama noch trauriger. Und sie konnte sich vorstellen, dass es genauso bei Oma wäre. Oma hatte ihr gesagt: »Die Mama rufen wir besser nicht an, sonst wird sie traurig. Denn wenn du mit ihr sprichst, vermisst dich die Mama.« Oma hatte ihr das nicht erklären müssen, sie hatte es auch so verstanden. So wie sie Mamas Kind war, so war Papa Omas Kind gewesen. Bestimmt vermisste Oma ihn auch, aber sie wollte lieber nicht über ihn sprechen, damit es mit dem Vermissen nicht so schlimm wurde. Es war genau dasselbe wie bei Mama. In der ersten Zeit weinte sie immer, wenn sie von Papa sprach. Es war besser, wenn Leonie nicht über Papa sprach. Oder über die Papa-Löcher. Die waren überall dort, wo Papa sonst immer gewesen war. Also gab es ziemlich viele Papa-Löcher. Am Esstisch, neben Mama im Bett, auf dem Schulweg, beim Schwimmen, beim Zähneputzen, beim Auf-seinem-Rücken-Reiten nach dem Zähneputzen und dem Elefantenlied. Der ganze Tag war voll mit Papa-Löchern. Aber Mama sprach nicht über die Papa-Löcher. Sie tat so, als wären sie nicht da. Leonie verstand, warum. Im Frühling hatten sie ein überfahrenes Eichhörnchen auf der Straße gesehen. »Sieh nicht hin«, sagte Mama. »Es ändert nichts, ob du hinschaust oder nicht, du kannst ihm nicht mehr helfen. Aber du wirst das Bild nicht mehr los.« Leonie hatte sich das Eichhörnchen trotzdem angeschaut, und da wusste sie, was Mama meinte.

Das Eis tropfte auf ihre Hand. Schnell leckte Leonie es rundherum etwas an, aber das meiste ließ sie am Stiel, für Pistou. Er schaute ihr mit gespitzten Ohren entgegen, stand nah am Zaun, als hätte er sie erwartet. Pistou mochte Eis, das wusste sie, weil er gestern, als sie ihr Eis gegessen hatte, ihr ganz genauso dabei zugeschaut hatte, wie andere Kinder einem zuschauen, wenn man auf den Spielplatz kommt und ein Eis isst und sie selbst keins haben.

»Pistou!«, rief sie. »Heute kriegst du auch ein Eis!« Eilig legte sie eine Hand auf den Zaun und turnte zwischen den beiden gespannten Drähten auf die Weide. Plötzlich durchzuckte es sie, ein Stromschlag fuhr ihr durch den Körper. Vor Schreck fiel sie hin, das Eis landete neben ihr im Gras. Pistou kam näher, bis sein Kopf direkt vor ihrem war, dann schnaubte er ihr ins Gesicht. Der kräftige, atemfeuchte Wind aus den Nüstern ließ sie wieder zu sich kommen. Es war noch ein komisches Gefühl, und der rechte Arm kribbelte, aber sonst war ihr nichts passiert. Während sie sich den Esel-Sprühnebel aus dem Gesicht wischte, wandte sich Pistou dem Eis zu und leckte es auf. Dann streckte er ihr wieder den Kopf entgegen und blinzelte sie an. Ein bisschen Eis tropfte ihm vom Maul. Armer Pistou, er hat keine Chance, es mit der Zunge aufzufangen, dachte Leonie. Eselzungen sind nicht so gut im Eisschlecken wie Menschenzungen.

»Mehr hab ich nicht«, sagte Leonie und streichelte ihm über die Nüstern. »Ich darf nur ein Eis pro Tag essen. Aber das hier zählt nicht, das war heimlich. Ich werde heute Abend bestimmt noch eins kriegen. Davon bekommst du wieder was ab. Wir müssen nur aufpassen, dass Oma nichts mitkriegt.«

Leonie stand auf und kraulte Pistou die Ohren. Sie überlegte, ob Oma ihr vielleicht zwei Eis kaufen würde, wenn eins davon für den Esel wäre. »Weißt du, Oma denkt, Eis macht dick«, überlegte sie laut. »Deshalb kriege ich nur eins am Tag. Aber wenn das zweite Eis für dich ist, was kann sie dagegenhaben? Das Problem mit dem Dickwerden hast du nicht, du schleppst ja so viel, dass du bestimmt auch zwei oder drei Eis pro Tag essen könntest, ohne dicker zu werden.«

Trotzdem hatte Leonie Zweifel, ob Oma den Vorschlag gut finden würde, ein zusätzliches Eis für den Esel zu kaufen. Sie hatte nämlich gesehen, mit welchem Blick Oma Pistou angeschaut hatte, als der eine Möhre aß. Genauso, wie Pistou Leonie gerade eben beim Eisessen zugeschaut hatte. Und bei der zweiten Pause, als Oma dachte, sie schliefe noch, hatte Leonie gesehen, wie Oma zur Packtasche gegangen war und die letzte Möhre herausgeholt und sie Pistou dann weggegessen hatte. Nein, Oma gönnte Pistou bestimmt kein Eis, wenn sie ihm noch nicht einmal seine eigenen Möhren gönnte. Leonie würde ihm das Eis lieber wieder heimlich geben.

Pistou graste friedlich weiter auf der Weide mit den anderen Eseln, sie standen bis zu den hellen Bäuchen im hohen Gras und frühstückten. Leonie überlegte, ob er erlauben würde, dass sie auf seinen Rücken sprang? Nur so, ohne Sattel, während er weitergraste? Sie streichelte seinen Hals, griff in seine Mähne und war im nächsten Augenblick mit einem federleichten Indianersprung oben. Pistou schnaubte einmal, schüttelte den Kopf, um Fliegen abzuwehren, und graste ruhig weiter. Leonie genoss die Wärme seines Körpers, das Geräusch vom Rupfen des Grases, manchmal machte er ein, zwei Schritte hin zum nächsten Grasbüschel. Sie streichelte ihn, verscheuchte Bremsen, die sich auf seinem Rücken oder Bauch niederlassen wollten.

Eine ganze Weile verbrachte sie auf dem Rücken des Esels, plauderte mit ihm und war glücklich, so wie man glücklich ist, wenn man mit einem Freund zusammen ist, dem man alles erzählen kann und der alles versteht. Als sie wieder von seinem Rücken heruntersprang, streichelte sie ihn noch einmal und hielt ihm als Dankeschön auf der flachen Hand zwei Stückchen Zucker hin, die sie gestern von Omas Kaffee-Unterteller genommen hatte. Pistous Barthaare am Maul kitzelten ihre Hand, und die langen Ohren waren ganz nah. Es sind Ohren, die sehr gut hören können, hatte Céline zu ihr gesagt. Leonie umfasste mit ihrer Hand das ihr zugewandte Ohr und begann, Worte hineinzuflüstern, die sie sonst niemandem sagen konnte. Doch in Pistous flauschigem Ohr waren sie willkommen, das spürte sie.

»Ich vermisse Papa«, flüsterte sie. »Weißt du, Pistou, was Sterben ist? Sterben ist, wenn einer weg ist, für immer.

Und das ist mein Papa. Ich kann ihn nicht mehr sehen, er trägt mich abends nicht mehr ins Bett, geht mit mir nicht mehr auf den Spielplatz. Er ist nicht mehr auf der Welt, und ich vermisse ihn so, und manchmal habe ich Angst, zu vergessen, wie er aussieht und wie das ist, wenn er mich drückt oder in die Luft wirft, und wie seine Stimme sich anhört, wenn er mir vorsingt. Mama vermisst ihn auch und ist immer traurig, und sie hat Angst, dass der liebe Gott sich noch mal vertut und mir was passiert. Ich tue so, als ob ich nicht traurig bin, damit sie nicht so traurig ist, und ich gehe nicht mehr zum Pferdestall, damit sie nicht so viel Angst hat, dass mir was passiert. Ich vermisse Papa, aber jetzt im Moment vermisse ich Mama noch mehr. Ich darf sie aber nicht anrufen, weil Oma sagt, Mama wird sonst traurig. Aber Mama ist doch schon traurig. Und sie macht sich bestimmt Sorgen, dass der liebe Gott sich noch mal vertut. Eigentlich wäre ja Oma dran. Wenn wir abends beten, dann bete ich immer heimlich weiter, dass der liebe Gott bitte beim nächsten Mal alles richtig macht und ganz genau guckt, damit, wenn das nächste Mal einer aus der Familie sterben muss, es Oma ist und nicht Mama.« Leonie hielt inne. »Am besten wäre es, wenn gar keiner stirbt«, stellte sie dann fest.

Pistou schnaubte und stupste Leonie mit der Nase an. Leonie kraulte ihm das Ohr, das ihr so ruhig zugehört hatte, und er streckte den Kopf nach vorn, machte den Hals lang, ließ die Unterlippe entspannt nach unten hängen und blinzelte genießerisch. Leonie lächelte. Sie wusste, Pistou hatte jedes Wort verstanden, und trotzdem war es okay für ihn.

Auf dem Rückweg nahm Leonie sich vor dem Elektrozaun in Acht. Sie legte sich flach auf den Boden und rollte sich unter dem unteren Draht hindurch. Zwar blieb ihr so ein weiterer Schlag erspart, dafür erwischte sie diesmal einen Haufen Eseldung. Gut, dass Eseläpfel so gut rochen. Sie pfriemelte die gelbbraunen Krümel mit den Fingern vom T-Shirt. Übrig blieb nur ein hellbrauner Fleck auf dem Bauch. Sie würde sich leise zurück ins Zimmer schleichen und rasch ein anderes T-Shirt anziehen, bevor Oma aufwachte.

***

Als Leonie bei der Herberge ankam, lief Pierrette ihr erleichtert entgegen und drückte sie an ihre Brust. »Gott sei Dank, Kind, da bist du ja!« Im Bestreben, die Fassung zu wahren, atmete sie tief durch, entließ Leonie aus der Umarmung und hielt sie, die Hände auf ihre Schultern gelegt, auf Armeslänge Abstand. »So geht das aber nicht! Sich einfach aus dem Staub machen! Wo warst du?«

»Ich wollte dich schlafen lassen«, verteidigte Leonie sich.

Pierrette merkte, wie die aufgestaute Sorge sich in Wut verwandelte. Diese kleine, verlogene Kröte. »Unsinn. Nächstes Mal, wenn du früher wach bist als ich, dann wartest du, bis ich auch wach bin, verstanden? Und wenn es unbedingt sein muss, dann weckst du mich, oder du schreibst mir einen Zettel, wo du bist, hörst du!« Pierrette schnupperte an dem Fleck auf Leonies T-Shirt. »Und was ist das für ein ekliger Fleck? Du liebe Zeit, wo hast du gesteckt?«

»Bei Pistou.«

Pierrette stemmte die Hände in die Hüften. »Ach, beim Esel, soso. Und deswegen verpasst du dein Frühstück? Den Esel siehst du doch noch den ganzen Tag!« Der Wirt machte sich draußen am Blumenkübel zu schaffen, und Pierrette warf ihm einen durchdringenden Blick zu. Über Leonies Kopf hinweg machte sie ihm das Aus-Zeichen. Er hatte sich da nicht einzumischen. Das hier ging nur das Kind und sie etwas an. Erziehung war im Wesentlichen Konsequenz, ein ganz einfaches Prinzip. Sie hielt nicht viel von Bestrafungen als Erziehungsmethode, doch sollten Kinder beizeiten lernen, dass ihr eigenes Handeln Konsequenzen hatte. Nur so würden aus kleinen, impulsgesteuerten Nervensägen eines Tages verantwortungsvolle Erwachsene, die zu vorausschauendem Denken und Handeln in der Lage waren. Leonie hatte heimlich ihren Esel besucht, ohne Bescheid zu sagen, und dadurch hatte sie das Frühstück verpasst, basta. Das Schimpfen der Oma würde bei der kleinen Kröte zum einen Ohr rein-, zum anderen Ohr rausgehen, da war Pierrette sich ziemlich sicher, aber wenn jetzt erstmal der Bauch leer bliebe, würde sie sich die Lektion merken.

»Gibt es gar nichts mehr?« Leonies enttäuschter Gesichtsausdruck rührte sie, aber Pierrette zwang sich, hart zu bleiben. »Nein, *ma chérie*, die Frühstückszeit ist schon vorbei, tut mir leid. Wenn du mir nur Bescheid gesagt hättest, dann hätten wir dir etwas übrig lassen können. Aber so ist alles weg.«

Der Wirt warf Pierrette einen finsteren Blick zu. Sie erwiderte den Blick und verzog den Mund minimal zu einem distanzierten Lächeln. Das hier ging ihn nichts an. Erziehung erforderte Disziplin, Disziplin erforderte Konsequenz, Konsequenz erforderte in gegebenen Situationen nun einmal eine gewisse Härte. Als Leonie schmollend hoch aufs Zimmer gegangen war, um ihre Sachen zu packen, bat Pierrette den Wirt, ein zusätzliches Lunchpaket für Leonie fertig zu machen, als Frühstücks-Ersatz.

»Und ich dachte schon, Sie wollen den kleinen Wirbelwind verhungern lassen«, brummte er und öffnete die Schwingtür zur kleinen Küche.

»So hart durchzugreifen fällt mir nicht leicht, das können Sie mir glauben«, rief Pierrette ihm nach. »Aber die Kleine wird ansonsten sehr verwöhnt, und einer muss ja vernünftig sein. Man muss den Kindern begreiflich machen, dass nicht einfach jeder tun und lassen kann, wonach ihm gerade der Sinn steht, sonst tut man ihnen keinen Gefallen.«

»Auch wieder wahr«, brummte er aus der Küche.

Pierrette sah durch den schmuddeligen Fliegenschutz-Vorhang, wie er zwischen Kühlschrank und Anrichte hin- und herlief. Sie hörte Papier rascheln, Schranktüren klappern. Schließlich kam er mit einem großen Lunchpaket aus der Küche.

»Ich kenne das«, sagte er versöhnlich. »Wir haben auch so eine Verwöhn-Oma, sie stopft die Kinder mit Eis und Süßigkeiten voll. Wenn unsere beiden bei ihr übernachten, wissen wir, dass die Zähne keine Zahnpasta sehen, aber jede Menge Chips und Cola. Eine feste Bettzeit gibt's nicht, jeder darf tun und lassen, was er will. Die Kinder schlafen irgendwann vor dem Fernseher ein. Nach einem Wochenende bei der Oma kriegen wir übermüdete Zombies zurück.« Er zuckte mit den Schultern. »Aber meine Großmutter hat mich damals auch nach Herzenslust verwöhnt. Ich habe sie dafür geliebt. Ist wohl das Privileg der älteren Generation. Meine Mutter sagt mir, sie will ihre Enkelkinder genießen, für die Erziehung seien die Eltern zuständig.« Er verdrehte die Augen. »Sie hat ja auch nach dem Besuch der Kinder den ganzen Tag Zeit, um aufzuräumen.« Er gab noch eine Handvoll Kirschen und einen Müsliriegel in die Tüte und überreichte sie Pierrette mit einem verschwörerischen Lächeln. »Aber später, wenn wir selbst Großeltern sind, nicht wahr, dann rächen wir uns. Dann verwöhnen wir unsere Enkel auch nach Strich und Faden, und unsere Kinder müssen zusehen, wie sie es wieder geradebiegen.«

Pierrette sah den Wirt perplex an. Er hielt sie offensichtlich für Leonies Mutter, nicht für die Großmutter! Sie machte den Mund auf, um den Irrtum richtigzustellen, schloss ihn aber wieder. Der Gedanke schmeichelte ihr. Warum auch nicht? Sie war ja auch erst siebenundvierzig. Sie könnte tatsächlich Leonies Mutter sein, spielend sogar. Also lächelte sie nur, bedankte sich für das Lunchpaket und ging nach oben. Verkehrte Welt, dachte sie. Die Rolle der Verwöhn-Oma ist schon von der Mutter besetzt. Ich, die Großmutter, muss hart sein, zum Wohl des Kindes, und das nur, weil meine Schwiegertochter zu weich ist. Kinder waren wie junge Bäume, deren dünner Stamm angebunden werden musste, damit sie hoch und gerade in den Himmel wachsen konnten. So hatte ihre Mutter es ihr erklärt, und es war auch Pierrettes Überzeugung. Natalie aber gab dem Kind keinen Halt, sie ging als Mutter den Weg des geringsten Widerstands, bot keine Grenzen, keine klaren Linien, keine Orientierung – und verwehrte ihrer Tochter damit auch die für den weiteren Lebensweg so wichtige Erfahrung, dass eben nicht immer alles nach den eigenen Wünschen ging. Wie sollte ein Kind dann mit späteren Tiefschlägen klarkommen? Darin zeigte sich doch die wahre Qualität einer Mutter: Kinder zu lebenstüchtigen Erwachsenen zu machen, auch wenn es hart war – nicht zuletzt für einen selbst. Denn es bedeutete Auseinandersetzung, Anstrengung, wenn es sein musste, auch den Verzicht darauf, vom Kind immer zurückgeliebt zu werden. Es ging darum, die richtigen Weichen für das Wohl der Kinder zu stellen, nicht darum, selbst geliebt zu werden. Wenn Wut und Auflehnung der Preis dafür waren, dass es dem Kind langfristig gut ging, dann war dies eben der Preis, den man als Mutter zu zahlen hatte. Babys zu lieben war leicht, man erfüllte ihnen einfach jeden Wunsch. Aber je älter Kinder wurden, desto mehr zeigte sich, ob man als Mutter etwas taugte. Lieben hieß dann immer mehr, Grenzen zu setzen, was anstrengend war. Lieben hieß dann auch, bewusst Ärger und Wut in Kauf zu nehmen, unbequeme Forderungen zu stellen und sogar Hass oder Verachtung auf sich zu ziehen, auch wenn es einem innerlich wehtat. Nur so, wenn man dem Kind etwas entgegensetzte, wenn es merkte, dass sich die ganze Welt nicht nur um es selbst drehte, würde aus einem kleinen egozentrischen Hitzkopf, der im Supermarkt heulend und strampelnd vor Wut auf dem Boden lag, im Laufe der Zeit ein soziales Wesen, das eines Tages in der Lage wäre, selbst für seinen Nachwuchs zu sorgen und die eigenen Bedürfnisse hintanzustellen. Doch Natalie verhielt sich wie eine Verwöhn-Oma. Sie machte es sich leicht und merkte nicht, dass sie ihrer Tochter keinen Gefallen damit tat.

Leonie saß mit angezogenen Beinen auf dem Bett und

schmollte noch immer, als Pierrette das Zimmer betrat. Sie hatte kein bisschen aufgeräumt oder ihre Taschen gepackt, und sie trug auch noch das stinkende T-Shirt. Pierrette hatte nichts anderes erwartet. Das Kind hatte einen starken Willen. Pierrette ging zu ihrem Rucksack und nahm das rosarote Trägerkleidchen heraus, das sie bei *Petit Bateau* für Leonie erstanden hatte. Sündteuer, und eigentlich war es für einen besonderen Abend vorgesehen, wenn sie zum Beispiel nach Florac kämen und abends im dortigen Grand Hôtel dinierten, aber vielleicht wirkte das Kleidchen Wunder. Wenigstens äußerlich würde Leonie sich im Nu von einer schmollenden, nach Eseldung stinkenden Göre in eine kleine Prinzessin verwandeln. Und wer weiß, dachte Pierrette, vielleicht wirkt der Prinzessinnen-Look von außen nach innen, so wie man sich gleich besser fühlt, wenn man sich morgens im Spiegel zulächelt.

»Zieh das hier an«, sagte sie zu Leonie und überreichte ihr mit einer feierlichen Geste das Kleid. »Das habe ich extra für dich gekauft.«

Leonie nahm das Kleid und warf es aufs Bett. »Das ziehe ich nicht an.«

»Aber es ist rosa«, sagte Pierrette. »Das ist doch deine Lieblingsfarbe.«

»NEIN!« Leonie verschränkte die Arme vor der Brust und schüttelte bockig den Kopf.

Pierrette nahm das Kleid vom Bett und hielt es Leonie vor die Nase. »Was heißt hier Nein? Ich habe dich, als wir vor der Reise telefonierten, extra nach deiner Lieblingsfarbe erkundigt. Du hast gesagt, das ist Rosa.«

»Ich dachte, du meinst beim Malen. Bei Anziehsachen

ist Blau meine Lieblingsfarbe. Ich bin doch kein Kindergartenkind mehr.«

Pierrette atmete tief durch. Ihr war nicht danach, sich mit einer Siebenjährigen, die offensichtlich auf Krawall gebürstet war, über Spitzfindigkeiten zu streiten. »Genug Theater für heute. Zieh es bitte einfach an.«

»Nein. Ich will kein Kleid. Ich ziehe nie Kleider an.«

»Dann ist jetzt eben das erste Mal. Es ist nicht giftig, es tut nicht weh, der Stoff ist luftig und weich und aus reiner Baumwolle. Du wirst es lieben.«

Leonie verschränkte die Arme. »Nein. Mama sagt, ich muss nicht, wenn ich nicht will.«

Das durfte doch wohl nicht wahr sein. »Mama ist nicht da, ich bin jetzt für dich verantwortlich. Und ich sage, dass du das Kleid jetzt anziehst!« Pierrette raffte das Kleid, hielt Leonies Arme fest und stülpte ihr den Halsausschnitt über den Kopf. Dann steckte sie Leonie, die sich vor Schreck nicht einmal wehrte, mit sanfter Gewalt die Arme einzeln durch die Armausschnitte und zog sie zu dem großen Spiegel an der Kleiderschranktür. »Nun schau doch, wie hübsch du darin aussiehst!«

Starr stand Leonie vor dem Spiegel. Pierrette lockerte vorsichtig ihren Griff, gemeinsam betrachteten sie das kleine Mädchen, das ihnen aus dem Spiegel entgegensah. Die schmuddeligen Socken und die Jeans lugten noch unter dem Kleid hervor, und eine Träne lief Leonie die Wange hinunter. Davon abgesehen sah sie liebreizend aus. Pierrette unterdrückte den Impuls, ihrer Enkelin die Träne abzuwischen und sie in die Arme zu nehmen, sondern legte ihr nur beide Hände auf die Schultern, unterstützend und ermutigend. »Na, das sieht doch toll aus, oder? Siehst du, *ma chérie*, man darf nicht immer gleich nein sagen. Stell dir vor, du hättest es nicht mal anprobiert!«

In diesem Moment gab Leonie ein erschreckendes Geräusch von sich, das aus tiefster Raubtierkehle zu kommen schien. Wie eine angegriffene Wildkatze schlug sie brüllend um sich, dann fassten ihre kleinen Finger in den Halsausschnitt, Stoff riss entzwei, Knöpfe platzten ab.

Fassungslos sah Pierrette zu, wie Leonie sich das Kleidchen in Fetzen vom Leib riss.

Salomé

Auf dem Weg nach Saint-Jean-du-Gard, Dienstagmorgen

Es war noch alles still, als Natalie sich mit Salomé auf den Weg machte. Das Gewitter war vorbei, nach dem Aufruhr der Nacht träumten Dorf und Natur dem nächsten Sommertag entgegen, die Fenster der Häuser, an denen sie vorbeigingen, waren dunkel, selbst die Zikaden schlummerten noch in den Bäumen. Natalie tat es gut, so früh unterwegs zu sein, und auch Salomé schien schon unternehmungslustig. Wenn sie erstaunt darüber war, noch vor der Morgendämmerung von der Weide geholt zu werden, so hatte sie sich nichts anmerken lassen. Wie selbstverständlich nahm sie es hin, dass sie gesattelt und von der Weide geführt wurde. Die unbeschlagenen Hufe klapperten auf dem noch regenfeuchten Asphalt der Straße, Florac lag wie ein romantisches Nachtgemälde im Schein der spärlichen Laternen da, nur ab und zu hörte man den Ruf einer Zwergohreule. Es würde noch mindestens zwei Stunden dauern, bis Gerome aufwachte und bemerkte, dass sie schon fort war. Sie hatte ihm eine Nachricht unter seiner Zimmertür durchgeschoben:

Gerome, bin schon bei Tagesanbruch los. Danke für

dein Angebot, aber ich gehe weiter auf dem Weg, für den ich mich entschieden hatte. Man sieht sich. Salut, Natalie

Oberhalb der Kirche fand sie einen Wegweiser nach Saint-Jean-du-Gard, er führte in den Wald hinein. Wenige Meter unter dem dichten Blätterdach wurde es stockfinster, und sie hielt verwirrt an. Was nun? Sie hatte gedacht, das Mondlicht würde auch den Wald zumindest so weit erleuchten, dass sich die Augen daran gewöhnten und der Weg zu erkennen war. Salomé blieb ebenfalls stehen, Natalie legte ihr die Hand auf den Rücken und wusste nicht, ob sie das tat, um die Eselstute oder vielmehr sich selbst zu beruhigen. Verdammt, dachte sie, als ihr einfiel, dass sie keine Taschenlampe dabeihatte. Alles Mögliche hatte sie mitgenommen, Blasenpflaster, Aspirin, Taschenmesser, Bänder, Drähte, sogar ein paar Wäscheklammern, aber keine Taschenlampe. Dann atmete sie auf, als ihr die Taschenlampen-Funktion ihres Handys einfiel. Sie schaltete sie ein, und tatsächlich, hell erleuchtete sie den Weg, und Salomé ging anstandslos weiter. Natalie legte wieder eine Hand auf Salomés Stehmähne, die Berührung beruhigte ihre Nerven. Sei kein Feigling, dachte sie. Was sollte hier in dieser verlassenen Gegend schon passieren? Hier gab es keine Wölfe. Oder doch? Und was war mit Schlangen? Waren Schlangen nachtaktiv? Wahrscheinlich wimmelte es nur so vor giftigen Krabbelviechern. Spinnen, Zecken, Skorpionen. Als es unter ihren Schuhen knackte, schrie Natalie auf, weil sie dachte, eine Schnecke zertreten zu haben. Doch es war nur ein Stock. Unten im Dorf war das nächtliche Wandern ihr noch verwegen vorgekommen, hier oben im Dunkeln erschien es ihr einfach nur bescheuert. Einzig und allein, weil sie Gerome aus dem Weg gehen wollte, stolperte sie jetzt mit dem Esel durch die stockfinstere Nacht. Sie konnte nur hoffen, dass es bald hell würde und ihr Handy-Akku nicht vorzeitig schlappmachte. Denn wenn sie die Abzweigung nach Saint-Jean-du-Gard verpasste und sich verlief, würde sie, die aufs Frühstück in der Gîte verzichtet hatte, den ganzen Tag lang nichts zu essen bekommen. Eigentlich wollte sie in Saint-Jean-du-Gard ausgiebig frühstücken. Sie hatte dafür eine mindestens einstündige Pause in dem Städtchen im Tal des Flusses Gardon eingeplant. Céline hatte ihr einen Umweg über Saint-Jean empfohlen, weil der Ort eine hübsche Altstadt und viele Restaurants und Cafés zu bieten habe. Eine Möglichkeit also, unterwegs richtig zu schlemmen und den Apfel und die Müsliriegel des Lunchpakets an den Esel zu verfüttern. Acht Kilometer lag der Ort entfernt, das wären normalerweise zwei Stunden Gehzeit, in gemütlichem Eseltempo vielleicht drei. Die darauffolgenden sechs Kilometer bis zum heutigen Etappenziel würde sie danach quasi auf einem Bein hüpfend schaffen. Natalie schaute noch einmal auf den Akkustand ihres Handys. Nur noch fünfzehn Prozent. Sie seufzte, stellte den Energiesparmodus ein und zog am Führstrick.

»Brrrr, Salomé.« Es hatte keinen Zweck. Sie mussten auf die Morgendämmerung warten, sonst würde die Taschenlampe den Akku aufzehren. Sie machte das Handy-Licht ein letztes Mal an, führte Salomé zu einer etwas breiteren Stelle, an der die Bäume weniger dicht standen und man zwischen den Blättern in den Himmel schauen konnte. Jetzt hieß es warten. Dann knipste sie das Licht aus, und sie und Salomé lösten sich wieder in der Schwärze der Nacht auf. So musste es sein, wenn man blind war. In der Ferne bellten Hunde, Salomé schnaubte nervös und bewegte sich etwas zur Seite, Natalie hörte das Knacken der Zweige unter ihren Hufen. Zum ersten Mal in ihrem Leben machte das Geräusch nächtlich bellender Hunde auch Natalie nervös. Streunten diese Hunde wild umher? Und hielten die sich in der Nähe der menschlichen Siedlungen auf, oder liefen sie nachts durch die Wälder, auf der Suche nach Beute? Wie gefährlich waren solche Hunde für Esel? Natalie hielt den Atem an und lauschte. Nach einer Ewigkeit hörte das Bellen auf, und Salomé beruhigte sich. Natalie schloss die Augen, in der Hoffnung, das Stockdunkel vergessen zu können. Es ist schon Tag, sagte sie sich, und ich stehe nur kurz neben meinem Esel und schließe die Augen. Sie stellte sich vor, wie es im Hellen ringsherum aussah, und rief dazu die Bilder von gestern ab: der azurblaue Himmel, die Sonne, die durch das Blätterdach schien, die Eselin. Ihr beigebrauner Rumpf, der weiße Bauch, die dunkle Stehmähne. Ja, es funktionierte. Sie würde die Augen einfach so lange geschlossen halten, bis es wirklich hell war. Oder man zumindest so viel sah, dass Weiterlaufen möglich war. Sie würde an Schönes denken. Leonie. Nein, nicht an Leonie. Bloß nicht an Leonie und ihre Sorge um sie. Sie streckte die Hand nach Salomé aus, tastete über ihren Hals hinauf zum Kopf, weiter zum weichen Maul des Esels. So sanft und warm lag das Maul in ihrer Handfläche und ruhte darin.

Während sie die Berührung genoss, tauchte wie aus dem Nichts eine Erinnerung auf: Sie sah Pascal, in seinem hellblauen Polohemd, bei ihr in Köln. Sein schönes Gesicht, sein voller Mund, der so gern lachte und küsste. Seine Augen, so herrlich blau wie das Wasser im Pool. Es war der Moment vor elfeinhalb Jahren, damals in Natalies erster eigener Wohnung in Köln, als sie nichtsahnend die Tür öffnete und er vor ihr stand. Sie hatte ihn ungläubig angestarrt: »Pascal?!« Als würde sie zehn Männer kennen, die so ähnlich aussahen wie er. Und er hatte sie angesehen, nur angesehen, eine magische Ewigkeit lang, und dann hatte er ihren Namen gesagt, mit seiner tiefen Stimme. »Natalie.« Ein Streicheln mit Worten. Im nächsten Augenblick waren sie beide übereinander hergefallen, waren in die Wohnung getaumelt, hatten sich leidenschaftlich und selbstvergessen und himmlisch geliebt, bis sie erschöpft und ineinander verschlungen eingeschlafen waren. Sie sprachen nicht miteinander, die ganze Nacht nicht, bis zum nächsten Morgen blieb der Austausch ihrer Vornamen tatsächlich das Einzige, das sie miteinander sprachen. Aber wie konnte es anders sein? Worte konnten nicht zum Ausdruck bringen, was sie füreinander empfanden, wie sehr sie einander vermisst hatten. Das konnten nur ihre Körper.

Am nächsten Morgen dann saßen sie in der kleinen Küche, nicht gegenüber, sondern nebeneinander. Sein Arm lag auf ihrem Knie, ihre Hand auf seinem Knie, sie schauten aus dem Fenster auf die belebte Innenstadt-Allee, hielten in der anderen Hand ihre Tassen, redeten und genossen die Nähe. Es war leichter, über das letzte halbe Jahr zu sprechen, während sie so saßen, eng beieinander, die Wärme des anderen spürend, ohne einander anzuschauen. Während sie ihren geliebten Café au lait tranken, versuchten sie, eine Brücke über all die verpasste Zeit zu schlagen. Natalie erzählte von ihrer Ausbildung zur Bademeisterin und von ihrem Weg zum Schwimmbad, der an einem Café vorbeikam, in dem Éclairs angeboten wurden. Natürlich waren sie nicht so köstlich wie die von Maison Bonnaire in Montpellier, und es gab auch nur eine einzige Sorte, aber immerhin. Pascal sprach von den neuesten architektonischen Projekten in Montpellier und dass seine Mutter bei einem Tanzfestival in der Stadt einen neuen Mann kennengelernt habe, Jacques. Sie redeten nicht über ihre Trennung. Natalie wusste, sie konnte nicht darüber sprechen, ohne zu weinen und Sachen zu sagen, die jeden, der halbwegs bei Verstand war, in die Flucht schlagen würden: *Bleib bei mir, für immer. Ohne dich war alles so schrecklich, ich habe dich so vermisst, ich liebe dich, du bist alles für mich, ich will keinen Tag mehr ohne dich sein!* Sie hatte ihm all das schon gesagt, mit jeder Faser ihres Körpers. Es auch noch auszusprechen wäre zu viel gewesen, es hätte ihre Intimität vom Himmel der Nacht ins grelle Tageslicht gezerrt. Sie hatte nicht gefragt, wie er nach Köln gekommen war und wie lange er bleiben würde. Er hatte nicht gefragt, warum sie per Sprachnachricht mit ihm Schluss gemacht hatte, kaum dass sie zuhause war, ohne Begründung, und dann auf keine seiner Nachrichten mehr geantwortet hatte. Nicht auf seine WhatsApps, nicht auf SMS, Mails. Warum sie nicht ans Telefon gegangen war, nicht zurückgerufen hatte.

Irgendwann sah er auf sein Handy, erschrak und sagte, er müsse jetzt schnell los, erklärte, dass er die Abschluss-Klassenfahrt nach Paris ausgenutzt habe, um sich in den Thalys nach Köln zu setzen. Die Schulfreunde seien eingeweiht und würden ihn heute Morgen decken, aber er müsse bis zum Abend wieder zu den anderen stoßen, sonst würden die Lehrer Alarm schlagen. Hastig räumte er seine Sachen in den Rucksack. »Du wusstest doch gar nicht, ob ich zuhause bin«, sagte sie. »Wer nicht wagt, der nicht gewinnt«, sagte er und küsste sie noch einmal leidenschaftlich. Schon war er an der Tür. Doch dort drehte er sich noch einmal zu ihr um, hielt sie mit den Augen fest. »*Natalie, je t'aime.*« Da warf sie sich in seine Arme, und es brach doch aus ihr heraus: »Pascal, geh nicht, ich liebe dich! Ich hab dich so vermisst!«

»Dann komm mit«, raunte er ihr zu. »Komm mit nach Paris. Wir hätten noch drei Nächte und zwei Tage in Paris. Nur für uns. Ich muss mich nur beim Frühstück sehen lassen, ansonsten ist es den Lehrern egal, was wir machen.«

Drei Nächte und zwei Tage. Mit ihm zusammen. »Das geht nicht«, sagte ihr Mund, aber ihr Kopf nickte, die Hände griffen eilig nach Jacke, Portemonnaie, Wohnungsschlüssel und Handy. Sie nahm nichts weiter mit, nur diese vier Dinge. Auf dem Weg durchs Treppenhaus nahmen sie zwei Stufen auf einmal, hielten sich dabei an der Hand, fielen sich stolpernd und springend immer wieder in die Arme, und dann rannten sie draußen in der Morgensonne zur S-Bahn. Lachend und so frei, wie sie sich noch nie im Leben gefühlt hatten. Als der Thalys in die große Halle des Bahnhofs Paris Nord einfuhr, schien es Natalie, als würde die Stadt der Liebe weit und wohlwollend ihre Arme ausbreiten und sie segnen. Paris war weit weg von Montpellier. Weit weg von ihrem Leben als Au-pair. Weit weg von Madame Berger. Sie waren hier einfach zwei, die sich liebten, frei von allen Fesseln. Drei Nächte und zwei Tage lagen vor ihnen, eine herrliche Ewigkeit.

Sie nahmen ein Zimmer in einem billigen Hotel an der Place d'Italie, nicht weit entfernt von der Herberge, in der Pascals Schulkameraden und die Lehrer untergebracht waren. Sie checkte unter ihrem Namen ein, Pascal bezahlte, in bar, damit seine Mutter keinen Wind davon bekäme. Es war ein verschworenes Abenteuer, sie kamen sich vor wie in einem romantischen Film. Zwei Liebende in einem kleinen Pariser Hotel. Eine Hitzewelle lag über der Stadt, und sie öffneten Tag und Nacht die Fenster, die Gardinen wehten im Wind, der brausende Verkehrslärm der Place d'Italie war ihnen aufregende, lebendige Musik, Laut-Untermalung ihrer Nächte im französischen Bett, in dem man, ob man wollte oder nicht, in der Mitte zusammenrollte. Aber sie wollten!

Am ersten Tag verließ Pascal sie frühmorgens, um sich bei den Lehrern zu zeigen. Als ein Besuch des Louvres anstand, bei dem auch Pascal mitmusste, folgte sie der Gruppe heimlich zur Métro. Pascal stand während der Fahrt abgewandt von ihr, sah aus dem Fenster auf den dunkel vorbeirauschenden Tunnelbeton, aber im Spiegel der Fensterscheibe lächelte er ihr zu. Sie stieg mit der Gruppe aus und folgte ihr zum Louvre, und als sie in der Schlange vor der Kasse anstanden, richtete er es so ein, dass er der Letzte aus seiner Gruppe war, und steckte ihr einen Zettel zu: *Krönung Napoleons* hatte er darauf gekritzelt. Im Museum trennten sich ihre Wege, doch trafen sie sich scheinbar zufällig vor diesem Bild wieder, und dann saßen sie nebeneinander auf einer Bank; ernst und andächtig betrachteten sie den großen historischen Moment vor ihnen, und Natalie konnte sich auf nichts anderes konzentrieren als auf seine Nähe, als ihre nackten Arme sich fast berührten und sich die kleinen Härchen auf ihren Unterarmen elektrisiert aufstellten. Dann hatte er plötzlich den Arm um sie gelegt und sie geküsst. Als sie sich voneinander lösten, sah

Natalie, dass der Lehrer geradewegs auf sie zusteuerte. »Oh, mein Gott, dein Lehrer hat uns gesehen«, flüsterte sie Pascal zu. Da stand er auf und zog sie an den Händen hoch. »*Tout ira bien*«, raunte er ihr zu. »Komm, ich stelle dich vor.« Sie fest an der Hand haltend, ging er auf den Lehrer zu und sagte: »Monsieur Augier, ich möchte Ihnen gern meine Freundin Natalie vorstellen, sie macht auch gerade Urlaub in Paris.« Monsieur Augier hatte erstaunt die Augenbrauen hochgezogen, dann nickte er ihr lächelnd zu. »So ein Zufall, wie schön!« So einfach war das.

Natalie öffnete wieder die Augen. Noch lag der Wald in Schwarz- und Grautönen da, doch als sie nach oben sah, war durch das Blätterdach nur noch die schmale Mondsichel am Himmel zu erkennen, die Sterne waren schon verschwunden. Salomés Silhouette zeichnete sich bereits im ersten Morgengrauen ab, und Natalie kraulte ihr die Ohren.

»*Tout ira bien*, Salomé«, raunte sie ihr zu und machte sich auf den Weg. Salomé folgte ihr unaufgefordert, ganz selbstverständlich. Sie waren ein Team. Salomé tat ihr gut. In den letzten zwei Jahren hatte sie so viel Zeit in ihrem Leben selbstquälerisch damit zugebracht, sich nur immer an diesen einen schicksalhaften Tag zu erinnern, an dem sie Pascal verloren hatte. Als könnte man das Geschehene, wenn man es nur oft genug versuchte, durch die Kraft seiner Gedanken ungeschehen machen. Doch diesmal, hier im dunklen Wald an Salomés Seite, war ihr eine andere Erinnerung gekommen, ganz rein und klar und stark, und mit ihr auch das Gefühl von damals: Glückseligkeit. Das musste Salomés Verdienst sein. Natalie und Salomé wanderten ruhig weiter. Sie machten Strecke, es war eine schöne, ruhige Etappe. Schon vor Neun erreichten sie Saint-Jean-du-Gard, Natalie und Salomé gingen Seite an Seite am hübschen Bahnhof der Dampfeisenbahn vorbei über die steinerne Brücke, vorbei an einem kleinen Kino, im Schatten einer Platanen-Allee bis ins Zentrum der kleinen Stadt. Auf dem Platz vor der Kirche setzte Natalie sich vor eine Bar und bestellte einen Cappuccino und zwei Croissants und fragte, ob der Esel etwas Wasser bekommen könne. Der Wirt nickte lächelnd und fragte, ob der Esel auch altes Brot essen dürfe, er habe noch etwas da. Wenig später genossen Natalie und Salomé ihr gemeinsames Frühstück und waren bald umringt von Wanderern, die Fotos von ihnen machten. Nachdem die Touristen weitergezogen waren, genoss Natalie die anregende Wirkung von Koffein und Zucker und beobachtete das bunte Treiben auf dem Platz: Bauarbeiter, Frauen mit Einkaufstüten, Schulkinder und Wanderer kamen vorbei, der Postbote legte eine Espresso-Pause an der Bar ein und plauderte mit dem Wirt, ein paar Männer in Anzügen nahmen zwei Tische weiter entfernt Platz und tranken Ricard. Alle Achtung, um die Zeit schon der erste Alkohol, dachte Natalie und musste grinsen. Aber vielleicht gab es etwas zu feiern. Sie selbst hatte ihr Tagespensum ja auch schon fast hinter sich. Eigentlich hatte sie also auch etwas zu feiern.

Als der Wirt das nächste Mal herauskam, bestellte sie sich ebenfalls einen Ricard. Wenig später leuchteten die kalten Wassertropfen an der Außenseite des Glases in der Morgensonne. Sie schwenkte das Glas, lauschte auf das Klirren der Eiswürfel, probierte, schenkte ein wenig Wasser hinzu, bis die Mischung stimmte, und erinnerte sich an das allererste Mal, als sie einen Pastis getrunken hatte, kurz nach ihrer Ankunft im Hause Berger. Pierrette hatte ihr am Wochenende die Stadt gezeigt, und Natalie war überwältigt gewesen von der Freundlichkeit ihrer neuen Arbeitgeberin, die sich an diesem Samstag so viel Zeit für sie nahm. Am späten Vormittag, zu Beginn ihrer Stadtführung, hatte sie Natalie auf die Place de la Comédie geführt. Sie nahmen unter den großen Sonnenschirmen eines Cafés Platz, mit Blick auf den Brunnen. Pierrette bestellte zwei Ricard, prostete ihr zu: »Merken Sie sich das, Natalie: Ricard ist die eleganteste Art, sich in Südfrankreich einen Schwips anzutrinken.« Natalie, die kaum Alkohol gewöhnt war, hatte danach kaum noch eine Erinnerung an die folgende Stadtführung, nur noch daran, dass das Zeug so frisch und süß nach Anis schmeckte und sie sich dort auf der Place de la Comédie umarmt fühlte, in ihrem neuen Leben und von ihrer vor Energie sprühenden deutschen Arbeitgeberin, die so durch und durch zu einer eleganten Französin geworden war. Und dass sie sich gewünscht hatte, einmal so zu werden wie sie.

Natalie schenkte Wasser aus der Karaffe nach und probierte die neue, verdünnte Mischung. Drei alte Frauen gingen schwatzend in die Bar und füllten Lottoscheine aus, ein junges Pärchen trank Orangina und hielt Händchen. Als Natalie eine Gruppe Schulkinder beobachtete, die mit Eis am Stiel aus der Bar herauskam, dachte sie an Leonie. Auch sie liebte Eis. Hoffentlich war Pierrette nicht zu streng mit ihr, sie hielt nichts von Naschereien zwischendurch. Pascal hatte als Kind nur äußerst selten ein Eis bekommen, in der Villa Berger hätte man im Gefrierschrank vergeblich danach gesucht, von Süßigkeiten ganz abgesehen. Es gab das *Gôuter* am Nachmittag, basta. Wahrscheinlich hatte Pascal Leonie auch deshalb so verwöhnt. Wenn sie gemeinsam in den Zoo gingen oder in die Stadt, hatte er ihr immer ein Eis gekauft und für sich gleich eins mit. Und jedes Mal, wenn er einkaufte, war eine kleine süße Überraschung für Leonie dabei gewesen.

Als die Schulkinder Salomé entdeckten, umringten sie aufgeregt den Tisch. Ein Junge fragte, ob er den Esel streicheln dürfe. Natalie bejahte und bereute es sofort, denn Salomé reagierte nervös und ängstlich, als sie von den vielen lauten Kindern umringt wurde. Sie legte die Ohren an, streckte den Kopf nach vorne, bleckte die Zähne und schnappte nach einem Jungen, der ihr zu nahe kam. Die Kinder johlten und lärmten noch mehr, was Salomé nur noch nervöser machte. Plötzlich drehte sie sich um und keilte aus. Natalie griff Salomé am Halfter und sprach beschwörend auf sie ein, doch die Kinder konterkarierten Natalies Beruhigungsversuche mit ihrem Herumspringen und Schreien. Rund um Salomés weit aufgerissene Augen war jetzt das Weiße zu sehen.

»Hört bitte auf damit, sie wird ja ganz panisch!«, flehte Natalie, doch die Kinder dachten nicht daran. Da kam der Wirt laut schimpfend aus der Bar gerannt und machte ihnen Beine.

»Saugören!«, rief er ihnen hinterher, dann warf er Natalie einen besorgten Blick zu. »Alles in Ordnung bei Ihnen und Ihrem Esel?«

Natalie nickte. »Ja, danke.« Salomé beruhigte sich rasch wieder. Am liebsten hätte Natalie sofort um die Rechnung gebeten, nur schnell weg von hier, wieder in die Ruhe des Waldes eintauchen, doch sie merkte, dass jetzt, wo die Gefahr vorüber war, ihre Knie ganz zittrig waren. Also setzte sie sich wieder an den Tisch. Der Wirt nickte ihr zu und verschwand in der Bar. Gleich darauf kam er mit einer Möhre und einem weiteren Glas Pastis zurück.

»Geht aufs Haus.«

Natalie bedankte sich und fütterte Salomé mit der Möhre. Die Eselin fraß und kaute, sie entspannte sich zusehends.

»Essen beruhigt die Nerven«, bemerkte der Wirt. Er deutete aufmunternd auf den Pastis. »Trinken übrigens auch.«

Natalie lächelte ihm dankbar zu und nahm einen Schluck. Erst als sie das Glas wieder auf den Tisch stellte, merkte sie, dass etwas fehlte. Wo war ihr Handy? Verdammt, es hatte doch eben noch auf dem Tisch gelegen, zwischen Wasserkaraffe und Glas? Schnell schaute sie unter den Tisch, dann durchwühlte sie ihren Rucksack, auch wenn sie genau wusste, dass es dort eigentlich nicht sein konnte. Es hatte ganz sicher auf dem Tisch gelegen. Oh, nein, das durfte doch wohl nicht wahr sein! Sie schlug die Hand vor den Mund, als ihr klar wurde, was passiert sein musste: Eines der Kinder hatte die Situation ausgenutzt und das Handy geklaut.

Sie zwang sich dazu, ruhig zu bleiben. Sie musste überlegen, was zu tun war. Das Schlimmste war, dass die Verbindung zu Leonie jetzt abgeschnitten war. Sie musste ihr Handy wiederbekommen, so rasch wie möglich. Aber wie? Wahrscheinlich kannte der Wirt diese Kinder oder wusste zumindest den einen oder anderen Namen. Natürlich, man könnte versuchen, die Eltern der Kinder durchzutelefonieren. Aber was würde das bringen? Vielleicht würde eines der Kinder sogar reden. Mit viel Glück hatte es etwas gesehen, und mit noch mehr Glück würde es den Dieb sogar verraten. Oder das Kind, das ihr Handy genommen hatte, würde es selbst zugeben und es wieder rausrücken. Doch wie lange würde das alles dauern? Und wahrscheinlich hatten die anderen Kinder in der allgemeinen Aufregung gar nichts bemerkt, und der kleine Dieb würde den Teufel tun, seine Tat zuzugeben, sondern die alte SIM-Karte entfernen, eine neue einlegen, das Handy neu konfigurieren, fertig.

»Gibt es hier im Ort ein Geschäft, in dem ich mir ein neues Handy kaufen kann?«, fragte sie den Wirt, als er wieder nach draußen kam.

Er zog erstaunt die Augenbrauen hoch, dann begriff er und stemmte die Hände in die Hüften. »Sagen Sie nicht, einer der kleinen Scheißer hat Ihnen Ihr Handy geklaut?«

Natalie nickte.

»Diese Saubande!«

»Kennen Sie die Kinder?«, fragte Natalie.

Er gestikulierte aufgebracht mit den Händen. »Aber ja, die kommen jeden Tag und holen sich Eis oder Schokolade. Na, die können sich morgen auf was gefasst machen! Diese kleinen Kakerlaken kriegen hier so lange Hausverbot, bis Ihr Smartphone bei mir auf dem Tresen liegt. Früher oder später knickt der Übeltäter ein, das versichere ich Ihnen.«

»Warum sind Sie sich da so sicher?« Natalie fiel es schwer, den Optimismus des Wirts zu teilen. Wenn er den Kindern verbot, sich hier noch mal sehen zu lassen, würden sie sich einfach irgendwo anders ihre Süßigkeiten holen. »Ihre Bar ist doch nicht die einzige hier.«

»Aber die einzige mit Tisch-Kicker, und die einzige, in

der sie bei Hitze ein Eis umsonst kriegen.« Der Wirt überreichte ihr einen Notizblock und einen Stift. »Schreiben Sie mir bitte Ihre Adresse auf, ich schicke Ihnen das Telefon nach Hause. Kann etwas dauern, natürlich, aber Sie sind ja noch eine Weile unterwegs.«

»Das ist sehr freundlich von Ihnen.« Natalie schrieb ihre Adresse auf den Block, ohne ernsthaft zu glauben, dass das je passieren würde.

»Wandern Sie allein?«, fragte der Wirt.

Sie zeigte auf Salomé. »Nein, in allerbester Gesellschaft.«

Er lachte und wurde gleich darauf ernst. »Da haben Sie wohl recht. Aber es ist trotzdem nicht ganz ungefährlich. Man hat keine Hilfe, wenn mal was passiert.«

Als sie die Rechnung bezahlen wollte, winkte der Wirt ab und überreichte ihr seine Karte. »Geht aufs Haus. Behalten Sie Saint-Jean trotzdem in guter Erinnerung.«

Verlegen steckte sie seine Karte ein. »Vielen Dank.«

Sie schulterte den Rucksack, winkte ihm noch einmal zu und führte Salomé zwischen den Tischen und Stühlen hinaus Richtung Fluss. Als sie schon über die Brücke gingen, hörte sie schnelle Schritte hinter sich und drehte sich um. Es war der Wirt. Ohne die lange Bistro-Schürze, die ihm etwas Behäbiges verliehen hatte, wirkte er sportlich und deutlich jünger. Ein paar Meter von ihr entfernt verringerte er sein Tempo, um die Eselin nicht zu erschrecken, und hielt ihr lächelnd ein Handy entgegen. Im ersten Augenblick klopfte ihr Herz vor Freude, als sie dachte, es sei ihr eigenes.

»Hier, bitte«, sagte er, etwas außer Atem, »nehmen Sie dieses, es ist mein altes Handy. Es hat eine Prepaid-Karte, und Guthaben für einige Telefonate ist auch noch drauf. Der Notruf funktioniert immer.«

Natalie wehrte es mit beiden Händen ab. »Nein, vielen Dank, aber das kann ich nicht annehmen.«

»Warum denn nicht? Schicken Sie es mir hinterher einfach zu. Wenn Sie wieder zuhause sind, tauschen wir die Handys einfach aus, ja? Meine Karte haben Sie ja, und ich Ihre Adresse.«

Sie zögerte, schüttelte den Kopf.

»Nein, wirklich.«

»Natalie«, sagte er da. Langsam und erstaunt sprach er ihren Vornamen aus, als wäre es ein neues, schönes Wort, das er gerade für sich entdeckt hatte und ausprobierte, und setzte dann schnell hinzu: »Natalie Berger aus Köln, so haben Sie es für mich aufgeschrieben, nicht wahr?«

Sie nickte, und er stopfte es, als sie es immer noch nicht annehmen wollte, kurzentschlossen in Salomés Packtasche. »Sie brauchen kein Mitleid mit mir zu haben, Monsieur …«

»Bartet«, sagte er, während er die Schnalle des Packsattels wieder festzog. »Félix Bartet.« Er wandte sich ihr wieder zu, zog die Augenbrauen hoch. »Mitleid? Oh, nein, denken Sie das nicht. Nein, ich bin wütend auf diese Rotzgören, die zum Dank für all das Gratis-Eis denken, dass sie meine Gäste berauben können. Sie, mein Gast, wurden in meiner Bar bestohlen. Wenn ich also versuche, den Ihnen entstandenen Verlust zu minimieren, hat das wirklich nichts mit Mitleid zu tun, sondern mit meiner Verantwortung und Ehre als Wirt.« Er räusperte sich, wandte sich ab, klopfte Salomé auf die Kruppe, dann schien er plötzlich einen Entschluss zu fassen, straffte den Körper, drehte sich wieder zu ihr um. Er stand jetzt so dicht vor ihr, dass sie den Duft seines Aftershaves riechen konnte. Zitrone und Lavendel, dachte sie und hob den Kopf, denn er war einen Kopf größer als sie. Er sah ihr direkt in die Augen, und es lagen weder Mitleid noch ritterliche Hilfsbereitschaft in seinem Blick, nur pure Sympathie.

»Passen Sie gut auf sich auf«, sagte er.

Natalie wandte das Gesicht ein wenig zur Seite, um der Intensität seines Blicks auszuweichen, da spürte sie, dass er sie sanft auf die Wange küsste.

»*Adieu*, Natalie. Meine Nummer ist unter Félix eingespeichert«, flüsterte er ihr zu. »Man sieht sich!« Schnell hauchte er ihr noch einen Kuss auf die andere Wange, dann wandte er sich schnell ab und eilte zurück zur Bar.

Überrascht sah sie ihm nach, dann griff sie sich verwirrt an die Wange. Aber die Verwirrung galt nicht dem Wirt oder seinem Kuss. Gut, er hatte das französische Abschiedsritual ausgenutzt, um ihr zu zeigen, dass er sie mochte, aber es war ganz okay gewesen, sein Verhalten insgesamt nicht zu zudringlich. Was sie verwirrte, waren ihre eigenen Gefühle: Félix, der Wirt, küsste sie auf die Wange, und sie war nur leicht überrascht, nichts weiter. Was für ein Unterschied zu gestern, als Gerome genau dasselbe tat. Da hatte die sanfte Berührung seiner Lippen auf ihrer Wange einen ganzen Schwarm Schmetterlinge in ihrem Bauch zum Leben erweckt.

Natalie führte die Eselstute über die Platanen-Allee zurück zum Bahnhof. Auf dem kleinen, mit Blumenkübeln geschmückten Bahnhofsvorplatz suchte sie eine Bank im Schatten, band Salomé daran fest und setzte sich. Sie hatte wieder ein Handy! Das Telefon in der Hand überlegte sie, was zu tun war. Weder die Telefonnummer von Pierrette noch die von Jacques wusste sie auswendig. Nur Leonies, natürlich, aber das nützte ihr nichts, Pierrette hatte Leonies Handy sicher konfisziert und ausgeschaltet. Also rief Natalie die Auskunft an und ließ sich gleich mit Jacques' Festnetznummer in Montpellier verbinden. Er würde um diese Zeit zwar nicht zuhause sein, sondern in seiner Kanzlei im Centre Commercial, aber sie konnte ihm eine Nachricht auf dem Anrufbeantworter hinterlassen. Den hörte er regelmäßig per Handy ab:

»*Salut, Jacques, hier ist Natalie. Ich habe eine dringende Bitte: Mir wurde mein Handy geklaut, dies hier ist ein Ersatzhandy. Rufst du mich bitte auf dieser neuen Nummer zurück? Ich brauche die Nummer von Pierrette, ich kann sie sonst nicht erreichen und sie mich ja sowieso nicht.*«

Jetzt hieß es abwarten. Gedankenverloren schaute sie dem Treiben vor dem Bahnhof zu. Er wirkte pittoresk, dieser Bahnhof, ein altes, recht kleines Gebäude aus Naturstein, mit bunt bemalten hölzernen Fensterläden, der Vorplatz ein Meer aus Blumen. Eine Szenerie, die Erinnerungen an Familienausflüge zum »Phantasialand« weckte, damals, als der Vater in »Alt-Berlin« mit seinen nachgebauten Häusern aus den 1920er-Jahren Zuckerstangen und Krapfen für sie kaufte und die Mutter noch lachend und kreischend mit ihr Achterbahn gefahren war. Die alte Dampflok ratterte gerade mit großem Getöse heran, hinter sich ein paar antike Waggons voller Menschen in Urlaubslaune. Sie beobachtete, wie große und ziemlich viele kleine Leute in kurzen Hosen und T-Shirts aus dem Bahnhofsgebäude kamen. Sie schloss die Augen, und ein Klangteppich aus Murmeln, Plaudern, Rufen und Lachen zog an ihr vorbei, während sie den glücklichen Zeiten ihrer Kindheit nachträumte.

Salomé stupste Natalie mit dem Maul an, und sie öffnete die Augen wieder, war für einen Moment geblendet von der Helligkeit. Sie streichelte Salomé. Bald würde Jacques zurückrufen. Auf Jacques konnte sie sich immer verlassen. Er war Jurist, er bewegte sich ruhig in seiner Kanzlei mit selbst gestalteten Strukturen und behielt immer den Überblick. Jacques war von einem starken Pflichtbewusstsein geprägt und betrachtete Natalie ganz selbstverständlich als Teil der Familie. In der Zeit nach Pascals Tod war er es gewesen, der regelmäßig anrief und sich nach ihr und Leonie erkundigte und der ihr sofort seine Hilfe bei allen Erbschaftsangelegenheiten angeboten hatte. Als Natalie die Idee kam, Pierrette und Leonie auf ihrer Wanderung zu folgen, hatte sie Jacques angerufen und ihn gefragt, was er davon hielte und ob er ihr Informationen über die geplante Route geben könne. Jacques hatte ihr, ohne zu zögern, alles gesagt, was er wusste, und dafür war sie ihm dankbar. Ohne ihn hätte sie das Ganze vergessen können. Jacques hatte bis ins kleinste Detail Auskunft gegeben, bis hin zum Tipp mit der Eselherberge in Luziers. Sie hatte ein schlechtes Gewissen ihm gegenüber gehabt, immerhin spionierte er seine eigene Partnerin aus. Als sie ihm das sagte, hatte es am Telefon eine kleine Gesprächspause gegeben.

»Ich tue, was ich für richtig halte«, sagte er dann ernst. Weiter hatte er sich nicht dazu geäußert, aber für Natalie war klar, dass er in diesem Fall auf ihrer Seite stand. Jacques war wirklich der einzige Mensch, der Pierrette auf

Augenhöhe begegnete. Das war wirklich schon von Anfang an so gewesen.

»Das Ego des neuen Freundes meiner Mutter ist mindestens genauso groß wie das meiner Mutter«, hatte Pascal Natalie berichtet, kurz nachdem die beiden sich kennengelernt hatten. »Da fliegen oft die Fetzen, ich kann mir nicht vorstellen, dass das lange hält.« Aber dann wurde die Beziehung überraschenderweise wieder harmonischer. Sie entfernten sich voneinander, ohne sich ganz zu trennen. »Jeder der beiden macht jetzt wieder mehr sein eigenes Ding«, erklärte Pascal ihr damals. »Sie haben beschlossen, dass jeder sein Haus behält und sie nicht zusammenziehen. Es ist interessant zu beobachten. Meine Mutter ist wie eine kleine Sonne. Ein großes Ego, um das sich alles dreht. Sie ist nur Planeten gewohnt, die um sie kreisen. Und dann ist da plötzlich eine andere Sonne. Wie faszinierend! Sie fühlt sich unwiderstehlich von Jacques angezogen, aber wehe, die beiden kommen sich zu nahe.«

Natalie dachte über den Sonnen-Vergleich nach. Sie hatte ihn damals zwar witzig, aber etwas übertrieben gefunden. Doch inzwischen dachte sie, dass Pascals Einschätzung ziemlich realistisch gewesen war. Sie sei nur Planeten gewohnt, hatte er gesagt. Das schloss auch Pascal selbst mit ein. Auch er war nur ein Planet in Pierrettes Sonnensystem gewesen. Aber es schien ihn nicht gestört zu haben. Natalie dachte an ihre eigene Mutter und dass es auch bei ihr stimmte. Auch sie war eine Sonne gewesen, mit einem Kind, das um die Sonne zu kreisen hatte. Aber sie war keine strahlende Sonne wie Pierrette gewesen, sondern eine dunkle. Wo Pierrette Lebensfreude und den unbedingten Willen ausstrahlte, ihr Leben selbst zu gestalten, hatte ihre Mutter immer nur das Negative in allem und sich selbst als Opfer gesehen. Die Palliativärztin, die im letzten halben Jahr regelmäßig zu ihnen nach Hause kam, hatte Natalie einmal beiseitegenommen und gefragt, wie es ihr denn ginge. Als sie daraufhin anfing zu weinen, hatte die Ärztin ihr die Karte einer Psychotherapeutin gegeben und ihr eindringlich zugeredet: Menschen, die an einer schweren Krankheit litten oder sterbenskrank seien, würden zuweilen sehr egozentrisch werden und ihre Angehörigen sehr fordern, nicht mehr sehen können, wie schwer diese Zeit auch für sie sei. Angehörige benötigten deshalb selbst psychotherapeutische Unterstützung, um diese herausfordernde Zeit einigermaßen zu überstehen. Natalie hatte die Therapeutin aber nie angerufen, dafür hatte sie ein viel zu schlechtes Gewissen. Denn nachts träumte sie manchmal, ihre Mutter sei schon tot, und wenn ihr beim Aufwachen bewusstwurde, dass sie nur geträumt hatte, schämte sie sich. Wünschte sie sich unbewusst ihren Tod? Und hasste sie es nicht, wie ihre Mutter ständig nach ihr rief: »Naaa-ta-lieee!« Sie hasste ihren eigenen Namen in dieser Zeit. Erst als Pascal ihn aussprach, so sanft und liebevoll, hatte sie sich wieder mit ihrem Namen angefreundet. Und mit ihrem Namen auch wieder mit sich selbst.

Natalie schulterte ihren Rucksack und machte sich auf den Weg. Es war sinnlos, hier zu warten, bis Jacques sich meldete. Salomé lief wie ein Hündchen neben ihr her. Natalie legte ihr im Gehen die Hand auf die Stehmähne. Gestern hatte sie erwogen, wenn auch nur für einen Augenblick, Gerome den Esel zu überlassen. Er schien wirklich an Salomé zu hängen, die Eselin bedeutete ihm viel mehr als ihr. Er war richtig verrückt nach Salomé. So verrückt, dass er wirklich nichts ausließ, um sie ihr abzuluchsen – selbst vor einem Flirt mit ihr schreckte er nicht zurück. Doch hatte er ihr nicht auch geholfen, und war er nicht eigentlich immer ehrlich zu ihr gewesen? Er hatte von seinem Burnout erzählt und von dem, was ihn mit Salomé verband. Er war der König im Kirschkernspucken und der Intensivpfleger, der sich völlig verausgabt hatte, er war von seiner Freundin verlassen worden, als er ganz unten war, und er hatte beim Eselwandern wieder zu sich selbst gefunden. Er hatte ihr sein letztes Wasser geschenkt, und als es darauf ankam, hatte er ihre Schwäche nicht ausgenutzt, sondern sie getröstet wie ein guter Freund. Nein, wurde ihr bewusst, sie war nicht wirklich sauer auf ihn, weil er mit ihr geflirtet hatte, selbst wenn das nur ein Versuch gewesen wäre, ihr den Esel abzuluchsen. Was sie von ihm wegtrieb, waren ihre eigenen Gefühle, waren die Schmetterlinge im Bauch, die seine Blicke und Berührungen bei ihr auslösten. Vor denen lief sie davon. Denn die Schmetterlinge im Bauch, die gehörten doch zu Pascal.

Pistou

Auf dem Weg nach Florac, Dienstag

Pierrette kannte den kindlichen Zorn. Als sie selbst noch ein Kind gewesen war und Petra hieß, war sie oft zornig gewesen, hilflos wütend auf ihre Eltern. Sie verordneten ihr immer eine Auszeit, wenn sie etwas ausgefressen, ihre Hausaufgaben nicht ordentlich gemacht oder eine schlechte Zensur mit nach Hause gebracht hatte. Dann musste sie regelmäßig in die »stille Ecke«, und wehe, sie gab Widerworte, dann wurde die Zeit verlängert, oder sie wurde – wenn sie partout keine Einsicht zeigte – im Keller eingesperrt. Der nach Schimmel und Kaninchendung stinkende Keller war am schlimmsten, sie fürchtete sich vor den Werkzeugen und Gartengeräten, die im Halbdunkel an der Wand lehnten und so aussahen, als könnten sie sich, wie dünne Gespenster, im nächsten Augenblick auf sie stürzen. Aber im Keller brauchte sie nicht still zu sein, hier konnte sie ihre Wut und Angst herausschreien, da störte sich niemand daran. Und die Stallkaninchen, die der Vater dort in einer Art Schrankwand mit Türen aus Kaninchendraht untergebracht hatte, schauten nur aus ihren engen Wohnungen heraus, vergaßen für ein paar Augenblicke das Mümmeln, für sie war ein kleiner, lauter Mensch eine

Abwechslung in ihrer Kellerhaft. Hier unten hatte sie sich manches Mal ihre eigene Beerdigung vorgestellt und ihre weinenden Eltern am offenen Sarg. Wie sehr es sie jetzt schmerzte, dass sie so ungerecht und gemein zu ihr gewesen waren. Der erbärmliche Triumph eines machtlosen Kindes: Ha, jetzt tut es ihnen leid! In der Realität tat es ihnen allerdings nie leid, denn sie waren die Erwachsenen und schon allein dadurch im Recht, und Pierrette war das Kind. Sie, das Kind, hatte Einsicht zu zeigen und sich zu entschuldigen. Immer. Sobald sie sich entschuldigte, war alles wieder gut. Wenn nicht, kam sie aufs Zimmer, in die stille Ecke oder in den Keller. So waren die Regeln, und die kleine Petra wusste, dass sie dagegen nicht ankam. Aber je älter sie wurde, desto weniger stellte sie sich im Keller ihre eigene Beerdigung vor, sondern – und das hätte sie keinem Menschen gegenüber je zugegeben – die Beerdigung ihrer Eltern. Einmal würden sie im Sarg liegen, und sie wäre frei. Dieser Gedanke war mit so viel Scham und Entsetzen über sich selbst verbunden, sie fühlte sich dabei so schlecht, dass sie ihn sofort unterdrückte, im Rhythmus von ›Hänschen klein, ging allein …‹ an die Kellertür klopfte – das Zeichen, dass sie einsichtig war – und um Verzeihung bat. Die Eltern waren dann immer gerührt vom Ausmaß der Zerknirschung und Reue, die sie zeigte, und fühlten sich in ihrer Erziehungsmethode bestärkt.

Pierrette hatte viele Wertvorstellungen ihrer Eltern übernommen. Die Tüchtigkeit gehörte dazu: ohne Fleiß kein Preis. Aber was die Sache mit der stillen Ecke und dem Keller anging, hatte Pierrette bei der Erziehung ihres Sohns bewusst einen anderen Weg eingeschlagen. Sie wollte nicht, dass Pascal sich ihr gegenüber jemals so machtlos fühlte, dass er sich seinen eigenen Tod vorstellte, nur um die eigene Hilflosigkeit gegenüber der mütterlichen Demütigung zu ertragen. Und genauso wenig wollte sie, dass er sich ihren Tod vorstellte. Diesen dunklen Keller-Psycho-Mist hatte sie hinter sich gelassen, als sie nach Südfrankreich zog, den steinschweren Namen ›Petra‹ zurückließ, sich in die leichtfüßige ›Pierrette‹ umbenannte und ein neues Leben für sich und ihr Kind aufbaute. Sie hatte Pascal immer das Gefühl geben wollen, genau richtig und wertvoll zu sein. Natürlich musste er sich auch mal entschuldigen, wenn er etwas ausgefressen hatte, aber auch sie hatte sich bei ihm entschuldigt, wenn es nötig war. Wenn sie zu streng gewesen war oder ungerecht. Jeder machte mal etwas falsch, wollte sie ihm vermitteln. Natürlich war es wichtig, zu erkennen, dass das eigene Handeln Folgen hatte und man sie tragen musste. Sich entschuldigen, sein Verhalten ändern. Aber das galt für jeden, und keiner musste dazu in den Keller.

Pierrette ging schräg hinter dem Esel und beobachtete Leonies Haltung beim Reiten. Auch wenn die Kleine immer noch verstockt und verbockt wegen der Kleider-Sache im Sattel saß, seit Ewigkeiten stur nach vorne schaute und kein Wort mit ihr sprach: Sie hatte ein natürliches Talent, das sah man. Tadellos und anmutig ihr Sitz, völlig unverkrampft. Sie bildete mit dem Tier eine Einheit. Wie schade, dass Natalie ihr das Reiten verboten hatte. Als Leonie ihr davon am Telefon erzählt hatte, war Pierrette klar geworden, dass sie eingreifen musste. Jeder Mensch musste seinen eigenen Weg finden, mit dem Tod umzugehen. Und damit umzugehen war etwas anderes, als damit fertigzuwerden. Pierrette wusste, sie würde mit Pascals

Tod nie fertigwerden. Er würde bis zu ihrem letzten Atemzug Teil ihres Lebens sein. Aber damit umgehen musste sie, wohl oder übel. Sie selbst hatte lange Zeit nur nicht gewusst wie, und in dieser Zeit hatte sie ihr Leben weiter so zu leben versucht wie vorher. Weiter funktioniert, auch wenn alles ihr nun leer und sinnlos erschien. Ihre Schwiegertochter dagegen hatte nicht weiter funktioniert, sondern sich dem Leben verweigert und ihre Tochter in Watte gepackt. Pierrette verachtete Natalie dafür, Leonie das Reiten verboten zu haben, so wie sie in einem Winkel ihres Herzens ihre Eltern immer noch dafür verachtete, sie früher in den Keller gesperrt zu haben. Natalie war Mutter, sie hatte verdammt noch mal nicht an sich selbst, sondern an ihre Tochter zu denken. Die Eselwanderung war das perfekte Mittel, sie wieder auf Spur zu bringen. Pierrette hatte geahnt, sogar ein wenig gehofft, dass Natalie vor Sorge durchdrehen würde, wenn Leonie und sie durch die Cevennen wanderten, weit weg von Köln, und dass die konkrete Angst um Leonie sie all den verqueren Gedankenspuk, den sie einmal die Woche ihrer Therapeutin erzählte, vergessen machen würde. Dass sie sich dann überwinden und ihnen hinterherlaufen, ihre Ängste überwinden würde. Und dass Leonie am Ende wieder reiten dürfte.

Verdammt, hatte je jemand behauptet, es sei leicht, Mutter zu sein? Mutter zu sein, das hieß loslassen, nicht einsperren. Mit jedem Tag entfernte sich das Kind, ging Hänschen klein ganz allein in die weite Welt hinein. Ein Kind zu lieben hieß, sich selbst überflüssig zu machen. Im Leben des Kindes nach und nach von der Hauptrolle zur Nebenrolle zu werden, von der Nebenrolle zum Statisten, vom Statisten zum Zuschauer. Jetzt und hier hatte Pierrette zum ersten Mal seit Pascals Tod das Gefühl, etwas Sinnvolles zu leisten: Sie stellte Pascals kleine Tochter wieder auf die Bühne ihres eigenen Lebens, öffnete ihr wieder die Tür zur Welt. Dass die Kleine nach solch langer Zeit, in der sie in Natalies Sorgenkeller eingesperrt war, sich erst einmal an den hellen Sonnenschein und an ihre Oma gewöhnen musste, war nur natürlich.

Pierrette war von Anfang an klar gewesen, dass es kein Zuckerschlecken sein würde. Sie wusste, dass sie im Umgang mit Kindern ihre Schwächen hatte. Je jünger sie waren, desto schlimmer. Sie hatte Pascal von Anfang an mit jeder Faser ihres Körpers geliebt, aber als Baby war er ihr die meiste Zeit vorgekommen wie ein mysteriöses, zerbrechliches Wesen einer anderen Spezies. Als er zum ersten Mal Fieber bekam, hatte sie in ihrer Hektik im Branchenverzeichnis zuerst unter ›Tierärzte‹ nachgeschaut. Als er anfing zu sprechen, war sie erleichtert, nun mitzubekommen, was er wollte oder was ihm fehlte, und mit jedem Jahr wurde es dann besser.

Zum Glück war Leonie schon sieben, bald würde sie acht. Sie war schon ein kleiner Mensch, mit dem man reden konnte. Wenn Leonie denn gewollt hätte. Im Moment sah es nicht so aus, als würde sie je wieder mit ihr reden wollen. Sie war stur, ganz anders als Pascal in diesem Alter. Woher sie das nur hatte. Ihr fiel wieder der Keller ihrer Kindheit ein und wie es endete damit. Eines Tages hatte sie einen ganzen Tag dort zugebracht, ohne einzuknicken. Sie hatte keine Angst mehr gehabt und die Kaninchen freigelassen, dabei zugeschaut, wie sie durch den Keller hoppelten, überall hinköttelten und ihre Freiheit genossen. Sie hatten Spaß, für sie war der Keller die pure Freiheit. Einige Kaninchen hatten sich gepaart, und sie hatte das ziemlich lustig gefunden. Der Vater würde sich über die neuen Zuchtergebnisse wundern. Sie fütterte Möhren an die Kaninchen und streichelte sie, und ein paar Möhren aß sie selbst. Und dann hatte sie noch eine Konservendose mit Birnen aufgemacht, sie hatte diesen praktischen Verschluss gehabt, für den man keinen Dosenöffner brauchte. Und sie waren köstlich gewesen. Die Eltern hatten abends entnervt aufgegeben und sie wieder nach oben gelassen. Sie schickten sie zwar gleich zu Bett, aber die Mutter hatte ihr ein Tablett mit Nutella-Broten gebracht, die sie sonst abends nicht essen durfte. Und frisch gepressten Orangensaft und Gummibärchen. Sie hatte nichts davon angerührt und drei Tage lang nicht mehr mit ihnen gesprochen. Natürlich entschuldigten sich die Eltern nie bei ihr für die Keller-Nummer. Aber Pierrette war auch nie wieder dort eingesperrt worden.

Nein, wurde ihr klar, während sie Leonie vor sich auf dem Esel reiten sah, aufrecht und anmutig. Ihre Enkeltochter war nicht stur. Sie war willensstark, so wie sie selbst, und sie war ungerecht behandelt worden. Nein, sie selbst hatte den Fehler gemacht. Sie hatte versucht, Leonies Willen zu brechen. Die Vorstellung, dass Leonie womöglich gerade so wütend auf sie war, dass sie sich ihren eigenen oder Pierrettes Tod vorstellte, versetzte ihr einen Stich. Pierrette beschleunigte ihre Schritte und holte auf, ging neben Pistou, sah zu Leonie, die auf Augenhöhe mit ihr ritt, und wartete auf eine Reaktion. Es kam keine, Leonie schaute weiter geradeaus und beachtete sie nicht.

»Es tut mir leid«, sagte Pierrette.

Hundert lange Meter lang passierte gar nichts. »Was tut dir leid?«, fragte Leonie dann.

»Dass ich dich gezwungen habe, das Kleid anzuziehen. Das war nicht richtig.«

»Das war gemein«, sagte Leonie.

»Ja.«

Über weitere zehn Meter kam keine Reaktion. »Warum hast du das dann gemacht?«

»Weil ich sauer war. Ich hatte das Kleid für dich gekauft und dachte, es sieht toll aus. Und dann wolltest du es nicht anziehen.«

»Ich mag keine Kleider. Ich ziehe nie Kleider an.«

»Ja, verstanden. Warum magst du keine Kleider?«

»Ich kann doch willen, was ich will!«

»Wollen, was ich will«, korrigierte Pierrette.

»Willen, was ich will!«, brauste Leonie auf.

»Ja, das kannst du, und das sollst du auch.« Pierrette lächelte ihr vorsichtig zu. »Hast du Hunger? Ich habe dein Frühstück einpacken lassen.«

»Aber es gab doch nichts mehr.« Leonie sah sie mit ihren hellblauen Augen an, und langsam spiegelte sich die Erkenntnis darin. »Du hast mich angelogen«, stellte sie fest. »Du hast dem Wirt gesagt, er soll mir nichts mehr zu essen geben, oder?«

Pierrette nickte. »Ich wollte, dass du merkst, dass es Folgen hat, was man tut. Ich habe mir Sorgen um dich gemacht, als ich morgens aufwachte und du warst nicht da.«

»Du warst sauer auf mich.«

»Auch, ja. Zuerst habe ich mir Sorgen gemacht, und dann war ich sauer.«

»Und dann hast du mich gezwungen, das Kleid anzuziehen, nur weil du sauer warst.«

»Nein, weil ich dachte, wenn du erst im Spiegel siehst, wie schön und bequem es ist, wirst du es mögen.«

»Du wolltest, dass ich mache, was du willst.«

»Ja.« Pierrette hielt ihr die Hand hin. »Es tut mir leid. Frieden?«

Leonie sah auf die wippenden, langen Ohren des Esels und sagte nichts, lange weitere hundert Meter lang. Dann drehte sie sich im Sattel zu ihr um und reichte ihr die Hand. »Tut mir leid, dass das Kleid kaputt ist.«

»Nicht schlimm«, sagte Pierrette und ergriff Leonies kleine Hand. Sie fühlte sich warm und wunderbar an. Leonie schüttelte ihre Hände übermütig kichernd, und der Esel tänzelte erschrocken zur Seite.

Leonie zog von oben am Führstrick, um ihn wieder zu bändigen, und lächelte spitzbübisch. »Weißt du, warum ich das Kleid zerrissen habe?«

Pierrette wusste, worauf sie hinauswollte. Diese gerissene kleine Kröte. Sie kämpfte gegen den Impuls an, loszulachen, schaffte es aber nicht ganz. »Du wolltest mir zeigen, dass es Folgen hat, was man tut?«

Leonie schüttelte den Kopf, dass die Locken nur so flogen. »Nein, ich war sauer auf dich!«

Pierrette deutete zu einer grasbewachsenen Waldlichtung. »Sieh mal, ein schöner Platz für ein Picknick. Dort hat auch unser langohriger Freund genug zu fressen.«

Leonie strahlte, sprang vom Rücken des Esels und Pierrette direkt in die Arme. Ein warmes Glücksgefühl durchflutete Pierrette. Noch nie hatte sich die Umarmung eines Kindes, das nicht Pascal war, so gut angefühlt.

»Der Wirt hat dir ein Extra-Lunchpaket eingepackt«, sagte sie schnell, um ihre Rührung zu überspielen. Sie zog das Paket aus der Satteltasche. »Mit einem Trinktütchen Kakao und Trauben und Kirschen und Baguette mit Maronencreme.«

Sie machten es sich auf der Lichtung gemütlich, und Pierrette genoss es wieder einmal, Leonie beim Essen zuzuschauen. Die Kleine stopfte sich mit dreckigen Fingern den Mund voll und brachte es dabei fertig, fast ununterbrochen zu reden, abwechselnd mit Pierrette oder mit dem Esel. Was für eine kleine Plaudertasche, dachte Pierrette amüsiert. Pascal war nicht anders gewesen, mit elf Monaten hatte er angefangen zu sprechen und dann nicht mehr aufgehört. Es ging ihm so viel durch den Kopf, und alles musste raus. Wenn sie ehrlich war, hatte sie es auch oft anstrengend gefunden, besonders als er noch klein war und es meist um Bagger, Drachen, Haie und Roboter ging. Aber je älter er wurde, wie sehr hatte sie es genossen, mit diesem kleinen Quirl, der immer so viel erlebte, mit so offenen Augen durch die Welt ging und so viele Ideen hatte, gemeinsam zu Abend zu essen. Selbst wenn sie zu müde gewesen war, um noch viel zu erwidern, war es immer schön gewesen, ihm einfach zuzuhören. Der Arbeitstag mochte stressig gewesen sein, noch im Auto, auf der Heimfahrt, hatte sie vielleicht über berufliche Dinge nachgedacht, doch sobald sie abends zusammen aßen und sie staunend seinen Abenteuern des Tages zuhörte, war das alles von ihr abgefallen. Als er anfing zu sprechen, war sie entzückt gewesen, weil sie plötzlich einen Einblick in sein Denken, in seine Schlussfolgerungen bekam, in das, was ihn bedrückte oder beglückte. Ihr eigenes liebstes Spielzeug war als Kind die Märchen-Wunderschachtel gewesen. Ein Schuhkarton, im Kindergarten gebastelt, in dem innen eine märchenhafte Welt zu bewundern war: mit Tannen und kleinen Figuren. Vorne war ein Guckloch, durch das man schauen konnte, an den Seiten gab es mit buntem Transparentpapier beklebte Fensterchen, sie tauchten die Welt im Schuhkarton in ein buntes Schummerlicht, das ihre Fantasie anregte. Pascals nie stillstehender Kindermund erinnerte sie an ihre Märchenschachtel von damals. Es war immer faszinierend, wenn er ihr plaudernd einen Einblick in seine spannende Welt voller Wunder und Staunen gab.

Und jetzt Leonie. Die pure Lebensfreude, dieser Appetit, diese Stromschnellen der Gedanken. Pierrette fühlte sich beschämt. Leonie war nicht nachtragend. Sie hatte aus ihrer kindlichen Sicht sehr wohl einen Grund gehabt, sauer auf ihre Oma zu sein, denn die war hart und ungerecht zu ihr gewesen. Pierrette hatte Natalies Erziehungsfehler ausbügeln wollen. Aber mit welchem Recht? Sie war nicht die Mutter. Der Wirt in der Herberge sah das vollkommen klar: Großmütter waren zum Verwöhnen und Liebhaben da. Warum machte sie es sich so schwer? Haltung ist das, was einem Halt gibt im Leben, das war auch so ein Leitspruch ihrer Eltern gewesen. Sie waren aufrecht durchs Leben gegangen, wo sie waren, war oben. Südfrankreich, Pierrettes neue Heimat, war für sie bezeichnenderweise immer »da unten« gewesen. Aber Haltung war nicht alles. Wer sich nicht auch zu anderen hinbiegen kann, dachte Pierrette, der ist am Ende aufrecht, aber allein. So wie ihre Eltern allein »oben« zurückgeblieben waren, als sie nach Frankreich ging.

Sie griff zu ihren Zigaretten und zündete sich eine an.

»Ist das deine erste, Oma?«

»Was?« Verflixt, dachte Pierrette.

»Deine erste Zigarette?«

»Nein«, gab sie zu. »Meine zweite.«

»Du darfst aber nur eine. Ich ein Eis, du eine Zigarette. Unser Deal, weißt du noch?«

»Natürlich weiß ich das noch, *ma chérie*.« Pierrette drückte die Zigarette aus und streichelte Leonie über die Haare. »Weißt du was? Ich glaube, unser Deal war Schwachsinn. Also nicht komplett. Für dich war er Schwachsinn, für mich nicht. Was ich da von dir verlangt habe, war blöd.«

»Wie?«

»Ich meine, ich werde mich weiter daran halten: nur eine Zigarette pro Tag. Das tut mir gut, ich will sowieso aufhören zu rauchen. Gut, dass du aufgepasst hast. Aber was dich angeht – vergiss unseren Deal. Du kannst ab sofort immer ein Eis essen, wenn du eines möchtest.«

»Dann werde ich dick und kriege Löcher in den Zähnen.«

»Nein, wirst du nicht.«

»Hast du aber gesagt.«

Pierrette seufzte. »Ich hatte nicht richtig darüber nachgedacht. Wir laufen viel, wir bewegen uns, und wer sich viel bewegt, der muss auch viel essen.«

»Aber Eis ist doch kein Essen, oder?«

»Stimmt, Eis schmilzt. Eigentlich ist es eher Trinken, oder? Trinken ist immer gesund. Man muss viel trinken. Besonders wenn es heiß ist. Der Körper braucht viel Flüssigkeit.«

»Nein.« Leonie wiegte den Kopf. »Eis ist kein Trinken.«

»Wenn Eis kein Essen und kein Trinken ist, was ist es denn dann?«

Leonie zuckte die Schultern. »Eis ist Eis.«

»Na gut, Eis ist Eis.« Pierrette strich Leonie eine Locke aus der Stirn. »Und Eis ist gut für dich.«

In Leonies Augen blitzte der Schalk auf. »So gut wie ein Apfel?«

Pierrette zog sie spielerisch am Ohr. »He, übertreib's nicht. Sagen wir mal: Beim Wandern ist Eis prima.«

Sie gingen weiter Seite an Seite, und Leonies Welt war wieder in Ordnung, sie plauderte munter weiter, und Pierrette war richtig froh. War es nicht am wichtigsten, dass das Kind wieder glücklich war? Sie fühlte zum ersten Mal, seit ihre Enkeltochter auf der Welt war, eine echte, zärtliche Verbundenheit zu ihr. Dieses Gefühl durchströmte sie, machte ihre Schritte leicht und öffnete ihre Sinne. Sie lauschte auf das Plaudern und das Klappern der Hufe, sah das anmutige kleine Mädchen, ihre Enkeltochter, neben sich auf dem Esel reiten und genoss das alles, wie sie seit langer Zeit nichts mehr genossen hatte. Sie atmete tief ein und hatte plötzlich das Gefühl, dass nicht nur einfach Luft in ihre Lungen strömte, sondern die ganze Welt. Sie fühlte sich verbunden mit allem, was sie umgab, mit Leonie, dem Esel, dem blauen Himmel über ihnen und den Bäumen, mit den Schmetterlingen und der kleinen Echse, die sich auf einem Stein sonnte. Und überrascht stellte sie fest, dass dieses warme Gefühl von Verbundenheit sich sogar auf ihre Schwiegertochter ausdehnte.

Eigentlich war ihr, auch wenn sie es natürlich nie zugegeben hätte, der Gedanke, dass Leonie nicht nur Pascals Tochter war, sondern auch Natalies, immer leicht unangenehm gewesen. Als Pascal ihr damals am Telefon eröffnet hatte, dass Natalie schwanger sei, hatte sie zwar, um Pascal nicht zu verletzen, gesagt, sie freue sich. Das war aber nicht ganz die Wahrheit gewesen. Sie konnte sich für Pascal freuen, aber nicht für sich selbst. Sie hatte sich übergangen und zu etwas gezwungen gefühlt, was sie nicht wollte. Noch nicht wollte. Keiner hatte sie gefragt, ob sie schon Oma werden wollte. Keiner hatte sie gefragt, ob sie Oma eines Kindes von Natalie sein wollte. Ob es da plötzlich Blutsbande zu diesem ehemaligen Au-pair geben sollte. Bis dahin hatte sie gedacht, auf die Dauer würden die beiden nicht zusammenbleiben. Auch weil sie sich ansonsten hätte eingestehen müssen, damals falsch gehandelt zu haben, als sie die Trennung der beiden herbeigeführt hatte. Natalies Schwangerschaft hatte Pierrette, auch wenn sie es niemandem gegenüber zugegeben hätte, als Schlag ins Gesicht empfunden. Nicht nur dass Natalie Pascal doch wieder den Kopf verdreht hatte, jetzt machte diese Goldgräberin auch noch Nägel mit Köpfen und drehte ihm, der noch mitten im Studium war, schon ein Kind an. Inzwischen schämte sie sich für diese Gedanken. Wenn es damals nach ihr gegangen wäre, dann gäbe es Leonie heute nicht. Sie selbst war bei Pascals Geburt gerade mal achtzehn gewesen. Ihre eigene Mutter war bei Pascals Geburt zweiundvierzig gewesen, und sie regte sich darüber auf, mit vierzig schon Oma zu werden? Hatte sie überhaupt nichts gelernt? Wie konnte sie denselben Fehler machen wie ihre eigenen Eltern? Dass sie ihr in der ersten Aufregung zur Abtreibung rieten, hatte sie noch irgendwie verstanden, aber dass sie auch während der Schwangerschaft bei ihrer Meinung blieben, hatte sie als lieblos empfunden. Und dass sie sich nach Pascals Geburt nicht für ihren Enkel interessierten, hatte zu einer anhaltenden Entfremdung geführt. Sich für ihr Baby, für Pascal zu entscheiden, war das Beste, was sie in ihrem Leben getan hatte. Wie gut, dass Pascal und Natalie genauso gehandelt hatten. Warum nur hatte sie, auch wenn sie nach außen hin versucht hatte, sich nichts anmerken zu lassen, innerlich ähnlich ablehnend auf die Nachricht von der Schwangerschaft reagiert wie ihre eigenen Eltern? Im Grunde wusste sie es ganz genau: Sie war beleidigt gewesen, dass ihr Sohn ein Kind bekam, ohne sie zu fragen. Es war über ihren Kopf hinweg passiert, allein deshalb hatte sie ihre wunderbare Enkeltochter, als sie auf der Welt war, nach allen Regeln der Kunst ignoriert. Immer hatte sie die Arbeit vorgeschoben, wenn Pascal, Natalie und Leonie im Sommer zu Besuch kamen. Nur dass sie mit Pascal so viel mehr Glück gehabt hatte als ihre Eltern mit ihr. Sie hatte sich damals von ihren Eltern abgewandt, sie ignoriert, so wie sie Pascal ignoriert hatten. Pascal aber hatte den Kontakt zu seiner Mutter nie abgebrochen. Pascal hatte, seit er ausgezogen war, treu jeden Samstag angerufen, war jeden Sommer mit seiner Familie nach Montpellier zu ihr gekommen. Er hatte sie einbeziehen, ihr die neue Rolle als Großmutter nahebringen wollen. Wie sehr hatte er um ihre Zuneigung, um ihr Interesse für seine kleine Tochter geworben. Und sie, was hatte sie getan? Die Arbeit vorgeschützt und Leonie fast nur schlafend gesehen.

Aber es war ja nicht nur seit Leonies Geburt so gewesen. Sie erinnerte sich, dass Pascal auch schon in den Jahren davor immer mit Natalie im Sommer nach Hause gekommen war. Er hatte, das wurde ihr jetzt klar, auch immer wieder versucht, dass sie und Natalie sich näherkamen, für Interesse und Sympathie geworben, für familiäre Bande. Nicht nur bei den Besuchen im Sommer. Jedes Samstagstelefonat endete damit, dass er sagte: »Warte, ich gebe dir noch kurz Natalie!« Oh Gott, dachte sie erschüttert. Es ist zu spät. Ich kann ihn nicht mehr um Verzeihung bitten.

»Warum weinst du, Oma?« Pierrette, von der Frage Leonies aus ihren Gedanken gerissen, wischte sich schnell über die Augen.

»Oh, ich weine nicht. Das ist nur eine Allergie.«

Leonie nickte verstehend. »Das sagt Mama auch immer. Aber das ist nur eine Ausrede. Sie weint oft, wenn sie an Papa denkt.«

Pierrette antwortete nicht, sie kämpfte mit den Tränen. Jetzt stand sie hier, mitten in den Cevennen, neben ihrer kleinen Enkelin und einem großen, zotteligen Esel, und alle Dämme waren gesprengt. Es fühlte sich erbärmlich und zugleich befreiend an.

»Brrr, Pistou!« Pierrette fasste kurz entschlossen ans Halfter des Esels, und als er stand, nahm sie ein Taschentuch, wischte sich über die Augen, schnäuzte sich, steckte das Taschentuch wieder weg und lächelte Leonie zu. »Du wolltest doch gestern die Mama anrufen. Willst du das vielleicht jetzt tun?«

»Jaaaaaa!« Leonie sprang jubelnd vom Sattel, ihr in die Arme.

Pierrette griff nach ihrem Handy und tippte auf die Kurzwahl. »*Mon Dieu,* ça *alors*«, murmelte sie, als sie bemerkte, dass der Akku fast leer war. Vage erinnerte sie sich, dass heute Morgen das Handy auf dem Boden gelegen hatte, vom Ladekabel getrennt. Womöglich war das nicht, wie sie angenommen hatte, beim Aufstehen passiert, sondern schon in der Nacht, kurz nach dem Anschließen.

»Hier, aber bitte nur kurz, der Akku ist fast leer.«

Leonie nickte und hielt das Handy ans Ohr. Aufgeregt hüpfte sie von einem Bein aufs andere. Doch es ging niemand dran. Zuerst hörte das Tänzeln auf, dann breitete sich die Enttäuschung auch auf Leonies Gesicht aus.

»Sie ruft bestimmt bald zurück«, sagte Pierrette und steckte das Handy wieder ein. Sie wollte Leonie tröstend in den Arm nehmen, doch die war schon wieder abgelenkt.

»Schau mal, ist der niedlich!«, rief sie aus und deutete auf einen kleinen Hund auf dem Weg. Sie lief auf ihn zu, da drehte der Hund sich um und lief fort. Leonie blieb stehen, und als der Hund merkte, dass sie ihm nicht mehr nachrannte, blieb er auch stehen und drehte sich wieder zu ihnen um. Es war ein mittelgroßer, braun-weiß gescheckter Mischling mit Schlappohren, kurzem Fell und großen, braunen Augen. Leonie ging in die Hocke und streckte die Hand aus, um ihn anzulocken.

»Hallo, kleiner Hund, wo sind denn deine Menschen?«

»Komm, Leonie, lass den Hund und steig wieder auf, wir müssen weiter«, drängte Pierrette.

»Aber ich glaube, der hat sich verlaufen«, sagte Leonie. »Wir müssen ihm helfen, er hat bestimmt seine Familie verloren.«

»Nein, der Hund hat niemanden verloren. Er trägt kein Halsband, das ist ein Streuner.«

»Was ist ein Streuner?«

»Eine Art Bettler der Hundewelt«, sagte Pierrette.

»Ein Bettler?«, fragte Leonie.

»Ja, wie die Obdachlosen, die man manchmal in der Stadt sieht. Die betteln auch, haben einen Becher, in den die Leute Geld tun.«

»Aber der Hund bettelt um Essen, oder?«

Pierrette biss sich auf die Zunge. Sie musste jetzt aufpassen, was sie sagte, sonst würde Leonie auf eine sehr dumme Idee kommen. Zum Beispiel ihr restliches Essen an den Hund zu verfüttern. »Wahrscheinlich bettelt er nicht, sondern ist nur neugierig. Er sieht nicht hungrig aus.«

»Doch, ich glaube, er bettelt. Wieso bettelt er? Hat er denn kein Zuhause?« Leonie näherte sich weiter vorsichtig dem Hund.

»Doch, bestimmt hat er ein Zuhause«, sagte Pierrette. »Sein Zuhause ist nur anders als das von anderen Hunden. Er lebt nicht mit Menschen, sondern mit Hunden zusammen. Das ist seine Familie. Er ist ein freier Hund. Eigentlich haben solche Hunde es viel besser als normale Hunde. Sie müssen niemandem gehorchen und leben in der Natur, gemeinsam mit ihren Hundefreunden.«

»Aber sie haben niemanden, der sie streichelt.«

»Dafür haben sie Zecken und Flöhe und wer weiß was sonst noch, du solltest ihn nicht anfassen.«

»Und wenn es regnet und kalt ist? Was macht er dann?«

»Dann gräbt er sich eine Höhle.« Meine Güte, Leonie wollte es aber ganz genau wissen.

»Oder sie suchen sich einen Unterschlupf?«, fragte Leonie.

»Genau, oder sie suchen sich einen Unterschlupf«, bestätigte Pierrette.

»Und wenn ein Gewitter kommt? Er ist doch kein Esel, er hat keine Blitzableiter-Ohren.«

»Aber er ist ja in seiner Höhle, da ist er sicher. Jedenfalls musst du dir keine Sorgen um diesen Hund machen, er braucht uns nicht, ihm fehlt nichts, er ist vollkommen glücklich ohne Menschen.«

»Aber warum läuft der uns dann nach? Ob er doch Hunger hat?«

Der Hund stand auf und kam ein bisschen näher, immer noch sehr vorsichtig. Oh je, da hatte sie es. Jetzt machte Leonie sich schon wieder Gedanken über seine Ernährung. Das ging in eine völlig falsche Richtung. »Ach, nein, das glaube ich wirklich nicht«, sagte sie schnell. »Sieh mal, der sieht ziemlich gut genährt aus. Der hat ordentlich was auf den Rippen. Der ist nicht hungrig.«

»Hat er Durst?«

»Ausgeschlossen. Diese Hunde wissen ganz genau, wo Bäche und Teiche und Flüsse sind. Der hier kennt sich hier besser im Wald aus als wir.«

»Aber wir können ihm ja was geben, dann sehen wir, ob er was mag.«

Der Hund schaute zu Leonie, wedelte unsicher mit dem Schwanz, kam ein paar Meter näher, etwa zehn Meter von ihnen entfernt setzte er sich. Dann schaute er zu Pierrette, als fürchtete er, weggescheucht zu werden. Leonie sprach mit leiser, sanfter Stimme zu ihm, und langsam fasste der Hund etwas mehr Vertrauen, kam näher, in geduckter Haltung.

»Er will gestreichelt werden, aber er traut sich nicht näher ran«, stellte Leonie fest und sah zu Pierrette. »Das ist komisch, oder?«

»Vielleicht hat er Angst vor dem Esel«, sagte Pierrette.

Leonie sah vom Hund zu Pierrette und wieder zum

Hund. »Nein, ich glaube, er hat Angst vor dir, Oma.« Leonie kroch, immer noch in der Hocke, einen Schritt auf den Hund zu. Er winselte und wedelte, blieb aber, wo er war.

Leonie hatte recht. Der Köter traute sich wegen ihr nicht weiter vor. Einerseits wusste Pierrette den Respekt des Tieres zu schätzen. Andererseits gefiel es ihr nicht: Wie kam Leonie darauf, dass der Hund Angst vor ihr hatte? Welchen Eindruck musste sie von ihrer Großmutter haben?

»Weißt du, Leonie, vielleicht liegt das daran, dass ich erwachsen bin«, erklärte sie ihrer Enkeltochter betont vernünftig. »Streuner werden meist von erwachsenen Menschen weggescheucht. Und es gibt Leute, die sind gemein zu Straßenhunden und treten nach ihnen oder schlagen sie.«

Leonie riss die Augen auf. »Warum?«

»Keine Ahnung. Vielleicht weil sie Angst haben, dass sie beißen.«

»Aber er sieht so lieb aus. Er beißt nicht, oder?«

Pierrette zuckte mit den Schultern. »Das weiß man nicht. Vielleicht ist er krank. Fass ihn lieber nicht an. Komm, lass uns weitergehen.«

In diesem Moment erhob sich der Hund wieder und schlich geduckt und schwanzwedelnd auf Leonie zu. Meine Güte, der hat es echt drauf, dachte Pierrette und unterdrückte die aufkeimende Rührung. Dieser Straßenköter wusste, wie man Menschen manipulierte. Wahrscheinlich jahrelange Übung, er spielte sie wie eine Violine. Und je kleiner die Menschen waren, je mehr noch Herz als Verstand, desto leichteres Spiel hatte er mit ihnen. Entschlossen nahm sie Leonie bei der Hand. »Komm jetzt. Solche

Streuner können schlimme Krankheiten übertragen. Du solltest ihm nicht zu nahe kommen.«

Leonie protestierte laut schreiend, versuchte, sich ihrem Griff zu entziehen, wand sich an ihrer Hand, aber diesmal war Pierrette unnachgiebig. Es ging um Leonies Gesundheit und um ihren jetzt schon grollenden Magen. Sie würde nicht noch einmal hungrig wandern, weil ein Tier sich ihr Essen einverleibte. Von einem Augenblick zum anderen hörte Leonie auf zu schreien, stattdessen schaute sie zum Weg, dorthin, wo eben noch der Hund gewesen war. Er hatte sich aus dem Staub gemacht. Kluges Tier, dachte Pierrette. Leonie ließ den Kopf hängen und flüsterte etwas.

»Wie bitte?«, fragte Pierrette, streichelte ihr über die Wange und beugte sich zu ihr hinab. »Ich habe dich nicht verstanden, was hast du gesagt?«

Leonie hob den Kopf und sah sie an. In ihren Augen standen Tränen. »Du bist so gemein«, flüsterte sie. »Mama hätte es erlaubt.«

Es war wie ein Stich ins Herz. Pierrette nickte langsam. »Ja, *ma chérie.*« Sie reichte Leonie ein Taschentuch. Da hatte sie es. Schon wieder. Leonie hielt sie für ein gefühlloses Monster. Wenn es wenigstens irgendwo eine Eisdiele in der Nähe gegeben hätte.

Pierrette setzte sich auf den Boden und dachte nach. Leonie stand neben ihr, schniefte und schaute zu der Stelle, wo der Hund gewesen war.

»Hör zu, Leonie«, sagte Pierrette sanft, als sie sich etwas beruhigt hatte. »Ich weiß, ich bin nicht die Mama, ich bin nur deine Oma. Und ich muss noch viel lernen als Oma. Ich kenne dich ja noch nicht so gut und passe zum ersten Mal auf dich auf, und ich will das gut machen. Ich habe deiner Mama versprochen, dass ich gut auf dich aufpasse. Aber ich mache vielleicht manchmal Fehler oder übertreibe. Vielleicht wäre es wirklich nicht so gefährlich gewesen, den Hund zu streicheln oder zu füttern, aber ich weiß es nicht genau, und deshalb bin ich lieber vorsichtig. Ich will nicht, dass dir etwas passiert. Verstehst du das?«

Leonie setzte sich neben sie und sah sie mit ihren großen, schimmernden Augen an. »Der Hund tut mir so leid. Ich glaube, er hatte doch Hunger.«

»Aber solche Hunde kommen schon zurecht, wirklich. Und wir brauchen unsere allerletzte Essensration selbst, es ist noch ein weiter Weg. Ich weiß ja nicht, wie es dir geht, aber ich habe schon wieder einen Bärenhunger.«

»Aber ich hätte ihm doch nicht deinen Anteil gegeben, nur meinen.«

Pierrette seufzte und streichelte ihr übers Haar. »Ich weiß, *ma chérie*.«

»Kann ich Mama anrufen?«

»Das ist eine gute Idee.« Pierrette reichte ihr wieder das Handy. Es zeigte nur noch sechs Prozent Akkuleistung an. Wieder ging der Anruf zwar durch, aber es meldete sich niemand. »Macht nichts«, sagte Pierrette tröstend. »Sie wird sehen, dass du angerufen hast, und ruft ganz sicher bald zurück.«

Merkwürdig, dachte sie, als sie Leonie wieder in den Sattel hob. Zuerst schickt Natalie beinahe stündlich Nachrichten oder ruft an, und jetzt geht sie nicht ans Telefon. Was ist da los? Sie nahm sich vor, es in einer Stunde wieder zu versuchen. Wenn sie dann wieder nicht dranginge, könnte sie sich bei Jacques erkundigen, ob er in letzter Zeit etwas von ihr gehört hatte. Oder bei dieser Eselfrau, deren Nummer hatte sie eingespeichert. Verkehrte Welt. So weit war es gekommen, dass sie sich jetzt Sorgen um ihre Schwiegertochter machte. Meine Güte, das war ja geradezu ansteckend. Nein, sie würde die Ruhe bewahren, ihren Akku für den Notfall schonen, in der nächsten Herberge das Handy wieder aufladen und dann anrufen. So war es perfekt und vernünftig. Bestimmt war alles in bester Ordnung, und Natalie hatte nur endlich mal den Aus-Knopf an ihrem Handy entdeckt.

Nach einer Wegbiegung standen sie plötzlich vor einem umgestürzten Baum. Das hatte noch gefehlt. Leonie versuchte, Pistou dazu zu überreden, darüberzuspringen, aber Pierrette ahnte, dass das zwecklos war. Sie verfluchte ihre Nachlässigkeit mit dem Handy. Hätte sie noch genügend Akku, könnte sie jetzt auf Google Maps nach einer Alternativroute schauen. Jetzt war sie allein auf die Karte und ihren Orientierungsinstinkt angewiesen. Schnell breitete sie die Wanderkarte aus, sah, dass es zwei Wege gab, die sie stattdessen nehmen konnten, einen kürzeren, der über einen Berg führte, und einen längeren, der wahrscheinlich leichter zu gehen war. Sie entschied sich für den kürzeren. Mochte er auch anstrengender sein, wenigstens würden sie Florac noch im Hellen erreichen. Sie freute sich schon bei dem Gedanken an Florac. Auch hier war die Eselherberge bereits im Preis enthalten, doch Pierrette hatte in diesem größeren Ort zusätzlich für Leonie und sich ein Zimmer im besten Hotel gebucht. Heute Abend würden sie im Grand Hôtel du Parc schlemmen, so viel war sicher. Sie würde es sich mit Leonie richtig gut gehen lassen, zum

Essen den besten Wein genießen, den dieses Provinzhotel aufzubieten hatte, und die Kleine dürfte so viel Eis und Crêpes essen, wie sie wollte.

Sie waren schon wieder eine halbe Stunde unterwegs, als der Esel unruhig wurde. Leonie blickte sich um und quietschte vor Freude auf. »Er ist wieder da! Der Hund ist wieder da! Er ist uns gefolgt!« Schon sprang sie vom Esel und lief ihm entgegen.

Pierrette wusste, diesmal hatte der Hund gewonnen. In Gedanken ging sie durch, was von ihrem Essen der Hund mögen würde. Was soll's, dachte sie. Oberstes Gebot: kein Stress mit Leonie. Soll der Köter unsere Reste fressen. In Florac wartet ein Festmahl auf uns.

Sie sattelte den Esel ab und band ihn an der langen Leine an einen Baum, so dass er grasen konnte. Ihn ganz freizulassen, traute sie sich nicht. Nachher rannte er vor dem Hund davon? Offenbar machte der ihn ja nervös. Leonie hatte wieder begonnen, sich dem Streuner anzunähern, dasselbe vorsichtige Spiel wie vorher. Na warte, dachte Pierrette, das kürzen wir ab. Sie rupfte ein Büschel saftige Gräser für den Esel und fütterte ihn damit. Prompt beobachtete der Hund sie interessiert. Geht doch, dachte Pierrette, holte als Nächstes die Essensreste aus den Packtaschen und breitete sie auf dem Boden aus.

»Komm, Leonie, setz dich zu mir, ich wette, er kommt näher, wenn wir ihn nicht beachten und einfach anfangen zu essen.«

Leonie setzte sich, und wirklich, der Hund kroch ein wenig näher, leckte sich über die Schnauze.

»Also schön«, sagte Pierrette leise zu Leonie. »Damit das klar ist: Du darfst ihn nicht anfassen! Aber du darfst ihn mit ein bisschen Brot und Käse füttern. Wir geben ihm die Hälfte ab, die andere Hälfte teilen wir uns, ja?«

Leonies Augen strahlten, während sie dem Hund seine Ration zuwarf, und Pierrette wurde es warm ums Herz. Sie forderte Leonie zwischendurch immer wieder auf, selbst zu essen. Die Kleine war durch den Hund abgelenkt, sie bekam gar nicht mit, dass Pierrette nichts aß. Natürlich war klar, dass sie den Streuner nun an der Backe hatten. Als sie weiterwanderten, lief der Hund hinter ihnen her. In geringerem Abstand jetzt, so nah, dass andere Wanderer ihn für ihren Hund gehalten hätten. Was soll's, dachte Pierrette. Leonie ist glücklich, und sie hat sich an das Nicht-Anfassen-Gebot gehalten. Es ist ja nicht für ewig. In der nächsten Herberge wird der Hund sich anderen Wanderern zuwenden. Oder irgendwann dorthin zurückrennen, wo er hergekommen ist.

Nach einer guten Stunde hatte Pierrette das Gefühl, dass sie eigentlich schon längst eine kleine Ansiedlung hätten erreichen müssen. Hatten sie sich etwa verlaufen? Sie verfluchte ihr Handy, das sich inzwischen mangels Stroms ausgeschaltet hatte. Jetzt konnte sie nicht einmal mehr ihren Standort ermitteln. Es blieb ihnen nichts anderes übrig, als bis zur nächsten Kreuzung zu laufen. Dort würde es hoffentlich diese gelben Wegweiser geben, und vielleicht schon mithilfe der Wegweiser, sicher aber in Kombination mit ihrer Wanderkarte würde sie herausfinden können, ob sie noch auf dem richtigen Weg waren und wie weit es noch bis Florac war.

Endlich kamen sie zu einer Lichtung, die in eine riesige Schafweide mündete. Wie weiße Kleckse standen am anderen Ende der Weide an die hundert Schafe mit ihren

Lämmern, umgeben von einem Elektro-Weidezaun. Pistou blieb stehen, die Ohren aufgestellt, seine Nüsternhaare vibrierten. Pierrette klopfte ihm auf den Hintern.

»Komm schon, das sind nur Schafe, hast du noch nie Schafe gesehen?« Sie war erleichtert. Wenn es hier Schafe gab, war der nächste Ort bestimmt nicht mehr weit. Sie hatten sich also doch nicht verlaufen, es war alles in Ordnung.

»Ich glaube, Pistou hat Angst«, sagte Leonie. Sie setzte sich im Sattel auf und legte, von der schon tiefstehenden Sonne geblendet, die Hand über die Augen.

Pierrette lachte. »Angst vor Schafen? Dann ist er wirklich ein Esel!«

»Nein!«, rief Leonie und zeigte zum Waldrand auf der anderen Seite der Lichtung. »Ich glaube, er hat keine Angst vor den Schafen, sondern vor denen da!«

Am anderen Ende der Weide lösten sich drei weiße Punkte von der Herde und bewegten sich auf sie zu. Jetzt hörte man auch das Kläffen. Es waren weiße, große Herdenschutzhunde. Pierrette hatte von diesen Hunden gehört, sie waren bis zu achtzig Kilogramm schwer und dazu gezüchtet, um bei ihrer Schafherde zu leben, Tag und Nacht, und auf sie aufzupassen und es mit Hunden, Wölfen und sogar Bären aufzunehmen. Der Streuner begann nun ebenfalls zu kläffen.

»Bist du wohl still!«, herrschte Pierrette ihn an. Das fehlte noch, dass dieser dumme Hund diese Ungeheuer gegen sie aufbrachte. Wahrscheinlich hatten sie gar nichts gegen Menschen oder den Esel, aber gegen den Hund! Der war hier schließlich der potenzielle Schafräuber! Oh, es war ein Fehler gewesen, Leonie nachzugeben und diesem

Straßenköter zu erlauben, sich ihnen anzuschließen. Das hatte sie nun davon, sich bei ihrer Enkelin beliebt machen zu wollen und sich zu Dingen breitschlagen zu lassen, die schlichtweg unvernünftig waren. Aber was nun? Ihre Gedanken rasten. Würde der Zaun die Höllenhunde aufhalten? Er war nur hüfthoch, stand aber doch hoffentlich unter Strom. Würden sie darüberspringen oder ihn umreißen? Die dünnen Metallstäbe, an denen das Drahtgeflecht befestigt war, schienen nur provisorisch in den Boden gerammt und nicht besonders stabil. Pierrette suchte den Waldboden nach einem Knüppel ab, fand aber keinen. Sie brauchte etwas, um Leonie und sich zu verteidigen! Der Esel schnaubte, tippelte ängstlich zur Seite, Leonie hatte ihre liebe Not, ihn zu bändigen.

»Spring ab!«, schrie Pierrette ihr über das laute Kläffen der Hunde hinweg zu.

Die weißen Riesenhunde erreichten jeden Augenblick den Zaun, doch Leonie reagierte nicht, sie war ganz auf den Esel konzentriert, redete beruhigend auf ihn ein. Ja, dachte Pierrette. Sie macht es richtig. Die Ruhe bewahren. Die Aggression der Hunde galt – da war Pierrette sich ziemlich sicher – in erster Linie dem Streuner. Er war das Raubtier, der Wolf. Und der Streuner, dieses dumme Tier, zog nun seinerseits die Lefzen hoch und knurrte. Pierrettes rationales, lösungsorientiertes Hirn flüsterte ihr die Lösung zu: Nimm ihn und wirf ihn über den Zaun! Er ist der Preis für Leonies Sicherheit. Sollen die Viecher das unter sich ausmachen. Aber sofort schämte sie sich für den Gedanken. Das wäre der sichere Tod für das arme Tier. Und Leonie würde mit ansehen, wie die großen Hunde ihn in Stücke rissen. Was aber war zu tun?

Rückzug, und zwar schnell! Sie musste den Esel hier wegziehen! Und dann hoffen, dass die Herdenschutzhunde es gut sein ließen. Schnell machte sie einen Satz zum Esel hin und packte ihn am Halfter. Doch Pistou erschrak vor ihrer plötzlichen Bewegung, riss den Kopf hoch und scheute zur Seite, um sich zu befreien, und preschte dann mit der aufschreienden Leonie im Sattel weg von ihr, hin zu einer Lücke zwischen Wald und Zaun. Doch die Lücke war zu eng, die rechte Satteltasche blieb an einem Ast hängen, woraufhin Pistou den Zaun berührte, einen elektrischen Schlag bekam und sich mit dem linken Vorderbein im Drahtgeflecht verfing. Panisch versuchte er, sein Bein frei zu bekommen, und riss dabei den Zaun um. Über das Kläffen der Hunde hinweg hörte Pierrette, wie Leonie in höchster Not »Mamaaaa!« schrie. Sie hing schief im Sattel und klammerte sich am Croisillon fest, während der Esel verzweifelt zappelte und sprang und riss. Dann war er plötzlich frei und galoppierte in rasendem Tempo davon.

Nein!, war alles, was Pierrette denken konnte. Sie wollte hinterher, doch da sprangen schon die Hunde über den Zaun, der jetzt kein Hindernis mehr für sie war. Sie kläfften nicht mehr, sie knurrten und zeigten die Zähne, angriffsbereit. Der Streuner versteckte sich bellend hinter Pierrette. *Merde*, dachte sie. Warum rannte er nicht auch weg? Besaß er weniger Verstand als der Esel? Da entdeckte sie doch noch einen dicken Ast am Boden. Blitzschnell hob sie ihn auf und spürte, wie ein großes Gefühl von ihr Besitz nahm. Es war Wut. Riesengroße, mächtige, adrenalinpulsierende, lebendige und kraftspendende Wut. Mit dem Stock in ihrer Hand hatte sie jetzt eine Waffe, und sie war bereit zu kämpfen. Diese Mistviecher waren schuld, dass der Esel in Panik geraten war. Oh Gott, hoffentlich hielt sich Leonie im Sattel, hoffentlich passierte ihr nichts! Die Wut ballte sich in ihr zusammen, bereit zur Explosion. Diese Hunde hatten ja keine Ahnung, mit wem sie sich einließen. Oh nein, sie würden Leonies kleinen Streuner nicht in die Fänge kriegen. Er hatte Recht, dass er Schutz bei ihr suchte. Diese Köter waren zwar aggressiv und zu dritt, aber es waren nur Hunde. Sie war ihnen überlegen, denn sie war ein Mensch. Drohend hob sie den Stock hoch über den Kopf, um sich größer zu machen. Eine befehlsgewohnte menschliche Stimme, ein herrisches Kommando, das würde funktionieren. Diese Tiere waren von Menschen abgerichtet, sie hörten auf Menschen.

»Ab! Aus! *Vite!*«, brüllte sie, so laut und aggressiv wie noch nie in ihrem Leben, schwang drohend den Stock und machte einen großen Schritt auf die Höllenhunde zu. Das Leittier stand direkt vor ihr, hatte die Lefzen hochgezogen und knurrte. Sie sah ihm direkt in die Augen, ohne auch nur einmal zu blinzeln, und war sich ihrer menschlichen Überlegenheit bewusst.

Und das Wunder geschah: Der Leithund wandte den Blick ab, machte kehrt. Sie hatte gewonnen! Der Impuls, gleich loszurennen, um Leonie zu suchen, war mächtig, aber wenn sie jetzt schon zurückwich, würden die Tiere womöglich doch noch angreifen. Ihr Herz raste, aber sie zwang sich, ruhig stehenzubleiben. Keine Schwäche zeigen! Da nahm sie aus den Augenwinkeln wahr, wie einer der anderen Hunde um sie herumlief und von der Seite zum Sprung ansetzte. Sie drehte sich zu ihm um, wollte ausweichen, ihn ins Leere fliegen lassen und ihm von hinten eins überziehen, doch sie stolperte über eine Wurzel und fiel zu Boden. Sie fühlte einen stechenden Schmerz, der durch den ganzen Körper fuhr, und wusste sofort, dass gerade etwas ganz Grundsätzliches kaputtgegangen war.

Leonie, ich muss zu Leonie, dachte sie, versuchte verzweifelt, sich aufzurappeln, doch im nächsten Augenblick waren die Hunde über ihr, und sie verlor das Bewusstsein.

Salomé

Saint-Jean-du-Gard, Dienstag

Natalie fasste einen Entschluss. Es reichte jetzt mit der Heimlichtuerei. Gerome hatte völlig recht. Sie würde den restlichen Urlaub mit Leonie verbringen, sie hätten eine tolle Zeit, und am Schluss würde sie mit Leonie mit der Dampflok fahren und auch diesen Bambusgarten besuchen, von dem Gerome gesprochen hatte. Und was Pierrette anging, so konnte sie entweder mitmachen oder es bleiben lassen, ihre Entscheidung. Salomé stupste sie mit dem Maul an, und Natalie lächelte und streichelte sie.

»Ja, ich weiß, hier gibt's nichts zu fressen, gleich gehen wir weiter. Einen Moment, ich muss nur noch bei Pierrette anrufen.« Sie nahm das Handy von Félix. Jacques hatte noch nicht zurückgerufen, sie hatte die Handynummer von Pierrette immer noch nicht, aber ihr war etwas eingefallen: Schnell tippte sie die Festnetznummer der Villa Berger ein, die sie immer noch auswendig kannte, sie hatte sich in den letzten zwölf Jahren nicht geändert. Mit etwas Glück ginge dort jemand ans Telefon. Die Zeit der Au-pairs war zwar passé, aber normalerweise, das wusste Natalie, bestellte Pierrette sich für ihre Urlaube einen House-Sitter. Sie hatte Glück. Eine weibliche Stimme meldete sich. Natalie stellte sich vor und schilderte ihr Anliegen. Sie merkte, dass die Frau zögerte, einer Anruferin, die sie nicht persönlich kannte, die private Handynummer von Madame Berger zu geben. Also gab sie der Frau ihre Handynummer und bat sie, Madame Berger bitte auszurichten, sie solle sich schnellstmöglich bei ihr melden, es sei dringend. Als die Frau sich alles notiert hatte, bat Natalie sie noch um die Nummer der Kanzlei von Jacques. Das war eine öffentliche Nummer, und die Haussitterin war froh, ihr wenigstens hierbei direkt weiterhelfen zu können. Doch in der Kanzlei gab man die Auskunft, er sei heute bei Gericht. Auch hier hinterließ Natalie ihre neue Telefonnummer und bat um schnellstmöglichen Rückruf.

Merde, murmelte sie. Es war wie verhext. Da kam ihr eine neue Idee, und sie googelte die Telefonnummer der Eselherberge in Luziers. Nach dem zweiten Klingeln meldete sich Céline. Endlich hatte sie mal Glück. Doch Céline redete nach dem *Salut* gleich weiter, auch hier der Anrufbeantworter. Natalie sagte, dass alles in Ordnung sei, ihr nur in Saint-Jean das Handy gestohlen worden sei, der Wirt des Cafés ihr aber seines geliehen habe, und gab die neue Nummer durch. Mittendrin meldete sich Céline doch persönlich.

»*Salut*, Natalie, alles klar bei dir?« Es tat gut, ihre Stimme zu hören. Natalie hatte von Anfang an das Gefühl gehabt, dass die Eselvermieterin sie mochte. Schon bei der Begrüßung hatte sie Natalie so freundlich und wohlwollend angeschaut, als würden sie sich von irgendwoher kennen, und fast wie eine Freundin behandelt.

»Ja, es ist alles in Ordnung, ich wollte nur sagen, dass ich unter der alten Nummer nicht mehr erreichbar bin.«

Natalie schilderte den Vorfall im Café und dass der Wirt des Cafés, in dem ihr die Kinder das Handy geklaut hatten, ihr freundlicherweise seins geliehen hatte.

»Bist du okay?«, fragte Céline.

»Ja, klar, ich komme zurecht. Es war nur ein Handy-Diebstahl, keine große Sache, niemand ist verletzt oder so.« Natalie zögerte. »Es ist nur … na ja, das Gefühl ist blöd, dass ich jetzt meine Schwiegermutter und meine Tochter nicht erreichen kann, ich weiß ihre Telefonnummer nicht auswendig. Also die meiner Tochter natürlich schon, aber ich glaube, ihr Handy ist ausgestellt. Und meine Schwiegermutter und meine Tochter können mich jetzt nicht mehr erreichen, sie haben ja meine neue Nummer nicht.« Ihr kam eine Idee. »Ich weiß von dem Freund meiner Schwiegermutter, dass die beiden auch von Luziers aus losgelaufen sind, aber von einer anderen Herberge. Weißt du, welche anderen Eselvermietungen es da bei euch gibt? Dann könnte ich dort vielleicht mal anrufen und nach der Nummer fragen. Bestimmt hat meine Schwiegermutter da ihre Handynummer hinterlassen, für Notfälle, so wie du auch meine hast. «

Es war still in der Leitung. »Céline, bist du noch dran?«

»Ja, ich bin noch dran.«

»Hör zu, tut mir leid. Ich habe schon bei meiner Schwiegermutter zuhause und in der Kanzlei ihres Freundes meine Nummer hinterlassen, das sollte reichen, kein Grund, alle Welt verrückt zu machen. Außerdem geht meine Schwiegermutter sowieso nie ans Telefon. Also, ich wandere jetzt einfach weiter und warte ab, sie wird sich schon irgendwann melden.«

»Alles klar«, sagte Céline mit belegter Stimme. Es

entstand wieder eine Gesprächspause. Natalie hatte das Gefühl, als wolle Céline noch etwas sagen, aber dann wünschte sie ihr nur eine gute weitere Wanderung und verabschiedete sich.

Enttäuscht ging Natalie mit Salomé weiter. Ein bisschen hatte sie gehofft, Céline würde ihr trotzdem helfen und Pierrettes Telefonnummer ausfindig machen. Verärgert kickte sie einen Stein aus dem Weg. Aber sie war ja selbst schuld. Wann würde sie endlich lernen, konkret um Hilfe zu bitten, wenn sie welche wollte, statt sich hinter Nein-danke-ich-brauche-nichts-Floskeln zu verstecken?

Der Weg führte sie eine Weile auf einem sonnigen Weg am Fluss entlang, bevor es wieder hoch in die Wälder und in den kühlen Schatten ging. Sie waren nicht die Einzigen am Fluss, es gab viele Touristen, die sich die Zeit bis zur Rückfahrt mit der Dampfeisenbahn bei einem Bad im Fluss vertrieben, und einige Wanderer kamen ihr entgegen, blieben stehen und fragten, ob sie ein Foto machen dürften.

»*Bien sûr*«, sagte Natalie lächelnd und beobachtete die kleine Foto-Session mit einer Salomé, die routiniert ihre langen Ohren spitzte und fürs Foto posierte und dafür Streicheln von vielen Händen erntete.

»Wie ist es, mit einem Esel zu wandern?«, fragte einer der Wanderer.

Ja, wie war es, mit einem Esel unterwegs zu sein? Sie dachte daran, was Gerome zu ihr gesagt hatte über das Wandern mit Salomé, und antwortete lächelnd: »Es verändert einen.«

In diesem Moment klingelte ihr Telefon, und sie nahm es so hektisch heraus, dass es ihr aus der Hand und zu

Boden fiel. Schnell hob sie es auf, es klingelte immer noch. Es war Céline.

»Natalie, ich schicke dir die Nummer deiner Schwiegermutter per SMS, wollte ich nur sagen.«

»Oh, großartig!« Natalie war ganz überwältigt vor Dankbarkeit. Céline hatte tatsächlich Pierrettes Nummer in Erfahrung gebracht. »Ich weiß nicht, wie ich dir danken soll, das ist so nett von dir. Tausend Dank!«

»Nein, bedank dich lieber nicht bei mir«, sagte Céline. Ihre Stimme klang verlegen. Sie räusperte sich. »Hör zu, ich muss dir etwas sagen, was ich dir schon längst hätte sagen sollen. Deine Schwiegermutter … also, sie ist auch von hier losgelaufen. Von unserer Herberge aus. Sie haben den anderen Esel, Pistou. Und sie ist mit deiner Tochter auch nicht einen Tag früher, sondern einen Tag später als du gestartet. Sie wusste, dass du ihr nachwandern wolltest, und hat dich vorauslaufen lassen. Es war alles abgesprochen. Sie hat dich … na ja, ausgetrickst. Sie hat mir das Versprechen abgenommen, dir nichts davon zu sagen.«

Natalie war sprachlos. »Aber … warum?«

»Sie sagte, sie wolle sich nicht hetzen lassen. Ich denke, sie wollte die Kontrolle behalten.«

Natalies Gedanken rasten. Jacques hatte sie verraten, er hatte Pierrette von ihrem Plan erzählt. Und sie war so naiv gewesen zu glauben, er stünde auf ihrer Seite.

»Ja, ich wollte nur, dass du das weißt«, sagte Céline und räusperte sich wieder. »Ich fand es nicht in Ordnung, von Anfang an nicht. Es ist Zeit, dass du es weißt. Deine Schwiegermutter ist …«

»*Le grand malheur*«, versuchte Natalie zu scherzen, um sich die Demütigung nicht zu sehr anmerken zu lassen.

Sie überlegte. »Das heißt, sie kommen heute in Florac an, nicht wahr?«

»Ja, genau.«

»Dann gehe ich nach Florac zurück! Meinst du, ich finde noch irgendwo einen Platz zum Übernachten für den Esel und mich? Meine Herberge war gestern ausgebucht.«

»Das ist kein Problem«, sagte Céline, »du kannst das Zimmer von deiner Schwiegermutter übernehmen. Das Herbergszimmer war im Gesamtpaket enthalten, aber ich weiß, dass deine Schwiegermutter in Florac für sich und deine Tochter zusätzlich eine luxuriösere Unterkunft gebucht hat, nämlich im Grand Hôtel du Parc. Von der Eselherberge wird sie nur die Eselweide in Anspruch nehmen.«

»Woher weißt du das? Hat sie das gesagt?«

»Nein, mir gesagt hat sie es nicht. Wäre ganz nett gewesen, wenn sie es offiziell gemacht hätte, denn dann hätte der Wirt der Eselherberge in Florac ihr Zimmer anderweitig vermieten können. Aber der Wirt in der Herberge in Mialet hat erfahren, dass sie im Grand Hôtel du Parc angerufen und dort ein Zimmer gebucht hat.«

»Und der hat es dir weitererzählt?«

»Er ist mein Schwager. Und er hat es mir gesteckt, weil er sich furchtbar über sie aufgeregt hat. Sie hat sich bei den Leuten vom Grand Hôtel am Telefon über seine angeblich unsaubere Herberge und über das Essen beschwert. Sie wolle nun lieber auf Nummer sicher gehen und eine Unterkunft in einem Haus mit einem gewissen Anspruch buchen. Was sie nicht wusste, war natürlich, dass die Frau an der Rezeption des Grand Hôtel du Parc mit meinem Schwager befreundet ist und ihm von dem Telefonat erzählte.«

»Also, ich bin raus, ich durchschaue das nicht mehr.« Natalie musste lachen, obwohl ihr eigentlich zum Heulen war. Die Cevennen waren ja wie ein riesiges Dorf, jeder schien hier mit jedem in Verbindung zu stehen, nur für sie war das alles neu und fremd und undurchschaubar. Aber gleichzeitig fühlte sie sich aufgefangen in diesem Netz aus Beziehungen und Hilfsbereitschaft.

»Habe ich eigentlich deswegen in Mialet ein kostenloses Upgrade auf ein Einzelzimmer bekommen?«, fragte sie. »Warst du das? Hast du deinen Schwager darum gebeten?«

»Nein«, sagte Céline. »Na ja, ich habe ihm natürlich von dir und deiner Schwiegermutter erzählt, möglicherweise hat das eine Rolle gespielt, aber es war ganz allein Alains Entscheidung. Wie auch immer, du kannst also heute wieder in der Herberge in Florac einchecken, ich werde dort anrufen und das vorab für dich regeln, ja?«

»Sind das auch wieder Verwandte von dir?«

»Nein, wieso?«

»Ich dachte nur.«

»Na ja, man kennt sich halt, unsere Opas spielen seit hundert Jahren Boule zusammen – hey, warum grinst du?«

»Tu ich nicht«, sagte Natalie.

»Doch, man hört das durchs Telefon«, sagte Céline und lachte. »Wie auch immer, ich sag dir jetzt genau, was du tun musst, wenn du wieder in Florac bist: Du bringst Salomé auf die Weide, dann gehst du rüber zum Grand Hôtel du Parc, setzt dich ins Restaurant und bestellst dir das teuerste Menü und dazu einen richtig guten Wein. Bestell der Kellnerin, sie heißt Sandrine, einen schönen Gruß von mir, sie soll alles auf die Rechnung deiner Schwiegermutter setzen.«

»Sandrine ist …

»… eine Freundin von mir. Wir kennen uns durch die Kinder. Und wenn deine Schwiegermutter dann kommt, sag ihr wirklich mal die Meinung. Und drück deine Kleine von mir, sie ist so ein Schatz. Und … sorry, ich hätte diese ganze Scharade nicht mitmachen sollen. Ich hatte von Anfang an kein gutes Gefühl dabei.«

»Schon gut.« Natalie verabschiedete sich von ihr und machte sich auf den Weg zurück nach Florac. Sie hatte Céline nicht gefragt, warum sie bei Pierrettes kleiner Intrige mitgemacht hatte, denn sie wusste es auch so. *Geld ist der Schlüssel.* Diesen Satz hatte sie in dem Jahr als Au-pair einige Male aufgeschnappt, wenn Madame Berger am Wochenende am Pool saß und geschäftlich telefonierte. In der Zeit, als sie die Anrede »Meine Liebe« noch für besonders herzlich gehalten hatte, glaubte Natalie, *Geld ist der Schlüssel* beziehe sich nur aufs Immobiliengeschäft: Übergabe des Schlüssels nach Transfer des Geldes, also des Kaufpreises für eine Immobilie. Erst viel später hatte sie begriffen, dass ihre Schwiegermutter das anders meinte: Geld war der Schlüssel, mit dem man Ziele erreichen konnte, Wohlstand, Zustimmung anderer Menschen, Achtung und persönliches Wohlergehen. Und dass sie Menschen wie Natalie, die in ihren Augen arm waren, bemitleidete, aber auf eine abgrenzende Art und Weise. So, wie man einem Bettler einen Euro gibt, bevor man das Edelrestaurant betritt. Pierrette hatte es geschafft, dass Natalie sich arm fühlte. Ja, ihr Leben war schwer gewesen während der Krankheit ihrer Mutter, ja, auch vorher nicht die pure Harmonie. Aber sie hatte sich eigentlich nie unterprivilegiert gefühlt. Das hatte Pierrette hinbekommen, unbeabsichtigt, als sie einen Tag vor Natalies Abreise nach Deutschland mit einer Freundin im Wohnzimmer sprach. Das Fenster zum Garten, in dem Natalie gerade Zitronen für Limonade pflückte, war gekippt gewesen. Mit gedämpfter Stimme hatte Pierrette der Freundin anvertraut, dass Pascal sich in das Au-pair verliebt habe.

»Pascal kann nichts dafür«, hatte sie gesagt. »Er ist ja noch ein halbes Kind. Eine *amour fou*, natürlich. Sie hat ihm den Kopf verdreht. Aber ich sage dir, das war das erste und letzte Mal, dass ich ein Au-pair … aus solchen Verhältnissen nehme. Die kennen die Grenze nicht. Eigentlich wollte ich ihren Vertrag ja verlängern, aber *mon Dieu*! Das kommt natürlich unter diesen Umständen überhaupt nicht mehr infrage.«

Noch nie in ihrem Leben hatte Natalie sich so schmutzig und beschämt gefühlt. Diese kleine Pause, bevor Madame Berger ›aus solchen Verhältnissen‹ gesagt hatte. Am liebsten hätte Natalie alles stehen und liegen gelassen und wäre in den nächsten Zug Richtung Köln gestiegen. Und sie hatte sich zum ersten Mal seit langer, langer Zeit gewünscht, ihre Mutter wäre da und würde sie in den Arm nehmen. Ihre Mutter, so wie sie ganz früher gewesen war. Später hatten Pascal und sie am Strand von Montpellier Plage ihren letzten gemeinsamen Abend verbracht, und Pascal hatte Pläne für die Zukunft geschmiedet. Als sie es irgendwann nicht mehr ertrug und losheulte, dachte er, es sei wegen der bevorstehenden Trennung, nahm sie in die Arme und sagte: »Sei nicht traurig, Natalie, wir bleiben doch zusammen, auch wenn wir uns jetzt trennen müssen. Es sind nur Kilometer, die uns trennen, aber nicht für lange Zeit. *Tout ira bien*, Natalie.«

Er hatte ihren Namen so wunderbar ausgesprochen, wie er es immer tat, sie mit dem Klang ihres Namens liebkost, und er hatte keine Ahnung gehabt, dass sie weinte, weil sie wusste, dass sie viel mehr trennte als nur Kilometer. Weil seine Mutter eine Grenze zwischen ihnen markiert hatte, derer sie sich bis dahin gar nicht bewusst gewesen war. Pierrette hatte recht gehabt, sie hatte die Grenze nicht gekannt. Und erst recht nicht geahnt, wie unüberwindbar sie offenbar war. Und als Pascal ihr damals am Strand zärtlich die Tränen von den Wangen küsste, hatte sie den Entschluss gefasst, dass er von dieser Grenze auch nie erfahren durfte. Er liebte seine *Maman*, und sie war ihm eine gute Mutter, jedenfalls eine, die ihr Leben und ihren Sohn liebte, nicht wie ihre eigene Mutter, die seit dem Weggang des Vaters so voller Groll gewesen war. Natalie beneidete Pascal um die Liebe seiner Mutter. Natürlich, Madame Berger war nicht gerade herzlich ihr gegenüber – aber wie gern hätte Natalie irgendwie dazugehört. Doch mit ein paar Sätzen, nicht einmal für ihre Ohren bestimmt, hatte Madame Berger ihr die rosarote Brille vom Gesicht gewischt. Sie würde nie dazugehören. Aber es war klar, dass Madame Berger fürchtete, sich wegen ihr mit ihrem Sohn zu zerstreiten. Sonst hätte sie keine Ausrede erfunden, um Natalie wieder loszuwerden. Natalie wollte nicht, dass er sich wegen ihr mit seiner Mutter überwarf. Aber das würde er, wenn er erfuhr, dass seine Mutter ihn angelogen hatte, um Natalie loszuwerden. Dass die ganze Sache mit der plötzlichen Finanznot, die Natalies Weiterbeschäftigung unmöglich mache, erfunden war. Ach, wie hatte Natalie sich eingeredet, edelmütig und selbstlos zu handeln, als sie ihm am letzten Abend am Strand das alles nicht gesagt hatte. Dabei wusste sie, dass es ihr nicht nur darum ging, dass Pascal sich nicht mit seiner Mutter zerstritt. Nein, wenn sie ehrlich war, gab es noch ein anderes Motiv, und das war weder edelmütig noch selbstlos. Sie war feige und konfliktscheu gewesen und hatte sich ein bisschen etwas von ihrer Würde zurückgekauft. Ja, sie hatte ihre Liebe für dieses bisschen Würde verraten, für ihren Stolz, für das Gefühl, kein Flittchen aus armseligen Verhältnissen zu sein, das versucht, eine gute Partie zu machen. Wie dumm, im Nachhinein. Wie gut, dass Pascal so anders gewesen war und so stark und aufrichtig in seiner Liebe zu ihr. Er war einzig und allein seinem inneren Kompass gefolgt, und der hatte ihn wieder zu ihr geführt, unbeirrbar. Und als er sie wiedergefunden hatte, da hatte er sie nicht mehr losgelassen. So einfach war das.

Pistou

Auf dem Weg nach Florac, Dienstag

Pistou galoppierte panisch davon. Der Weg war abschüssig und uneben, Steinchen stoben auf. Leonie klammerte sich am hölzernen Joch des Croisillons fest, nur mühsam hielt sie sich im Sattel. Sie hatte Angst, dass der Esel auf den Strick trat, der von seinem Halfter herabhing und zwischen den Hufen über den Boden schleifte. Dann würde er hinfallen und sie mit ihm. Wegen des hölzernen Jochs vor ihr konnte sie sich nicht über den Hals des Esels nach vorn beugen, um direkt am Halfter nach dem Strick zu greifen, also lehnte sie sich seitlich hinab und versuchte, ihn zu fassen zu bekommen. Durch die Gewichtsverlagerung rutschte der Sattel zur Seite und Leonie mit ihm. Sie schrie auf, griff reflexartig in Pistous Mähne, als der vorbeifliegende Boden immer näher kam. Da verlangsamte Pistou sein Tempo, und Leonie schaffte es, sich wieder aufzurappeln und dann abzuspringen. Sie fiel fast hin, weil ihre Beine nachgaben, sie waren ganz zittrig. Als sie sich gefangen hatte, nahm sie den Strick, hielt Pistou an und lehnte sich an ihn. Nach dem Schreck über die Hunde und der Angst auf dem panisch davonstürmenden Pistou weinte Leonie vor Erleichterung. Pistou war nichts passiert, und die Hunde waren ihnen nicht gefolgt. Es ist vorbei, dachte sie, wir sind in Sicherheit. Doch im nächsten Moment fiel ihr Oma ein und der Streuner. Diese weißen Hunde waren so böse gewesen. Zum ersten Mal in ihrem Leben hatte Leonie wirklich große Angst vor Hunden gehabt.

Ihr wurde klar, dass sie wieder umkehren mussten, zurück zu Oma und dem Streuner. Wahrscheinlich kamen sie ihnen schon entgegen. Die großen weißen Hunde hatten Oma und dem kleinen Hund bestimmt nichts tun können, da war ja der Zaun gewesen. Leonie ließ Pistou ein bisschen grasen, damit er die bösen Hunde wieder ganz vergaß. Aber dann zog sie doch wieder energisch am Strick.

»Komm, Pistou, wir müssen zurück zu Oma!«

Pistou folgte ihr, aber nur ein paar Schritte, dann blieb er stehen. Leonie zog am Strick, so fest sie konnte, sie redete ihm gut zu, sie bat ihn und bettelte, zum Schluss feuerte sie ihn laut an und hob sogar ein Stöckchen auf und drohte ihm damit. Doch vergeblich. Pistou rührte sich nicht, nur die langen Ohren bewegten sich nervös hin und her.

»Komm doch bitte, Pistou, wir müssen zu Oma!«, flehte sie. Aber er bewegte sich nicht. Leonie wurde klar, dass niemand, und schon gar kein kleines Mädchen wie sie, ihn dazu bringen könnte, weiterzugehen. Sie verstand ihn ja. Warum sollte er auch zurückgehen zu den großen, wütenden Hunden, er war ja gerade erst vor ihnen davongerannt.

Na gut, dann würden sie eben hier warten. Oma würde sie bestimmt suchen und auch bald finden. Sie hatte ja gesehen, in welche Richtung Pistou galoppiert war. Leonie setzte sich an den Rand des Weges. Pistou begann wieder zu grasen. Leonie schaute auf ihre Armbanduhr. Sie sah zu, wie die Maus ihre Runden drehte. Warum kam Oma denn nicht? Müsste sie nicht längst da sein? Da wurde ihr plötzlich ganz heiß: Oh nein! Oma hatte vielleicht gar nicht mitgekriegt, dass Pistou mit ihr durchgegangen war. Sie dachte bestimmt, sie wäre extra mit dem Esel abgehauen. Und jetzt war sie sauer, weil sie einfach weggerannt war, ohne um Erlaubnis zu fragen. Sie wollte sie bestrafen. Als sie Pistou am Morgen auf der Weide besucht hatte, ohne Oma vorher Bescheid zu geben, hatte sie zur Strafe kein Frühstück mehr bekommen. Aber das ging ja jetzt als Strafe nicht mehr. Sie hatten ja schon alles aufgegessen. Deshalb musste Oma sich etwas anderes ausdenken. Also war das bestimmt die Strafe: Sie würde ihr nicht nachlaufen, sondern bei der Schafweide auf sie warten. Oder lief sie sogar allein weiter zur Herberge?

Pistou, der inzwischen dicht bei ihr graste, streckte den Kopf vor, aus seinen Nüstern schnaubte er seinen heißen, feuchten Atem in Leonies Gesicht. Dann blinzelte er. Es war seine Art zu sagen: »Ich hätte gern die Ohren gekrault.« Leonie tat ihm den Gefallen, und es tröstete sie, dass er dabei so zufrieden aussah. Er machte sich keine Sorgen. Als sie das Kraulen kurz unterbrach, um sich die Nase zu putzen – sie hatte nur ein ganz kleines bisschen geweint, aber blöderweise lief ihr bei der winzigsten Träne immer gleich die Nase –, drehte Pistou sich von ihr weg und tippelte über den Weg. Aber nicht zurück zu Oma, sondern in die andere Richtung.

»Halt, Pistou!«, rief Leonie, rannte zu ihm, fasste ihn am

Halfter und versuchte, ihn zu stoppen. »Brrrrrr, stopp!« Doch so sehr sie sich ihm entgegenstemmte, es nützte nichts, Pistou tippelte unbeirrt weiter. Leonie gab auf, was blieb ihr anderes übrig. Pistou übernahm die Führung, und sie musste mit, denn auf keinen Fall wollte sie allein hier mitten im Wald zurückbleiben. Wenn nur Mama hier wäre, dachte sie und kämpfte schon wieder gegen die Tränen an. Es war ja gut, dass wenigstens Pistou jetzt bei ihr war, aber er konnte sie nicht in den Arm nehmen und sagen, alles wird gut. Er konnte ihr noch nicht einmal sagen, wohin er wollte. Aber bestimmt kannte er sich hier aus. Oder nicht? Oder hatte er auch Angst und wollte nur nach Hause? Wusste er wirklich, wo es langging? Sie streichelte ihm im Gehen über den Hals und begann, ihm das Elefantenlied vorzusingen, damit er keine Angst mehr hatte.

Plötzlich blieb er stehen, und sie begriff zuerst nicht, warum. Er stupste mit dem Maul gegen ihre Schulter, als wollte er einen Vorschlag machen. Sie streichelte ihm über die Ohren, und er ließ es sich gefallen, aber dann stupste er sie wieder an. Ob er eine Möhre wollte? Gab es noch welche? Sie versuchte, an die obere Packtasche zu gelangen, aber sie war zu klein und kam nicht dran. Also schaute sie sich um und entdeckte einen Baumstumpf. Sie führte Pistou dorthin, diesmal kam er, ohne zu zögern, mit. Sie stellte sich darauf und stieg in den Sattel, um an die obere Packtasche zu kommen. Schade, es gab keine Möhren mehr. Leonie wollte wieder abspringen, doch da lief Pistou weiter, mit ihr auf dem Rücken, fast so, als verfolgte er ein Ziel auf seiner inneren Landkarte.

Salomé

Auf dem Weg nach Florac, Dienstagnachmittag

Sei es, dass sie zurückgingen und Salomé Stalldrang verspürte, sei es, dass Natalies eigene Vorfreude auf das baldige Wiedersehen mit Leonie die Eselin ansteckte: Sie kamen schneller voran als am Tag zuvor. Bestimmt schafften sie, wenn es bei dem flotten Tempo bliebe, fünf Kilometer in der Stunde. Wahrscheinlich wären sie noch lange vor Pierrette und Leonie in Florac.

Der helle, steinige Weg führte bergauf und bergab, mit ihren satten Farben beruhigte die Landschaft Natalies Sinne und schärfte sie zugleich. Jetzt, auf dem Rückweg, der auch der Weg hin zu Leonie war, nahm sie die mittägliche, flirrende Hitze kaum noch wahr, dafür bemerkte sie viele Dinge, die ihr auf dem Hinweg nicht aufgefallen waren: das zarte Grün der gezackten Esskastanienblätter, darüber der blaue Himmel, die von kleinen Steinmauern umsäumten Terrassenfelder in den Berghängen, Schwalben, die in pfeilschnellem Flug durch die Luft sausten, das Graubraun der Natursteinhäuser eines kleinen, verlassenen Weilers in der Ferne, der mit seiner natürlichen Umgebung fast zu verschmelzen schien. Natalie sah all diese Schönheit und nahm sie in sich auf. Dieser leuchtend blaue Himmel über ihr, unter dem wanderte auch Leonie – die sie bald sehen würde! Auch Leonie würde gerade das Klappern der Hufe ihres Esels hören, so wie sie das Hufgeklapper von Salomé, und auch sie wanderte an den kleinen, von Steinmauern umsäumten Terrassenfeldern entlang, die es hier in den Wäldern gab, von Menschen gemacht, um an den Berghängen Anbauflächen zu gewinnen. Auch Leonie sah die Schmetterlinge, die hier flatterten, und bald würden sie sich gegenseitig auf die prächtigsten von ihnen aufmerksam machen. Auch Leonie wurde von der warmen Luft hier umfangen, auch sie genoss den Baumschatten und die erfrischenden Brisen auf den Anhöhen. Und morgen würden sie gemeinsam weiterwandern, und sie würde Leonie nicht nur in ihrer Vorstellung, sondern tatsächlich, vor ihren eigenen Augen, so glücklich erleben.

Immer wieder schaute Natalie auf die Uhr, und jedes Mal durchströmte sie ein kleiner Energieschub, denn es war schon wieder weniger lang bis zum Wiedersehen: elf Minuten weniger Zeit bis dahin, fünfzehn Minuten, zwanzig Minuten weniger! Jede Minute, die verrann, schenkte ihr größere Nähe zu Leonie, jeder Schritt, den sie tat, verringerte den Abstand zwischen ihnen, brachte sie dem Wiedersehen näher. Die unmittelbare Zukunft, die so oft ein dunkler Sorgentunnel für sie gewesen war, lag jetzt vor ihr wie ein herrlicher Picknickplatz. Sie freute sich so sehr auf Leonie, dass ihre Schritte federleicht wurden. Heute noch, in wenigen Stunden, war es so weit! Natalie stellte sich das Treffen auf alle möglichen Arten vor: wie Leonie sie auf der Eselweide von weitem sah, sie ihr mit dem Aufschrei »Mamaaaaa!« ungestüm in die Arme lief und sie dabei fast umrannte. Wie sie Leonie hoch in die Luft wirbelte und sie beide danach ausgelassen im hohen Gras der Eselweide herumrollten. Wie sie gemeinsam Haarkränze aus Gänseblümchen bastelten. Gut, das mit den Haarkränzen war vielleicht unrealistisch, denn das hatten sie zum letzten Mal gemacht, als Leonie noch in den Kindergarten ging. Oder wie sie selbst schon im Grand Hôtel du Parc saß, und dann kämen Leonie und Pierrette an. Wie Leonie dann mit ihnen am Tisch saß und lossprudelte, ohne Punkt und Komma von ihren Erlebnissen erzählte und sich gleichzeitig über einen gigantischen Eisbecher hermachte. Mit Himbeeren, sie liebte Himbeeren. Wie sie anschließend gemeinsam zur Eselweide gingen und Leonie von ihren Abenteuern mit ihrem Esel erzählte. Wie sie Leonie abends das Lied vom Elefanten in der Hängematte vorsang …

Nachdem Natalie ausgiebig in ihren Leonie-Fantasien geschwelgt hatte, wurde sie mutig und stellte sich sogar das Wiedersehen mit Pierrette vor. Ja, sie fühlte sich der Konfrontation jetzt gewachsen. Sie würde es kurz und sachlich machen. Alles, was sie wollte, war, dass sie alle gemeinsam weiterwanderten. Sie würde Pierrette durchaus in ihre Schranken weisen, ihr aber gleichzeitig zu verstehen geben, dass sie sich nun nicht etwa sorgen müsse, dass sie, die Mutter, nun ihrerseits Leonies Kontakt zur Großmutter unterbinden wolle. Leonie hatte schon ihren Papa verloren, sie sollte nicht auch noch die Oma verlieren. Im Gegenteil, den neuen, intensiveren Kontakt von Oma und Enkelin fände sie gut und wichtig. Natalie war selbst zu sehr Privateigentum ihrer Mutter gewesen, um Leonie so etwas anzutun, sie ganz auf sich zu fixieren und den Umgang mit anderen Bezugspersonen einzuschränken. Leonie hatte ein Recht auf ihre Großmutter, und Pierrette ein Recht auf ihre Enkelin. Solange Pierrette einsah, dass, was Leonie und ihre Erziehung anginge, sie, die Mutter, das Sagen habe und nicht etwa die Oma. Punkt. Das reichte. Natalie war keine Kämpfernatur wie Pierrette, aber auf diesem Punkt zu bestehen, so stocksteif wie die Eselin, wenn sie ihre Hufe in den Boden stemmte, das würde sie schaffen.

Sie erreichten Florac sogar noch früher als erwartet, und Natalies neue innere Klarheit gab ihr ein Gefühl von Leichtigkeit und Zuversicht. Sie führte Salomé gleich zur Eselweide und schaute mit klopfendem Herzen, ob Pistou schon dort stand und seine Mutter mit einem lauten, sehnsuchtsvollen Iihh-Aahh begrüßen würde. Aber es grasten nur zwei andere Esel dort. Natalie führte sich vor Augen, dass sie selbst gestern wegen des umgestürzten Baums, der sie zwang, einen Umweg zu gehen, auch länger gebraucht hatte und dass im Gegensatz zu ihr Pierrette und Leonie ja nichts vom Wiedersehen ahnten und keinen Grund hatten, sich zu beeilen. Sie band Salomé vor der Weide an einen Zaunpfahl, inspizierte die Hufe nach eingetretenen Steinen, fütterte ihre Begleiterin mit etwas altem Baguette und lächelte dabei, weil sie an Geromes Worte denken musste: Füttere einen Esel, und alles wird gut.

Sie sattelte Salomé ab, öffnete das Gatter und führte die Eselstute auf die Weide. Die Eselin begrüßte die beiden anderen Tiere, dann ging sie zur Tränke, senkte ihr Maul mit halb geschlossenen Augen und löschte ihren Durst. Sie sah aus wie jemand, der sich auf einen gemütlichen Feierabend freute, während sie zu einer staubigen Stelle schlenderte, den Kopf senkte, ein paarmal schnaubte, sich einmal um die eigene Achse drehte, dabei mit den Hufen scharrte und sich schließlich, befreit von ihren Packtaschen, im Staub wälzte. Natalie sah ihr zu und fühlte Dankbarkeit. Salomé hatte ihr so viel Ballast abgenommen.

In der Herberge überreichte der Wirt ihr gleich den Zimmerschlüssel. »Céline hat mir Bescheid gegeben, schön, dass Sie wieder hier sind!« Er bot ihr ein Getränk aufs Haus an. Natalie wollte schon dankend ablehnen – sie hatte noch so viel vor –, doch da reichte er ihr schon sein Telefon: »Monsieur Auteuil für Sie, der Wirt der Gîte aus Mialet!«

Natalie griff wie elektrisiert nach dem Hörer und meldete sich. In Mialet hatten Leonie und Pierrette gerade erst übernachtet, der Wirt würde ihr etwas von ihnen erzählen können!

»Sie sind also die Mutter dieses kleinen Wirbelwinds?«, dröhnte die Stimme des Wirts auch schon aus dem Hörer.

»Ja, ich bin Leonies Mutter«, sagte Natalie atemlos. »Geht es ihr gut?«

»Aber ja! Ein so liebes, lebhaftes Kind!« Und dann erzählte er ihr, dass sie heute Morgen um neun aufgebrochen seien und wie gut Leonie sich um ihren Esel kümmere. Und dass Leonie zum Abendessen fünf Maronen-Crêpes verputzt habe und dass sie jedes Wort Französisch verstehe. Dass sie sich morgens ein Eis gemopst und zu viel Geld dafür auf die Truhe gelegt habe. Pierrette erwähnte er nur am Rande, und Natalie war froh darüber. Als sie sich am Ende des Gesprächs bei Monsieur Auteuil für den liebenswürdigen Anruf bedankte, dröhnte ein »Aber ich bitte Sie, sehr gerne!« durchs Telefon, dann setzte er leise hinzu: »Ich habe auch Kinder.« Es war dieser letzte, verständnisvolle Satz, der sie aus der Fassung brachte.

Der Herbergswirt, der sich taktvoll im Hintergrund gehalten hatte, nahm mit einem aufmunternden Lächeln das Telefon wieder entgegen, überreichte ihr im Gegenzug eine Tasse Kaffee und ließ sie dann allein. Während sie den Kaffee trank, wurde ihr klar, dass die Tränen, die sie zurückdrängte, diesmal weder mit Trauer noch mit Wut zu tun hatten, sondern mit Erleichterung, Rührung und Dankbarkeit. Die Cevennen waren ein so freundlicher Ort. Nach dem Kaffee ging sie nachdenklich auf ihr Zimmer. Gerome hatte recht. Man war auf seinem Weg hier nicht allein. Sie hatte Salomé an ihrer Seite, und sie war, zumindest für die Zeit der Wanderung, Teil einer verstreuten Solidargemeinschaft freundlicher Menschen: Céline, der Wirt aus Mialet, der sie extra anrief, um ihr von Leonie zu erzählen, der Wirt hier, der sie so verständnisvoll wieder willkommen hieß, der Wirt Félix aus Saint-Jean-du-Gard, der ihr ein Handy lieh. Auch Gerome gehörte in diesen Reigen hilfsbereiter Menschen. Vor allem Gerome.

Sie duschte und machte sich für den Besuch des Grand Hôtel du Parc schick. Was allerdings nur hieß, dass sie die Unterwäsche wechselte und eine frische Bluse anzog. Wieder dachte sie an Gerome und seine neckende Bemerkung, Eselwanderer seien daran zu erkennen, dass sie außer Wanderschuhen noch ein Paar andere Schuhe dabei hätten, und ausnahmsweise wünschte sie jetzt, tatsächlich noch welche mitgenommen zu haben, oder wenigstens Flipflops. Auf dem Weg zum Grand Hôtel lief sie durch Florac. Gestern war ihr gar nicht aufgefallen, wie groß der

Ort eigentlich war. Sie hatte kaum etwas von ihm wahrgenommen, denn die Herberge war gleich am Ortseingang gewesen, und heute Morgen hatte sie Florac ja im Dunkeln schon wieder verlassen. Sosehr sie Salomés Gesellschaft genossen hatte, war es doch zur Abwechslung auch wieder schön, ohne Rücksicht auf den Esel die Cevennen-Stadt erkunden zu können, die majestätisch im Schatten des überragenden Bergmassivs lag, und auch Treppen und schmale Durchgänge zu verwinkelten Gassen nutzen zu können. Etwas höher gelegen, wachten die Kirche Saint-Martin und das Schloss Florac über das Städtchen, und auf der anderen Seite des Tals, durch das träge und breit der Tarnon floss, sah Natalie den hoch aufragenden Schlauchturm einer modernen Feuerwehr.

Sie lief an alten Mauern vorbei, an denen lilafarbene Glockenreben hochrankten, an zauberhaften, uralten Steinhäusern mit grünen Fensterläden, gelangte an den Rathausplatz mit einem Brunnen und einer Crêperie und kam an einen aufgestauten Bach, Zulauf des Tarnon und pittoreske Heimat zweier träge darauf paddelnder Gänse. Natalie hielt inne, stützte die Hände auf die Mauer, die einen kleinen Teich einfasste, und beobachtete die Wasservögel.

»*Salut*, Natalie! Du hier?«

Natalie zuckte beim Klang der vertrauten Stimme zusammen. Langsam, um Zeit zu gewinnen, drehte sie sich zu Gerome. »Ja«, sagte sie nur.

»Was machst du denn noch hier?«, fragte er. »Ich dachte, du bist schon frühmorgens weitergewandert.«

Sie zeigte unbeholfen zum Teich. »Ich beobachte die Enten.«

Gerome nickte, sah sie unverwandt an. »Gänse«, sagte er dann, gerade noch rechtzeitig, bevor die Gesprächspause peinlich wurde.

»Wie?«

Er schloss kurz die Augen, als müsse er eine Fata Morgana abschütteln, dann zeigte er hinter Natalie zum Teich. »Es sind Gänse. Eine Höckergans und eine weiße Hausgans, um genau zu sein. Bruno und Chloé.«

»Ach, was.« Natalie lachte, um ihre Verlegenheit zu überspielen. »Gänse also. Übrigens: Niemand mag Klugscheißer.«

»Doch, du«, konterte er mit einem frechen Grinsen. »Aber wieso bist du zurückgekommen?« Jetzt spiegelte sich die Freude offen in seinem Gesicht. Natalie schluckte. Dachte er, sie sei seinetwegen zurückgekehrt? Als Natalie nicht sofort antwortete, sah er sie besorgt und durchdringend an. »Alles in Ordnung? Wo ist Salomé?«

»Salomé geht es gut«, sagte sie schnell. »Sie ist schon auf der Eselweide. Ich war heute Morgen vor Sonnenaufgang aufgebrochen, bin aber zurückgekehrt, weil ich gleich hier meine Tochter treffe. Sie kommt mit meiner Schwiegermutter heute an, sie übernachten im Grand Hôtel du Parc. Aber wieso bist du noch hier?«

Gerome zog die Augenbrauen hoch. »Sie kommen hierher? Die beiden müssten doch heute schon auf dem Weg zum Mont Lozère sein? Ist etwas passiert? Alles in Ordnung mit deiner Tochter?«

»Ja, alles in Ordnung.« Natalie hatte plötzlich einen trockenen Mund. Er hätte sauer sein können, dass sie abgehauen war, stattdessen freute er sich sichtlich über das Wiedersehen. Und erkundigte sich besorgt nach Leonie.

Tief im Inneren wusste sie auch, dass der Vorschlag, den Esel zu übernehmen, nicht wirklich ein Trick gewesen war, um an den Esel zu kommen. Es war ihm um sie gegangen, nicht um sich selbst. Und er konnte nichts für das Chaos ihrer Gefühle, dafür, dass es bei ihr so kompliziert war. Natalie atmete tief durch, dann sagte sie:

»Gerome, es tut mir leid, dass ich heute Morgen abgehauen bin. Das war ...«

»...dumm«, unterbrach er sie schnell. »Denn du hast dich heute Morgen um einen Frühstücks-Crêpe bei Pêcher Mignon gebracht.« Er drehte sich um, winkte ihr zu. »Komm, letzte Chance, es ist gleich um die Ecke. Mein Crêpe steht schon auf dem Tisch. Ich hab dich gerade vorbeikommen sehen und bin dir schnell hinterher.«

Sie zögerte, sah auf ihre Uhr. Auf keinen Fall wollte sie Leonies Ankunft verpassen. Aber es war noch Zeit.

»Was ist?«, drängte er. »Komm schon, das Schicksal bietet dir unverhofft die Chance auf den besten Crêpe Frankreichs!«

Die frisch zubereiteten Crêpes im kleinen Restaurant auf dem Rathausplatz schmeckten köstlich. Natalie hatte auf Empfehlung von Gerome ebenfalls einen mit Maronen und Ziegenkäse bestellt, und während sie aßen, schwärmte er von Esskastanien und ihrer Bedeutung für die Region. Natalie beobachtete ihn beim Reden, sah die vor Begeisterung sprühenden Augen, seine südländische, temperamentvolle Gestik und gab sich ganz dem Klang seiner warmen Stimme hin. Zwischendurch hörte sie Sätze wie »Esskastanien werden schon seit dem Mittelalter in den Cevennen angepflanzt«, er sprach von ihrem hohen Vitamingehalt und wie großartig sie als Energiespender im Winter für Menschen früher waren, die hier für ihren Lebensunterhalt hart körperlich arbeiteten. Und er schwärmte von all den guten Rezepten aus der alten Zeit und über die Bedeutung der Maronen auch für den Tourismus der Cevennen, der erst ab 1970 eine größere Rolle für die Menschen spielte, als aus der zuvor eher armen Region der Nationalpark der Cevennen wurde.

Er hielt kurz inne, merkte, dass sie nicht richtig zuhörte. Natalie lächelte verlegen und fühlte sich ertappt. »Und das weißt du alles von Onkel Google.« Sie versuchte, so viel Bewunderung in ihre Stimme zu legen wie möglich.

Aber er grinste nur, zuckte die Schultern. »Tut mir leid, ich habe dich zugetextet. Beim Thema Maronen geht es mit mir durch.« Er wurde ernst, sah ihr in die Augen. »Aber weißt du, wenn man etwas sehr mag, dann beschäftigt man sich doch gern damit, findest du nicht?«

Sie wich seinem Blick aus.

»Reichst du mir mal bitte das Salz?«, fragte er. Sie gab es ihm. Ihre Fingerspitzen berührten sich für einen kurzen Moment, und in ihrem Bauch kribbelte es. »Ich liebe Maronen«, sagte er leise.

Sie sah konzentriert auf ihren Crêpe.

»Schon als kleiner Junge habe ich Maronen-Crêpes geliebt«, fuhr er fort, wieder im Plauderton und in normaler Lautstärke. »Über Maronen muss ich nichts googeln, das ist quasi geerbtes Wissen. Ich komme hier aus der Gegend. Weiter nördlich, tatsächlich, grob aus der Gegend von Le-Puy-en-Valey. Mein Elternhaus ist von Esskastanien umgeben.«

Sie sah ihn erstaunt an, und er nickte bekräftigend. »Ich hab dir doch gesagt, ich komme vom Land. Mit achtzehn bin ich von hier weggegangen zur Ausbildung nach Montpellier – und dort dann hängengeblieben. Gott, was für eine Stadt! Ich genieße es, dort zu leben. Aber der Kontakt zu meiner Heimat ist nie abgerissen. Jedes Jahr im September helfe ich meinen Eltern bei der Maronenernte.«

»Deine Eltern leben noch immer hier in den Cevennen?«

Er nickte. »Sie haben ihren Bauernhof vor fünfzehn Jahren aufgegeben, das Haus umgebaut und vermieten jetzt nur noch kleine Ferienwohnungen, damit kommen sie gut zurecht. Aber ihre Kastanien würden sie nie aufgeben. Und solange es die Bäume gibt, werde ich wohl weiter eine Woche meines Jahresurlaubs bei der Ernte helfen. Die ganze Familie trifft sich, meine Schwester kommt auch mit ihrer Familie, abends kochen wir gemeinsam, sitzen bis spät in die Nacht beisammen und essen, erzählen, trinken und singen. Die Erntezeit verbindet uns über die Jahre hinweg.«

»Das klingt wunderbar«, bemerkte Natalie.

Er lachte leise auf. »Das sah meine Ex anders.«

»Sei froh, dass du sie los bist.«

»Das bin ich«, sagte er. Er legte in einer langsamen, fast zärtlichen Bewegung Messer und Gabel nebeneinander auf seinem Teller ab, dann hob er den Blick und sah sie an. »Denn sonst wäre ich jetzt nicht hier und wüsste nicht, wie es ist, in deine Augen zu schauen.«

Sie schluckte, wich seinem Blick aus. »Es ist nicht so, dass ich nichts für dich … ich meine …«

»Schon gut«, unterbrach er sie schnell. »Kein peinliches Gespräch, bestellen wir uns lieber ein Dessert, *d'accord*?« Er winkte die Kellnerin heran. Gerome bestellte *Tarte*

Tatin und Natalie eine *Crème brûlée*. »Dazu hätte ich gern einen *Tomate*«, sagte Gerome. Die Bedienung nickte mit einem verschwörerischen Lächeln. »Das solltest du auch mal probieren«, wandte Gerome sich an Natalie. »Hier in der Gegend ein Geheimtipp. Es ist ein simpler, aber köstlicher Cocktail, ein mit Grenadine aufgepeppter Pastis. Er verliert seine blassgelbe Farbe und wird tomatenrot, daher der Name.«

Natalie lächelte. »Den kenne ich sogar.« Sie nickte der Kellnerin zu und bestellte auch einen für sich. »Es ist der Lieblingsdrink meiner Schwiegermutter«, sagte sie, als die Kellnerin gegangen war. »Bei unserer Hochzeit wurde er als Aperitif serviert, auf ihren Wunsch hin.«

Er zog die Augenbrauen zusammen. »Und ihr Wunsch war euch Befehl?«

»Na ja, sie hat die Hochzeit ja auch ausgerichtet. Sie war eine meisterhafte Hochzeitsplanerin, und sie hat alles bezahlt.«

»Ihr musstet euch um nichts kümmern. Klingt perfekt.«

»Wir durften uns aber auch um nichts kümmern. Es war – na ja, ich hätte mir schon gewünscht, mitentscheiden zu dürfen. Ich bin mir den ganzen Tag wie eine Schauspielerin vorgekommen, in einem Film meiner Schwiegermutter, bei dem sie das Drehbuch geschrieben hat und Regie führte.«

»Immerhin hattest du die Hauptrolle.«

Natalie lachte auf. »Na, da bin ich mir nicht so sicher. Aber die Feier war ein Traum.«

»Und es gab *Tomate*«, ergänzte Gerome und deutete auf die Kellnerin, die mit einem Tablett an ihren Tisch kam. Während sie die Drinks, den Kuchen und das Dessert servierte, dachte Natalie zurück an den Tag nach der Hochzeit, als Pierrette ihr subtil zu verstehen gegeben hatte, dass sie in ihr eigentlich immer noch das Au-pair sah: indem sie ihre ausgedruckte Rede zuoberst auf den Zeitungsstapel im Wohnzimmer gelegt hatte. So konnte sie recht sicher sein, dass Natalie sie auch sah – und begriff, dass diese Rede nicht aus dem Herzen, sondern aus dem Internet kam. Pierrette hatte ihrem Sohn eine wunderschöne Hochzeit ausgerichtet, vor ihren Freunden und Geschäftspartnern geglänzt und ihrer Schwiegertochter ganz nebenbei die Fronten klargemacht.

»Woran denkst du?«, fragte Gerome.

Natalie sah auf, ihm in die Augen, und erschrak, weil so viel Mitgefühl darin lag. »Warum?«

»Du siehst nicht wie jemand aus, der an den schönsten Tag in seinem Leben zurückdenkt.«

Sie zwang sich zu einem Lächeln. »Ich dachte nur daran, dass ich, wenn ich mit dem Nachtisch fertig bin, heute für den Rest des Tages nichts mehr werde essen können. Was wirklich sehr schade ist, denn eigentlich wollte ich meine Schwiegermutter schädigen und auf ihren Deckel im Grand Hôtel essen.« Sie hielt die Hand an den Bauch. »Aber ich fürchte, da passt nichts mehr rein.«

»Da weiß ich eine Lösung: Alkohol. Das Hôtel du Parc hat eine ausgezeichnete Weinkarte. Bestell auf Kosten deiner lieben Schwiegermama den teuersten Wein, den sie haben.« Er erhob sein Glas. »Auf Pierrette!«

»Gute Idee.« Sie musste lachen. »Du kennst hier nicht nur die Enten im Teich persönlich, sondern auch jedes Restaurant, oder?«

»Wie gesagt, es sind Gänse, nicht Enten«, korrigierte er.

Natalie trat ihm unter dem Tisch vors Schienbein. »Wie gesagt, niemand mag Klugscheißer!«

»Doch, du«, sagte er grinsend. »Und wenn du noch einen Klugscheißer-Tipp willst: Bestell dir den Châteauneuf-du-Pape, der hat einen Mondpreis. Die Kellner sind angehalten, ihn den Gästen aufzuschwatzen. Tu ein gutes Werk und verschaff ihnen ein Erfolgserlebnis!«

Natalie winkte ab. »Ich will nicht betrunken sein, wenn ich meine Tochter wieder in die Arme schließe.« Sie sah auf die Uhr. »Apropos, ich muss los, sonst verpasse ich sie noch.«

»Halt mal«, schlug Gerome vor. »Wenn du es ohnehin nicht mehr schaffst, deine Schwiegermutter durch kulinarische Genüsse im Grand Hôtel in den Ruin zu treiben, musst du doch eigentlich auch nicht unbedingt dort auf sie warten. Sie werden doch zuerst ihren Esel zur Weide bringen. Wollen wir sie dort abpassen?«

Natalie holte aufgeregt ihr Portemonnaie aus dem Rucksack. »Gute Idee!«

Warum war sie nicht selbst darauf gekommen! So würde sie Leonie schon von Weitem sehen, wie sie auf ihrem Esel angeritten kam, würde sie aus dem Sattel heben und in die Arme schließen können.

Das Portemonnaie schon in der einen Hand, griff sie mit der anderen zum Glas und trank den restlichen Cocktail in einem Zug. Gerome lachte und tat es ihr nach. Als sie aufstand, merkte sie, dass der schnell getrunkene Alkohol ihr in den Kopf und in die Beine gegangen war. Egal. An der Kasse gab es ein Gerangel um die Rechnung, weil beide bezahlen wollten.

Schließlich schnappte er ihr einfach die Kreditkarte aus

der Hand und bezahlte in bar. »Ich habe dich eingeladen, basta.«

»Schon wieder ein Ritter in strahlender Rüstung«, murmelte sie im Hinausgehen. Sie hatte nicht gedacht, dass er es gehört hatte, aber ein paar Meter vor dem Restaurant blieb er stehen.

Er gab ihr die Kreditkarte zurück, sah sie ernst und ein bisschen traurig an. »Natalie, ich begreife dich nicht. Wo liegt denn bitte das Problem?«

Sie steckte die Karte ein, zuckte die Schultern. »Keine Ahnung. Weißt du, wie sich das anfühlt? Der Ritter in strahlender Rüstung führt das Aschenputtel zum Essen aus. Es ist mir einfach unangenehm. Und ich verstehe nicht, was ich ausstrahle. Aber es kommt mir so vor, als würde mir seit Pascals Tod ständig jemand zu Hilfe eilen wollen, mich unterstützen, irgendwie helfen. Aber es kostet dich etwas. Und wenn es nur das Selbstwertgefühl ist.«

Er lachte bitter auf. »Das ist totaler Quatsch. Ich hatte dich eingeladen, das ist alles.«

»Du hast leicht reden. Du bist keine Frau, deren Mann gestorben ist.«

Er verdrehte die Augen. »Stimmt. Danke. Ich hatte mich irgendwie mehr so als Typen gesehen, der einen Zusammenbruch hatte, Monate in der Klinik war und dann von seiner Freundin verlassen wurde. Aber wow, ich bin ein Ritter in strahlender Rüstung. Wie willst du mich nennen: Sir Burnout? Ritter Klapse-lot?«

»Dass du es auch nicht leicht hattest, heißt doch nicht, dass es nicht stimmt.«

Er seufzte. »Wir spielen hier doch nicht ›Wer hat's am schwersten‹.« Langsam gingen sie nebeneinander die Straße hinauf in Richtung Eselweide. »Wenn du dich mal mit meinen Augen sehen könntest: Ich sehe da kein Aschenputtel.«

»Schon klar«, sagte sie, »sondern eine Prinzessin.«

Er lachte auf. »Irgendwie schon, ja. Eine Prinzessin in Wanderschuhen – und mit einem Jetlag.«

»Einem Jetlag?«

Er nickte. »Eine Art seelischer Jetlag. Der Unfall deines Mannes war eine plötzliche, furchtbare Veränderung in deinem Leben. Wenn solche Dinge zu schnell auf uns einstürmen, zu gewaltig sind, dann fühlt man sich wie nach einem Langstreckenflug. Man ist zu schnell an einem anderen Ort. Dann stockt der Motor, dann ist die Seele überfordert von der neuen Situation, und man klammert sich eine Weile an der alten Uhrzeit fest.«

Natalie schüttelte nachdenklich den Kopf. »Wenn du mit der alten Uhrzeit Pascal meinst, das stimmt nicht. Ich muss mich nicht an ihn festklammern. Er ist immer bei mir.« Sie legte ihm eine Hand auf den Arm. »Gerome, hör zu. Es ist einfach … ich habe ohnehin schon ein schlechtes Gewissen, dass ich heute Morgen abgehauen bin. Wenn du jetzt auch noch das Essen bezahlst, fühle ich mich noch mieser. Du hast mir schon so viel geholfen.«

»Du hast gesagt, du brauchst keinen Ritter in strahlender Rüstung. Aber ich bin kein Ritter, will keiner sein. Schon gar nicht in strahlender Rüstung. Ich will nichts weiter als dein Freund sein.«

»Nichts weiter? Wirklich?«

»Nein. Vielleicht. Ja. Aber es geht ja nicht nur darum, was ich mir vielleicht wünsche. Dein Freund zu sein. das bedeutet mir schon sehr viel.«

»Du würdest immer denken: Mehr geht nicht.«

Er schüttelte den Kopf. »So denke ich nicht. Nicht mehr. Früher vielleicht. Im Krankenhaus habe ich beobachtet, dass es Patienten mit einer zufriedenen Grundeinstellung gab und die anderen, die sich als benachteiligt empfanden, mit allem Möglichen, und wenn es nur der Fensterplatz des Bettnachbarn war. Es ging dabei gar nicht darum, was einer objektiv hatte oder was ihm fehlte. Sondern nur um die eigene Sichtweise: Ist man dankbar für das, was man hast, oder denkt man, dass man zu kurz gekommen ist? Ich habe oft beobachtet, dass die Dankbaren schneller wieder gesund wurden. Und mit einer schlimmen Diagnose haben sie weniger gehadert und gelitten.«

Natalie sah ihn nachdenklich an. »Du bist also ein ›Oh-toll-das-Glas-ist-halbvoll-Typ‹. Aber heißt das wirklich, dass du es nicht lieber doch richtig voll hättest?«

»Was denkst du wohl.« Er blieb stehen, suchte ihre Augen. »Ja. Verdammt, ja. Ich hätte gern, dass du ... ich habe mich in dich verliebt. Als du heute Morgen weg warst, musste ich die ganze Zeit an dich denken, und die Vorstellung, dich vielleicht nie mehr wiederzusehen, war schrecklich. Da ist eine ... Sehnsucht nach dir. Eine Anziehungskraft, die ich so noch nie erlebt habe. Ich ...« Er stockte, hob seine Hand, ein wenig, in ihre Richtung, sein Gesichtsausdruck wurde ganz weich. Doch dann besann er sich, strich sich die Haare aus der Stirn, sah zu Boden. Als er wieder aufsah, war die Verletzlichkeit hinter einem frechen Lächeln verschwunden. »Ich sehe dir so gern dabei zu, wie du mit Salomé umgehst und wie selbstverständlich ihr nebeneinandergeht. Ist dir eigentlich bewusst, dass ihr im Gleichschritt geht? Wenn Salomé ein Mensch wäre, dann wärt ihr die besten Freundinnen. Oder wenn du ein Esel wärst. Du bist sozusagen die Salomé in Menschengestalt.«

»Mit einem Esel bin ich noch nie verglichen worden.« Es sollte witzig klingen, aber Natalie konnte sich Geromes Blick nicht entziehen, diesem Blick aus seinen warmen, tiefdunklen Augen. Er war jetzt wieder ganz ernst.

»Der Vergleich hinkt vielleicht«, sagte er leise, so leise, dass sie sich anstrengen musste, um ihn zu verstehen, »aber was ich meine, ist: Du bist so sanft und anmutig, so sensibel, so voller zäher Energie und so …« Er stockte, räusperte sich, presste die Handflächen gegeneinander. »Genug jetzt. Was ich eigentlich nur sagen wollte: Freundschaft ist okay für mich. Nicht nur okay, ich wäre sehr gern dein Freund. Einfach nur dein Freund. Es ist, wie es ist. Das halbvolle Glas ist gut.« Schnell drehte er sich um und schulterte wieder seinen Rucksack. »Gehen wir zur Weide, okay? Sie werden bestimmt bald kommen.«

Natalie nickte erleichtert, und während sie die Straße zur Eselweide weiter hochgingen, erzählte Gerome ihr von der Stadt und ihrer Geschichte. Er spielte den Geschichtslehrer, so selbstverständlich, wie er bei der Wanderung den Naturführer gegeben hatte, und es war interessant, aber sie konnte sich kaum auf seine Worte konzentrieren, sondern dachte darüber nach, was er über ihre Beziehung gesagt hatte. War das möglich, konnten sie Freunde sein? Waren sie schon Freunde? War das möglich, nach nur drei Tagen? Und war es möglich, Freunde zu bleiben, auch wenn Gerome doch so deutlich mehr wollte? Würde er sich auf Dauer mit halbvoll zufriedengeben? Und was war mit ihr? Sie mochte doch seine warme Stimme, die Lebendigkeit, mit der er redete und gestikulierte, und die unbeschwerte Art, mit der er über schwierige Dinge sprach. Wenn sie mit ihm zusammen war, hatte sie das Gefühl, ganz sie selbst zu sein und voller Energie. War Freundschaft möglich? Es wäre so schön, einfach jemanden zu haben, bei dem sie sich verstanden fühlte, aus tiefster Seele. Der in Abgründe geschaut hatte wie sie, aber nicht verzweifelt war. Der so voller Temperament und Neugier war. Aber jeder intensive Blick von Gerome löste auch körperlich etwas in ihr aus, ein Bedürfnis nach Nähe, ein Herzstolpern, ein Kribbeln im Bauch. Sie würde sich bei jeder Begegnung mit Gerome wie eine Verräterin fühlen – gegenüber Pascal. Nicht weil Gerome eigentlich mehr als nur Freundschaft wollte. Nein, wurde ihr bewusst, weil auch sie selbst sich nach mehr sehnte als nur nach seiner Freundschaft.

Bei der Eselweide bemerkte Salomé sie sofort. Sie kam an den Zaun zu Gerome, der ihr die Ohren kraulte.

»Ich bin ein bisschen neidisch«, sagte Natalie.

»Möchtest du auch gekrault werden?«

Natalie wurde rot. »Das meinte ich nicht. Sie kommt zu dir, nicht zu mir.«

»Ich sage doch, ich bin ein Eselflüsterer.« Er bemerkte Natalies Verlegenheit und stieß sie kumpelhaft mit dem Ellenbogen in die Seite. »Hey, war ein Scherz. Pardon.«

»Es funktioniert nicht«, sagte Natalie leise.

»Was?«

»Mit der Freundschaft.«

Gerome hörte mit dem Kraulen der Eselin auf und hielt sich die Ohren zu.

»Warum hältst du dir die Ohren zu?«

Er nahm die Hände von den Ohren. »Ich habe doch gesagt, es ist okay, so wie es ist für mich. Wir sind Freunde, nichts weiter. Die Bemerkung gerade tut mir leid.«

»Aber das funktioniert nicht.«

»Warum nicht? Hör zu, es war nur Spaß …«

»Es liegt nicht an dir, sondern an mir. Es ist kompliziert. Es ist für mich …«

»Zu früh?«

Natalie schüttete den Kopf. »Keine Ahnung, ob es jemals *nicht* zu früh sein wird. Pascal war die Liebe meines Lebens.« Sie hielt inne, korrigierte sich: »Pascal *ist* die Liebe meines Lebens.«

Er nickte nachdenklich. Salomé stupste seinen Arm an, und er streichelte ihr über die Ohren. »Dein Leben ist aber noch nicht vorbei. Du bist so jung. Willst du dich nie wieder verlieben?«

»Ich kann Pascal nicht vergessen. Das geht nicht!«

Er schüttelte den Kopf. »Nein, natürlich nicht. Aber niemand sollte ohne Liebe durchs Leben gehen.«

»Ich gehe nicht ohne Liebe durchs Leben.« Natalie klopfte sich mit der einen Hand auf die Brust und tippte mit der anderen an die Schläfe. »Diese Liebe zu Pascal ist in mir, hier drin und hier drin, und da wird sie immer bleiben.«

»Ja, natürlich wird sie das«, sagte er leise. »Aber die Liebe wird im Leben gelebt, nicht in der Erinnerung.«

»Ich brauche keine Therapeuten-Sprüche von dir!« Natalie sah ihn zornig an, und er machte eine beschwichtigende Geste und wandte sich wieder der Eselin zu.

»Es tut mir leid«, sagte sie, »das habe ich nicht so gemeint. Es war nur so ähnlich wie das, was meine Therapeutin immer zu mir sagt: Das Leben wird vorwärts gelebt. Ich kann's nicht mehr hören.«

Er wandte sich ihr wieder zu, streckte die Hand aus und strich ihr mit einer sanften Geste über die Wange. »Aber sie hat doch recht. Das Leben geht weiter, und wir müssen mit. Es ist in Ordnung, eine Weile stehenzubleiben. Aber nicht für immer. Wir müssen weitergehen.«

»Wie denn?«, flüsterte sie. »Weitergehen, wenn deine Welt untergeht?«

Er nahm sie in die Arme, und sie ließ es geschehen. »*Allez,* Natalie«, raunte er ihr ins Ohr, im selben Tonfall, in dem er sonst immer »*Allez,* Salomé« gesagt hatte, um die Eselin zum Weitergehen zu ermuntern. »Ich sage ja, du bist wie Salomé. So seid ihr Esel eben. Ihr bleibt stehen, wenn ihr Angst habt.« Er begann, ihr Ohr zu kraulen.

Halb lachend, halb weinend stieß sie ihn von sich. »Hey, was soll das?«

Er lachte leise. »Gib's zu, du magst das. Ihr Esel mögt das doch alle!«

Es tat gut. Er verstand und tröstete, und dann stieß er mit einer kleinen Stichelei alles Schwere weg. Sie sah seine dunklen Augen, die schwarzen Locken, die sein Gesicht umspielten, und spürte eine Sehnsucht danach, dass er sie noch einmal in den Arm nahm.

»Dein Mann und die große Liebe, das wird immer so bleiben«, sagte er. »Aber weißt du, was ich dir wünsche? Dass du ihn einmal, wenn du mit neunzig auf dein Leben zurückblickst, als die *erste* große Liebe deines Lebens sehen wirst.«

Plötzlich fühlte sie wieder dieses Verlangen, von ihm geküsst zu werden und ihn zu küssen, seine Wärme zu spüren, sich fallen zu lassen und alles um sich herum zu vergessen. Da klingelte ihr Handy. Sie zögerte einen Moment, sah ihm immer noch in die Augen. Beim zweiten Klingeln riss das Band. Womöglich war Leonie am Telefon, oder wenigstens Pierrette! Es war Jacques, der endlich zurückrief. Er gab Natalie die Handynummer von Pierrette, erkundigte sich mit höflichem Interesse nach ihrem Wohlbefinden und wünschte ihr alles Gute für die weitere Wanderung. Natalie merkte an seinem freundlichen, aber leicht distanzierten Tonfall, dass etwas nicht stimmte, und fragte, ob bei ihm denn alles in Ordnung sei.

»Ja, ja«, gab Jacques zurück. Er räusperte sich. Ein weiteres Zögern, ein weiteres umständliches Räuspern. »Allerdings hat sich Pierrette heute noch nicht gemeldet.« Er machte wieder eine kleine Pause. »Was keinen Grund zur Beunruhigung darstellt. Sie wird sich melden, sobald sie die Herberge erreicht. Dann sage ich ihr, sie soll dich unverzüglich anrufen, einverstanden?«

Natalie brachte kein Wort heraus, sie spürte ihren Puls im Hals. Gerade die Tatsache, dass Jacques betonte, es gebe keinen Grund zur Beunruhigung, wirkte alarmierend.

»Natalie, bist du noch dran?«, fragte Jacques. »Hör zu, mach dir wirklich keine Gedanken. Vermutlich wandern sie durch ein Funkloch, oder die beiden haben eine so schöne Zeit zusammen, dass Pierrette ganz vergisst, sich zu melden. Es wird ihr guttun.«

»Und das ist ja die Hauptsache«, sagte Natalie bitter.

»Wie meinst du das?«

Natalie verwarf den Gedanken, Jacques' Vertrauensbruch ihr gegenüber zur Sprache zu bringen. Was würde es bringen? Er war Pierrette gegenüber loyal gewesen. Es war dumm von ihr gewesen, etwas anderes zu erwarten. Pascal hätte genauso gehandelt, wäre er an seiner Stelle gewesen. Loyal gegenüber der Frau, die er liebte.

»Nichts«, antwortete sie.

»Du musst verstehen«, sagte Jacques, »die letzten beiden Jahre waren auch für Pierrette nicht leicht.« Er räusperte sich. »Wie für dich und Leonie. Aber du hattest Leonie, Leonie hatte dich. Pierrette war allein in ihrem Schmerz.«

»Sie hatte dich.«

»Sie hat ihren Schmerz aber nicht mit mir teilen können. Deshalb fand ich die Idee mit der gemeinsamen Wanderung sehr begrüßenswert. Leonie könnte so etwas wie ihre Rettung sein.«

»Ja«, sagte Natalie nur. Sie war inzwischen vor Angst wie gelähmt, die Gedanken rasten, während sie vor sich hinstarrte, ohne etwas wahrzunehmen.

»Wenn etwas passiert wäre, hätte ich es längst erfahren. Ich melde mich, sobald ich etwas höre, ja?«

»Gut. Danke«, brachte sie gerade noch heraus. Sie beendete das Gespräch und versuchte, auf die Uhr zu schauen. Das Zifferblatt verschwamm vor ihren Augen. »Gibt es hier noch eine andere Eselweide?«

»Das schon«, sagte Gerome, »aber alle Wanderesel aus Célines Eselvermietung werden hier auf diese Weide gebracht.« Er sah sie beunruhigt an. »Warum? Was ist los? Wer war das?«

»Das war der Freund meiner Schwiegermutter. Pierrette hat sich heute noch nicht bei ihm gemeldet.«

»Tut sie das sonst?«

»Ja, aber heute – noch gar nichts. Und wir haben schon späten Nachmittag.«

»Wahrscheinlich hat sie nur vergessen, ihr Handy aufzuladen.«

Natalie löste sich aus der Erstarrung, sie hatte jetzt das dringende Bedürfnis nach Bewegung, stand auf, ging nervös hin und her. »Meine Schwiegermutter ist gut organisiert, so etwas passiert ihr nicht. Und es gibt ja auch noch Leonies Handy.«

Gerome erhob sich ebenfalls, versuchte, ihr den Arm um die Schultern zu legen. »Beruhige dich, hörst du, es besteht kein Grund zur Panik!«

Sie stieß ihn von sich. »Und warum nicht?!«, rief sie. »Schlimme Dinge passieren, und du merkst es nicht! Keine fünfhundert Meter von mir ist Pascal gestorben, und ich hatte keine Ahnung! Und jetzt laufe ich meiner Tochter hinterher und bilde mir ein, ich hätte alles im Griff, zur Not könnte ich helfen! Einen Scheißdreck habe ich im Griff, ich kriege überhaupt nichts mit, sitze hier und freue mich aufs Wiedersehen, während … wer weiß was …« Sie fasste sich mit beiden Händen an den Kopf, ging verzweifelt wieder auf und ab.

»Stopp!«, rief Gerome, stellte sich ihr in den Weg, packte sie bei den Schultern und zwang sie, stehenzubleiben. Er sah sie eindringlich an. »Schluss. Denk nicht darüber nach, was alles passiert sein könnte. Lass uns lieber losgehen und nach ihnen suchen. Wahrscheinlich ist nichts passiert, dann haben wir drei nur einen netten Spaziergang gemacht.«

»Wir drei?«

»Wir beide und Salomé.«

»Ja, gut!« Natalie nickte erleichtert: Sie würde etwas tun können, nicht nur hilflos und rasend vor Sorge hier warten.

Im Nu hatten sie Salomé von der Weide geholt, und als sie gemeinsam losmarschierten, war sie unsagbar froh, dass Gerome jetzt bei ihr war. Er zögerte nicht oder überschüttete sie mit beruhigenden Worten, er ergriff die Initiative, tat etwas. Er kannte sich hier aus wie in seiner Westentasche, und sie würden den Weg schon finden, auch wenn die Dunkelheit hereinbrach.

Pistou

Im Wald bei Florac, Dienstagabend

Leonie war müde, so müde. Und Pistou war es auch, glaubte sie. Trotzdem lief er weiter, brav setzte er Huf vor Huf. Ob er wusste, wo er hinwollte, oder ob er nur einfach weiterlief, in der Hoffnung, schon irgendwo anzukommen? Jeder Weg führte doch irgendwohin, oder? Irgendwann würden sie an ein Haus kommen oder in ein kleines Dorf, und da wären Leute, die ihnen weiterhelfen könnten. Warum waren sie noch keinem Menschen begegnet? War hier gar niemand? Gestern waren ihnen, sobald sie das Flusstal verlassen hatten, auch nicht viele Wanderer begegnet, vielleicht drei oder vier, aber jetzt war der Wald menschenleer. Menschenleer, aber nicht leer. Vorher war ihr nicht aufgefallen, wie viel Summen und Brummen es hier gab und Eidechsen, die sich auf Steinen am Wegrand sonnten. Plötzlich machte Pistou einen Satz zur Seite, und Leonie fiel beinahe herunter, hing schon ganz schief im Sattel. Sich am Croisillon wieder hochziehend, sah sie, wie eine gefleckte Schlange sich vom Weg in die Büsche schlängelte. Ob die giftig war? Sie hatten in der Schule die Tiere des Waldes durchgenommen und gelernt, dass eigentlich nur Kreuzottern giftig waren, die dazu noch äußerst selten vorkamen. Aber das war zuhause in Deutschland gewesen. Wie viele giftige Schlangen gab es wohl hier in Frankreich? Da fiel ihr ein, dass Oma ihr zu Beginn der Wanderung das Handy abgenommen und in einen der Plastiksäcke mit ihrem Gepäck verstaut hatte. Sie könnte es suchen, anmachen und »Schlangen« eintippen und auf »Bilder« tippen. Viel lesen konnte sie noch nicht, aber sie würde sehen können, welche Bilder kamen und ob welche davon so aussahen wie die Schlange, die sie gesehen hatte.

Während Pistou ruhig weiterschritt, öffnete Leonie die Packtasche und versuchte ihr Handy zu ertasten. Da kam ihr eine neue Idee: Wenn sie das Handy fand, würde sie Mama anrufen. Wie dumm, dass sie nicht sofort darauf gekommen war! Sie suchte noch angestrengter, tastete und wühlte, und schließlich fand sie es tatsächlich. Ihre Hand zitterte vor Aufregung, als sie auf die Taste zum Anmachen drückte, aber es tat sich nichts. Sie drückte wieder und wieder, aber vergeblich. Das Display blieb schwarz, es war so nutzlos wie ein Stein. So stolz die gute Idee mit dem Handy sie gemacht hatte, so groß war jetzt die Enttäuschung. Wütend schleuderte sie es hinter sich auf den steinigen Weg. Pistou machte einen Satz nach vorn vor Schreck, fast hätte Leonie wieder den Halt verloren. Doch wieder fing sie sich. Sie streichelte ihm über die Stehmähne.

»Tut mir leid, Pistou.« Sie sagte es auf Französisch, damit er sie auch verstehen konnte, jeder hier sprach ja sonst Französisch mit ihm. Klar konnte er selbst kein Französisch sprechen, er war ja ein Esel, aber bestimmt verstand er ein paar Worte. Seit Papa nicht mehr da war, hatte sie kein Französisch mehr gesprochen, irgendwie war es mit

Papa plötzlich weg gewesen. Papa hatte immer Französisch mit ihr geredet, denn er wollte, dass nicht nur Deutschland, sondern auch Frankreich ihr Zuhause wäre. Es sei so schön, in beiden Ländern zuhause zu sein. Und dazu brauche man zwei Sprachen. Deshalb sprach Papa immer Französisch mit ihr, und er erzählte oft von seiner Kindheit dort, von Ausflügen mit Oma in die Provence, von Flamingos, schicken Schuluniformen und heißen Tagen am Strand, er spielte mit ihr Boule, backte für sie Crêpes und sang ihr Kinderlieder vor. Sogar die Lieder hatte sie vergessen, als Papa starb, selbst das Lied vom Elefanten in der Hängematte war wie ausgelöscht gewesen. Zum Glück hatte Mama es gekannt und ihr zum Einschlafen dann immer vorgesungen. Doch jetzt plötzlich erinnerte sie sich wieder an ihr Französisch, plötzlich war es wieder da, als wäre es nie verschwunden gewesen. Und sie beplauderte Pistou auf Französisch, sagte ihm, wie froh sie sei, dass er hier bei ihr war, dass er stark und lieb sei und wie gut es war, nicht allein hier im Wald zu sein. Sie fragte ihn, ob er den Weg wüsste, und ob sie wohl bald irgendwo ankommen würden, und sein Kopf nickte im Takt seiner Schritte, und in ihrer Fantasie malte sie sich seine Antworten aus, und seine Stimme klang wie die von Papa.

Salomé

Im Wald bei Florac, Dienstagabend

Salomé brachte Ruhe hinein. Natalie wusste, dass sie allein schneller vorangekommen wären. Aber sie wusste auch, dass Gerome recht hatte: Es war klug, die Eselin mitzunehmen. Was dem Spürhund die Nase, waren dem Esel die Ohren. Salomé würde eine Wandergruppe mit einem Esel schneller und besser wahrnehmen, als sie es könnten. Salomé tippelte eifriger als sonst voran, fast als wüsste sie, worauf es ankam. Manchmal blieb sie stehen und lauschte, die Ohren wie feine Antennen aufgerichtet, und Natalie und Gerome drängten sie nicht, hielten den Atem an, um nur ja kein ablenkendes Geräusch zu machen. Doch nach wenigen Augenblicken ging sie immer weiter. Gerome und sie schwiegen die meiste Zeit, bis auf ein kurzes »Warte, war da ein Geräusch?« oder »Stopp, lass uns hier in diese Lichtung schauen!« sagten sie nicht viel, und Natalie war dankbar dafür, sie brauchte all ihre Energie und Konzentration, um weiterzulaufen und nicht offen in Panik auszubrechen. Nur einmal, während die Sonne schon langsam am Horizont versank und sich ihre Blicke trafen, nickte er ihr unmerklich zu und sagte leise: »*Tout ira bien*«, und sie nickte. Es würde alles gut gehen. Sie wollte es glauben, sie würde keinen anderen Gedanken zulassen. Ein Wald konnte niemanden einfach verschlucken, so wie das Meer Pascal verschluckt hatte. Das war doch nicht möglich. Oder doch? Langsam brach die Dunkelheit herein, und es schien Natalie, als sei dieser vertraute, mediterrane Wald plötzlich voller menschenfressender Monster, die sich unbemerkt jederzeit anschleichen konnten, um zuzuschnappen. Sie fröstelte.

Gerome legte ihr seine Fleecejacke um die Schultern. »Hast du eigentlich das Buch von Stevenson gelesen, über seine Wanderung?«

Sie nickte. »Ohne dieses Buch wäre ich nicht hier.«

»Klingt nicht besonders begeistert.«

»Begeistert davon war meine Schwiegermutter. Sie hat es gelesen und kam auf die Idee mit der Wanderung.«

»Und wie fandest du es?«

»Ging so. Er hat seinen Packesel geschlagen.«

Gerome nickte. »Verstehe. Stimmt, aus heutiger Perspektive. Aber er hat von seiner Modestine fast wie von einem Menschen erzählt. Er hat sich ziemlich viele Gedanken gemacht über sie. Das war mehr, als die meisten Leute damals gemacht haben. Wusstest du, dass er Liebeskummer hatte, als er hier wanderte? Fanny Osbourne, die Frau, die er liebte, war nach Amerika zurückgekehrt, sie war verheiratet, und er wusste damals nicht, ob sie sich für ihn, den Schriftsteller, zur Scheidung durchringen würde – damals ein schwerwiegender Schritt. Auch wenn die Ehe unglücklich war und ihr Mann sie ständig betrog, die Scheidung bedeutete für sie als Frau ja den finanziellen und gesellschaftlichen Absturz. Stevenson hat sehr unter der Trennung gelitten, war auch wohl nicht gerade der Typ tollkühner Held. Bei dieser Wanderung hat er aber Mut gesammelt. Es gibt eine Stelle, ziemlich gegen Ende des Reiseberichts, in der Stevenson beschreibt, wie er unter Kastanienbäumen wandert und hört, wie eine Frau eine traurige Ballade über ihre verlorene Liebe singt. Er überlegt, was er ihr antworten könnte.«

Natalie nickte. »Ich weiß, welche Stelle du meinst. Er schreibt, dass die Welt Liebende zusammenbringt, nur um sie wieder zu trennen. Aber dass die Liebe die Welt zu einem Garten macht.«

»Genau«, sagte Gerome. »Und dass die Hoffnung ihre Hand ausstreckt, über die Unglücke des Lebens hinweg.«

»Wie ist es dann ausgegangen mit dieser Fanny Osbourne?«

»Er hat alles auf eine Karte gesetzt und ist zu Fanny nach Amerika gereist. Muss Fanny beeindruckt haben, denn sie hat sich scheiden lassen und ihn geheiratet.«

»Der hatte nur Liebeskummer. Was ist Liebeskummer gegen die Angst, dass deinem Kind etwas …« Sie brachte den Satz nicht zu Ende.

»Ich weiß«, sagte er leise. »Aber wir finden sie bald, ganz sicher.«

Salomé blieb stehen, hob den Kopf zur Seite, spitzte die Ohren. Natalie hielt den Atem an, Gerome legte einen Finger an die Lippen. »Hörst du das?«, flüsterte er. Natalie nickte. Es war ein tierischer Laut, ein Winseln.

»Gibt es hier Wölfe?«

Er schüttelte den Kopf. »Vielleicht ist es ein Fuchs. Manchmal stellen Wilderer hier Fallen auf.« Er knipste die Taschenlampe seines Handys an, und sie sahen eine Abzweigung wenige Meter weiter voraus auf dem Weg. »Das kommt von dort!« Gerome nahm Salomé am Halfter und führte sie zu der Abzweigung.

Natalie legte die Hände wie einen Trichter an den Mund: »LEONIE! LEONIE!« Doch als einzige Antwort kam wieder nur das leise Winseln. Sie liefen gut hundert Meter weiter, hatten dabei Mühe mit Salomé, denn sie scheute jetzt vor dem lauter werdenden Winseln zurück. Schließlich stemmte sie die Hufe in den Boden und weigerte sich, weiterzugehen. Gerome band sie an einem Baum fest, nahm Natalie bei der Hand, und sie gingen ohne die Eselin dem jetzt deutlich hörbaren Winseln nach.

»Es klingt doch eher wie ein Hund, vielleicht ist er verletzt«, flüsterte Gerome ihr zu. Der Weg machte eine Biegung, und dann standen sie vor einer großen, grasbewachsenen Lichtung. Am anderen Ende der riesigen Weidefläche standen im fahlen Mondlicht an die Hundert Schafe dichtgedrängt zusammen. Wieder hörten sie das Winseln, es kam vom Rand der Lichtung, etwas weiter links. Und dann sahen sie den Hund und die leblose Gestalt am Boden, neben der er kauerte.

»Pierrette!«, schrie Natalie auf und stürzte zu ihr. Doch Gerome hielt sie zurück. »Halt, warte, lass mich das machen, ruf du den Rettungswagen!«

Sie wählte mit zitternden Händen die Nummer, gab die Informationen durch. »Sie fragen, wo wir sind«, sagte sie zu Gerome, der neben Pierrette kniete und Puls und Atmung überprüfte.

»Sag zwischen Saint-Jean-du-Gard und La Borie im Wald sie sollen das Handy orten.« Als sie aufgelegt hatte, holte er eine Stabtaschenlampe aus seinem Rucksack und leuchtete Pierrette in die Augen. »Pupillenreflexe sind normal«, murmelte er und überreichte Natalie die Taschenlampe. »Leuchtest du mir mal bitte?« Mit geübten Handgriffen breitete er seine Erste-Hilfe-Tasche aus, streifte sich Handschuhe über. Natalie leuchtete ihm und sah mit angehaltenem Atem zu, wie er die Bewusstlose eingehender untersuchte und die Beinwunde desinfizierte und verband. Dann streifte er die Handschuhe ab. »So, fürs Erste ist sie versorgt. Wir bleiben noch, bis die Sanitäter kommen, dann suchen wir Leonie, okay?«

»Nein«, sagte Natalie entschlossen und gab ihm die Taschenlampe zurück. »Sie haben gesagt, es kann bis zu einer Dreiviertelstunde dauern. Das ist mir zu lang. Bleib du hier bei Pierrette, das ist gut, aber ich gehe sofort los und suche weiter nach Leonie. Salomé nehme ich mit.« Sie eilte zurück zur Eselin, nahm ihr Handy. »Gib mir deine Nummer«, rief sie Gerome zu, »dann gebe ich dir meinen Live-Standort, ja?«

Gerome gab keine Antwort, sie hörte nur ein Flüstern.

»Gerome!?«

»Komm mal her!«, rief er. »Ich glaube, deine Schwiegermutter kommt zu sich!«

Schnell lief sie zurück. Er streckte die Hand aus, um ihr das Handy abzunehmen und seine Nummer einzutippen, während sie sich schon neben die Verletzte kniete. Pierrette öffnete die Augen, ihre Lider flatterten, sie versuchte etwas zu sagen, aber es gelang ihr nur ein Flüstern. Natalie beugte sich zu ihr hinab.

»Du hattest einen Unfall, Pierrette. Hilfe ist unterwegs. Wo ist Leonie?«

»Leonie«, flüsterte Pierrette. »Leonie.« Ihre Augen weiteten sich.

»Leonie ist nicht hier«, sagte Natalie. Sie fühlte, wie die Panik, die sie in Pierrettes Augen sah, unmittelbar auf sie überging. Am liebsten hätte sie Pierrette geschüttelt, aber sie zwang sich, sie nur sanft an die Schulter zu fassen. »Pierrette, weißt du, was passiert ist? Es ist wichtig, hörst du? Wo ist Leonie?«

»Die Hunde«, flüsterte Pierrette. Das Sprechen kostete sie große Anstrengung, ihr Atem ging flach und stoßweise, offensichtlich hatte sie Schmerzen. »Der Esel … mit ihr weggerannt. Es tut mir so leid, ich …« Sie verdrehte die Augen, war wieder nahe an einer Ohnmacht.

»Ich weiß«, sagte Natalie und streichelte ihr unwillkürlich über die Wange. »Schlaf jetzt, Pierrette. Gerome bleibt bei dir. Bald kommt ein Rettungswagen. Ich finde jetzt unser kleines Mädchen. Alles wird gut.«

Gerome gab ihr das Telefon zurück und kniete sich wieder neben Pierrette und prüfte ihren Puls. Sie nickte Natalie zu. »Geh nur, ich bleibe hier.«

Natalie band mit klopfendem Herzen Salomé los. Die Eselin folgte ihr auf dem Fuß. Die Dunkelheit war inzwischen hereingebrochen, bald würde es wieder stockfinstere, fast mondlose Nacht sein. In wildem Durcheinander kreisten Natalies Gedanken um das, was geschehen sein mochte. Wann war der Unfall passiert, möglicherweise schon vor Stunden? Sie griff nach dem Handy des Wirts und wählte die Nummer von Céline. Knapp erzählte sie ihr, was los war, sagte, dass der Rettungswagen bereits alarmiert sei und Gerome bei ihrer Schwiegermutter bleibe, bis er eintreffe, aber Leonie und der Esel verschwunden seien, womöglich wollten sie Hilfe holen, vielleicht war aber auch ihnen etwas passiert, oder sie irrten im Wald herum.

»Wo bist du?«, unterbrach Céline sie.

»Im Wald, ich suche mit Salomé nach ihr«, sagte Natalie.

»Okay, schick mir deinen Standort, ich werde im Umkreis herumtelefonieren und fragen, ob Leonie und Pistou irgendwo aufgetaucht sind. Ich melde mich, sobald ich etwas höre, ja? Und Natalie – ich weiß, du machst dir Sorgen, aber Piston ist bei ihr. Er ist der Beste.«

Natalie bedankte sich und legte auf. Die hilfsbereite Sachlichkeit von Céline und ihre Zuversicht taten gut, trotzdem zitterten ihre Hände. Sie zwang sich, nicht daran zu denken, was alles passiert sein könnte. Ihre Gedanken kehrten zurück zu Pierrette. Dieser verzweifelte Blick! Und sie hatte an nichts anderes gedacht als an Leonie. Mit einem Mal fühlte Natalie ein so großes, überwältigendes Mitleid mit Pierrette, dass ihr die Tränen kamen, und zu den Tränen des Mitleids kamen Tränen der Scham. Denn erst jetzt, unbegreiflicherweise erst jetzt, zwei Jahre später, hier bei der Suche nach Leonie, wurde ihr bewusst, was Pierrette durchgemacht hatte vor zwei Jahren. Etwas, das Natalie sich schon als geringste Möglichkeit zu denken verbot. Pierrette hatte ihr Kind verloren.

Natalie putzte mit fahrigen, zitternden Händen die Tränen ab, lief weiter durch den Wald, stieß immer wieder ein entschlossenes ›*Tout ira bien*‹ aus, es war ihr Krückstock aus Worten, den sie sich da selbst schuf und den sie mit jeder Wiederholung versuchte stabiler zu machen, um damit durch den immer dunkleren Wald zu stolpern. Plötzlich blieb Salomé stehen, und der Krückstock brach in sich zusammen. Natalie rang um Fassung. Ausgerechnet jetzt ließ die Eselin sie im Stich!

»Das war's mit uns«, murmelte Natalie, machte den Strick ab, ließ sie stehen und ging weiter. Sie durfte keine Energie mehr an Salomé verschwenden. Sie war schon an die hundert Schritte gegangen, da zerriss ein durchdringender Eselschrei die Nacht. Natalie hielt inne. Das war Salomé gewesen. So hatte sie nach Pistou gerufen, und so hatte sie auch nach Gerome gerufen. Rief die Eselin jetzt tatsächlich nach ihr? Sollte sie zurückkehren und sie holen? Nein, sie brauchte all ihre Energie für Leonie.

»Das kannst du vergessen!«, schrie sie in den Wald zurück und ging weiter. Doch da erscholl wieder ein Iihh-Aahh. Es ließ Natalie erschaudern, denn es war leise, weiter entfernt. Der Ruf eines anderen Esels!

Pistou

Im Wald bei Florac, Dienstagabend

Pistou blieb auf einer Waldlichtung stehen, um zu grasen. Leonie sprang ab und setzte sich neben ihn ins Gras. Sie hatte Durst, aber es war nichts mehr zu trinken da. In einer der Satteltaschen fand sie noch einen Apfel. Sie überlegte, ob sie ihn mit Pistou teilen sollte, aber dann fiel ihr ein, dass Pistou ja schon Gras fraß. Die ganze Wiese war sein Abendessen. Er konnte so viel essen, wie er wollte, aber für sie selbst gab es nur den Apfel. Also aß sie ihn ganz auf und beobachtete Pistou dabei, wie er friedlich graste. Er machte sich keine Sorgen, das sah man.

Ob Oma doch noch nach ihr suchte? Die Sonne war inzwischen nicht mehr zu sehen, es war schon ganz dämmrig. Sie würden heute kein Dorf mehr erreichen, das wurde ihr klar. Sie strengte sich an, um Pistous Sattelgurt zu lösen, beim dritten Versuch gelang es ihr, und dann zog sie kräftig am Sattel, streifte ihn nach hinten ab. Pistou schnaubte und machte einen erschrockenen Satz nach vorn, als der Sattel zu Boden polterte, dann trabte er erleichtert zur Mitte der Waldlichtung, drehte sich ein paarmal um sich selbst, scharrte mit den Hufen und wälzte sich im Gras. Danach stand er wieder auf und senkte den Kopf, um zu grasen. Leonie setzte sich auf den Boden, lehnte sich an den Sattel und schaute ihm zu. Irgendwann würde Oma bestimmt kommen und sie holen. Sie dachte an den kleinen Hund und an die großen, laut bellenden Hunde, die an den Zaun gekommen waren. Hoffentlich hatten sie dem kleinen Hund nichts getan. Oder war das der Grund, warum Oma nicht kam, um sie zu holen? Vielleicht hatten die großen Hunde den kleinen Hund gebissen, und Oma musste zuerst mit ihm zum Tierarzt? Leonie lauschte auf das Geräusch, wie Pistou die Gräser abrupfte. Von dieser Lichtung aus konnte man weit über die Berge sehen, doch nirgendwo gab es ein Dorf oder auch nur ein kleines Haus. Sie war ganz allein hier im Wald. Die Sonne war hinter den Bergen verschwunden, es wurde immer dunkler. Pistou hob den Kopf, sah zu ihr, als hätte sie gerade eine Frage gestellt, die er nicht richtig gehört hatte.

»Ich bin nicht ganz allein, ich hab ja dich«, sagte Leonie. Da machte er ein paar Schritte auf sie zu, scharrte dann mit den Hufen auf dem Boden und legte sich hin. Pistou hatte sich entschieden, hier zu schlafen, auf dieser einsamen kleinen Lichtung. *Lieber Gott, ich will zu Mama*, betete sie und machte die Augen zu. *Mach, dass ich aufwache, und Mama sitzt an meinem Bett und liest mir vor.* Leonie machte die Augen wieder auf, und es schien noch dunkler geworden zu sein. Plötzlich war ihr kalt, sie traute sich kaum noch, sich umzuschauen. Die Bäume, die eben noch freundlich ihren Schatten geboten hatten, wirkten jetzt bedrohlich wie Hexenwesen, die ihre dunklen Arme nach ihr ausstreckten. Fledermäuse schwärmten wie Gespenster über die Lichtung, plötzlich gab es andere Geräusche als bei Tag, unheimliche. Als sie den Flügelschlag eines Nachtfalters an ihrer Wange spürte, krabbelte sie auf allen vieren auf Pistou zu. Sie wusste, kein Pferd, das sie kannte, würde es dulden, wenn sich ein Mensch neben es legte. Aber es würde ihr schon besser gehen, wenn sie ihm ein bisschen näher wäre. Pistou rührte sich nicht, ganz ruhig lag er da. Sie robbte näher zu ihm, ganz langsam, bis sie bei ihm war, und er blieb immer noch still liegen. Sie lehnte sich vorsichtig ein bisschen an ihn, streichelte ihm über die Nüstern und fühlte sich gleich nicht mehr so ängstlich und allein. Je mehr die Angst wich, desto größer wurde die Müdigkeit. Sie kuschelte sich jetzt ganz eng an Pistou, streichelte über das warme, weiche Fell seines Halses, und er schien nichts dagegen zu haben, dass sie bei ihm Schutz und Wärme suchte. Sie wollte sich bei ihm bedanken, auch etwas für ihn tun. Ob er es mochte, wenn sie ihm vorsang? Leise summte sie das Elefantenlied, und sie merkte, dass Pistous Ohren sich bewegten, er lauschte. Es schien ihm zu gefallen! Sie sang weiter, und jetzt mit Text. Plötzlich war er wieder da, alles war ihr wieder eingefallen. Ob Pistou das Lied auch so lustig fand? Ob er überhaupt wusste, wie Elefanten aussahen? Vielleicht sollte sie lieber von Eseln singen, die in der Hängematte balancierten? Ob er überhaupt wusste, wie Hängematten aussahen? Leonie sang und überlegte und glitt vom Singen und Überlegen ins Träumen. Erst durch eine plötzliche Bewegung von Pistou schreckte sie wieder auf. Der Esel reckte den Kopf in die Höhe, versuchte aufzustehen. Schnell sprang Leonie auf, um seinen Hufen nicht in die Quere zu kommen.

»Was ist los, Pistou?«, flüsterte sie. Da hörte sie ein Iihh-Aahh, ganz leise. Flüsterte Pistou etwa, so wie sie? Machte er sein Iihh-Aahh ganz leise? Da schrie Pistou, ohrenbetäubend laut, und Leonie wurde klar, dass das leise Iihh-Aahh von einem anderen Esel gekommen war und Pistou ihm antwortete: Laut, sehnsüchtig und durchdringend zerschnitt sein Schrei die Stille der Nacht. Dann kam wieder das andere Iihh-Aahh, diesmal klang es näher, und wieder antwortete Pistou. Als sein Schrei verhallt war, hörte Leonie noch etwas, eine Stimme, die ihren Namen rief: »LEONIE! LEONIE!«

»MAMAAA!«, schrie sie aus Leibeskräften zurück. »MAMAAA!«

»Leonie! Bleib, wo du bist, ich komme zu dir!« Ein Knacken und Rascheln, ein Esel und ein Mensch, die sich schemenhaft aus dem Wald lösten, und dann waren da Mamas Arme, die sich um sie schlossen und sie fest an sich drückten. Da war Mamas Duft und ihre Stimme, ihre Wärme und ihre Liebe. Und alles war gut.

Epilog

Montpellier, ein Sommer später …

Wasser spritzte auf, eiskalte Tropfen landeten auf ihrer sonnendurchwärmten Haut. Leonie war mit Anlauf in den Pool gesprungen. Wieder ein Bauchklatscher. Natalie schob die Sonnenbrille hoch. Der kleine Hund, der neben ihr im Schatten der Sonnenliege gesessen hatte, stand auf und schüttelte sich, dann ging er ins Haus zu Pierrette. Er hatte für heute genug Wasser von Leonies Springversuchen abbekommen. So wird das nie etwas, dachte Natalie. Gestern hatte sie den ganzen Vormittag versucht, Leonie den Kopfsprung beizubringen. Doch jedes Mal wurde ein Bauchklatscher daraus, weil Leonie zu viel Angst hatte, sich kopfüber ins Wasser zu stürzen. Sie sprang zwar mutig los und streckte den kleinen Körper in waagerechtem Flug, reckte aber im letzten Moment den Kopf doch noch nach oben.

Prustend und wütend über sich selbst paddelte Leonie an den Beckenrand. Natalie stand auf, reichte ihr die Hand und zog sie aus dem Wasser.

»Immer geht der Kopf hoch«, sagte Leonie. »Ich will das nicht, aber es passiert jedes Mal!«

»Du musst doch keinen Köpper können«, tröstete Natalie sie. »Du kannst schwimmen wie ein Fisch, das reicht doch. Das mit dem Kopfsprung kommt irgendwann von selbst, du wirst sehen.«

»Aber ich brauche den *plongeon*, jetzt!« Leonie stampfte mit dem nackten Fuß auf die Steinplatten am Pool. »Ich muss ihn können, sonst lachen mich die anderen Kinder aus! *C'est le moment ou jamais!* Jetzt oder nie!«

»Na, na, wer will denn da mit dem Kopf durch die Wand?«, fragte Pierrette, die mit einem Tablett mit eisgekühlter Limonade und drei Gläsern an den Pool gehinkt kam. Der Hund folgte ihr auf dem Fuß. Pierrette hatte den Streuner nach ihrem Unfall adoptiert und ihn Malin genannt, kleiner Schelm.

»Sie übt den Kopfsprung, aber es will noch nicht klappen«, sagte Natalie.

Pierrette schenkte ein. Es war die gute, selbstgemachte Limonade, mit Zitronen aus dem Garten. »Du bist eine richtige Wasserratte geworden, ganz deine Mama«, sagte sie lächelnd und reichte Leonie ihr Glas.

»J'en ai ras le bol!« Leonie kämpfte mit den Tränen. »Ich hab die Nase voll. Die anderen Kinder lachen mich schon aus. Aber ich kann das einfach nicht!«

Pierrette legte tröstend den Arm um Leonies Schultern. »Der ›Ich-kann-Nicht‹ wohnt in der ›Ich-will-Nicht‹-Straße. Du musst nur fleißig weiter üben.«

Natalie lächelte in sich hinein. Immer noch die alte Pierrette. Aber mit genau dieser Einstellung hatte sie sich nach dem Unfall zurück ins Leben gekämpft. Mit einer komplizierten Beinfraktur und einer hinzugekommenen Sepsis durch den Biss hatte sie fast ein Vierteljahr in Krankenhäusern und Reha-Kliniken verbracht, und dann war ein anstrengender Winter gekommen, der an ihren Kräften gezehrt hatte. Aber seit dem Frühling arbeitete sie schon wieder, mit mehr Energie denn je. Die Auszeit vom Job hatte ihr gutgetan. Oder war es die Nähe zu ihrer Enkelin? Natalie und Leonie waren kurzerhand nach Montpellier gezogen, als bei der Reha absehbar wurde, dass sie zuhause im Alltag noch Hilfe brauchte. »Lass mich einfach eine Weile wieder dein Au-pair sein«, hatte Natalie vorgeschlagen. »Ich gehe dir im Haus zur Hand, und du hast Leonie um dich, das wird dir guttun.« Pierrette hätte sich natürlich eine Haushaltshilfe leisten können, das wussten sie beide. Sie war über das Angebot sichtlich gerührt gewesen, hatte aber zunächst gezögert, es anzunehmen. »Kannst du das denn einfach? Was ist mit deinem Job? Und wie ist es mit Leonie, mit der Schule? Nicht dass Leonie etwas verpasst und hinterher nicht mehr mitkommt.« Damit war es klar, das war ihre Art, zu sagen: *Ich danke dir und nehme dein Angebot nur zu gerne an. Wenn es für Leonie und dich auch in Ordnung ist.*

Doch die Schule war kein Problem. Leonie hatte schnell Anschluss gefunden, sie plapperte inzwischen wie ein Wasserfall französisch, nur beim Schreiben musste sie noch aufholen, und Pierrette übte viel mit ihr. Ansonsten lebte sie geradezu auf, genoss das Schwimmen im Pool und dass sie von Mutter und Oma umsorgt wurde – und vielleicht auch, dass in ihrem Leben wieder die Sonne schien. Pierrette verwöhnte ihre Enkeltochter und genoss es sichtlich, aber sie tat auch alles dafür, dass Natalie sich wirklich zuhause fühlte und nicht wie ein Au-pair. Sie war fast rührend darauf bedacht, ihre Dankbarkeit zu zeigen, nahm nur die allernötigste Hilfe an und versuchte bei jeder Gelegenheit, ihrerseits Natalie zu bedienen, so wie jetzt, wenn sie mit der Limonade auf dem Tablett herbeihinkte.

Während Natalie mit Leonie und Pierrette am Pool saß, auf das glitzernde Wasser schaute und die eiskalte Limonade genoss, dachte sie an früher zurück, an diesen Nachmittag hier mit Pascal, der so heiß und herrlich wie dieser Tag heute gewesen war. Wie er mit einem Kopfsprung ins Wasser gerauscht war, um ihr zu imponieren, und wie seine Augen vor Übermut geblitzt hatten, als er sie aufforderte, zu ihm ins Becken zu kommen und um die Wette unterzutauchen. Wie ihnen beiden klar geworden war, dass sie sich liebten. Sie dachte immer noch oft an Pascal, gerade hier am Pool. Aber es war anders als früher, wie ein warmer Windhauch, der Gefühle von Dankbarkeit zurückließ.

Plötzlich wusste Natalie, wie sie Leonie helfen konnte, ihre Angst vor dem Kopfsprung zu überwinden. Sie sprang auf, zog Leonie hoch. »Komm, ich zeige dir, was Papa und ich früher immer hier gespielt haben, ja? Wer länger untertauchen kann!«

Leonie war leicht bei ihrem Ehrgeiz zu packen: Sie wollte natürlich unbedingt gewinnen und länger untertauchen als die Mama, auch wenn das hieß, dass sie sich zum Untertauchen erst einmal etwas überwinden musste. Als sie es einmal geschafft hatte, war sie außer sich vor Begeisterung, konnte gar nicht mehr genug davon bekommen. Morgen würde sie als nächsten Schritt den Startsprung mit ihr üben. Natalie war Schwimmlehrerin genug, um zu wissen, dass es für heute reichte. Leonie hatte sich überwunden, mit dem Kopf unterzutauchen. Der Stolz auf diese Leistung sollte über Nacht wachsen dürfen. Morgen würde er sie frisch und mutig machen. *Doucement.* Sachte, immer mit der Ruhe, mit der Weisheit der Esel würde sie vorgehen. Leonie quengelte, sie wollte jetzt gleich weiter üben und noch einmal den Köpper versuchen.

Aber Natalie sprach ein Machtwort. »Raus mit dir, du hast schon ganz rote Augen!« Genau dasselbe, was ihre Mutter damals ausrief, nachdem Natalie das Tauchen im Freibad für sich entdeckt hatte und nicht genug davon bekommen konnte. Das Beobachten der Körper unter Wasser war so faszinierend gewesen, dass ihre Augen bald vom Chlorwasser brannten. Vor dem nächsten Schwimmbadbesuch hatte ihre Mutter ihr dann eine Schwimmbrille geschenkt. Manchmal kamen Natalie jetzt auch wieder solche Erinnerungen an sie. Erinnerungen, die schön waren.

Leonie wehrte sich noch ein bisschen, aber im Grunde wusste sie selbst, dass ihr die Augen brannten. Und als Pierrette rief, dass in zehn Minuten das Essen fertig sei, war ihre Tauchbegeisterung fürs Erste vergessen. Natalie lächelte in sich hinein, als sie sah, mit welcher Geschwindigkeit Leonie aus dem Pool kletterte, ein Handtuch über die Schultern schlug und mit ihrer Kleidung im Haus verschwand. Sie freute sich genauso sehr aufs Essen wie Pascal früher.

Für Pascal war das Leben eine Folge von Beschäftigungen gewesen, die er liebte, von Dingen, für die er sich begeisterte. Natürlich hatte auch er vieles tun müssen, was Routine war oder einfach nur Arbeit, aber wie oft hatte er das gemeinsame Spülen zu einer Schaumschlacht werden lassen, sie, wenn sie gemeinsam die Wohnung aufräumten, plötzlich gepackt und ins Bett ›geräumt‹ oder beim Staubsaugen stürmich versucht, ihr die Socken von den Füßen zu saugen. Wie gern hatte sie sich von seiner Leichtigkeit und Lebensfreude, von seinem Sinn für Unsinn mitreißen lassen. Es tat ihr gut, hier in der Villa Berger zu sein. Sie fühlte sich ihm nah hier, auf eine beflügelnde Art und Weise, die ihr die Freiheit gab, ihr Leben weiterzuleben. Es hatte aber auch mit Pierrette zu tun, mit der Beziehung zu ihr, die sich sehr verändert hatte. Nicht nur sie selbst und Leonie, sondern auch Pierrette vermisste Pascal, würde ihn immer vermissen, das spürte Natalie hier in dieser Umgebung, im täglichen Miteinander, deutlich. Aber es war nicht so, dass dieses Vermissen, mit dem sie alle drei umzugehen hatten, sich im Zusammenleben potenzierte und schwerer zu ertragen war, im Gegenteil. Es wurde leichter, es bekam eine Pascal'sche Leichtigkeit. Manchmal dachte sie, vielleicht war das Pascal, der ihnen allen, heimlich nachts vielleicht, mit einem himmlischen Staubsauger die Trauer von den Füßen saugte, so dass ihre Schritte wieder leicht wurden.

Drinnen im Haus klingelte das Telefon, Pierrette ging dran, es war eine ihrer Freundinnen aus dem Tennisclub, der sie erklärte, sie mache gerade das Essen für ihre *belle-fille* und ihre *petite-fille* und werde später zurückrufen. *Petite-fille*, dachte Natalie, was für ein schönes Wort für die Enkeltochter. Die kleine Tochter. *Belle-fille*, das war sie, die Schwiegertochter. Die schöne Tochter. Das französische Wort für Schwiegermutter war *belle-mère*. Eine so positive Bezeichnung, voller Bewunderung und Zuneigung. Und wie gut sie auf Pierrette passte, inzwischen.

Der Signalton einer ankommenden Textnachricht riss Natalie aus ihren Gedanken. Sie war von Gerome: *Es ist alles vorbereitet. Freuen uns auf euch!* Dann kam eine neue Nachricht, mit einem Bild, das Gerome zeigte, zwischen den beiden Eseln. Gerome strahlte über das ganze Gesicht, er trug sein Wander-Outfit, sah ungekämmt, unrasiert und wie immer unverschämt gut aus, seine dunklen Augen blitzten in die Kamera, rechts und links ein großer Eselkopf. Gerome hatte ein Selfie mit den Eseln gemacht, die Kamera mit ausgestrecktem Arm nach oben gehalten, die Ohren der Esel waren halb abgeschnitten. Natalie kniff die Augen zusammen. Konnte das wahr sein? Nicht nur Gerome lächelte in die Kamera. Alle drei lächelten!

Wie hast du das hinbekommen?, schrieb sie ihm.

Was denn?, schrieb er zurück.

Pistou und Salomé, textete sie. *Wie hast du sie dazu gekriegt, zu flehmen? Oder hast du sie mit Photoshop bearbeitet?*

Kaum hatte sie die Nachricht verschickt, klingelte das Handy. Geromes Profilbild erschien auf dem Display, das Bild, das ihr inzwischen so vertraut war. Nach Pierrettes Unfall hatten sich ihre Wege getrennt, sie war mit Leonie nach Köln zurückgekehrt, er war nach Montpellier gegangen, hatte wieder seine Arbeit in der Klinik aufgenommen. Aber sie hatten Kontakt gehalten, sich über Wochen geschrieben und telefoniert, immer häufiger. Als sie dann Pierrette ihre Hilfe anbot, hatte, wenn sie ehrlich war, auch der Gedanke an ein Wiedersehen mit Gerome dabei eine Rolle gespielt. Aber wie nervös sie gewesen war, als es dann tatsächlich so weit war! Sie hatten seit der Wanderung zwar viel telefoniert, schickten sich gegenseitig Bilder und Videos, Sprachnachrichten. Er war präsent gewesen in ihrem Leben und sie in seinem. Sie waren sich nah. Aber nicht körperlich, es trennten sie tausend Kilometer voneinander. Wie würde also das erste Treffen werden? Würde es die Explosion der Gefühle sein, von der sie heimlich träumte, oder war das nur Wunschdenken? Wollte er überhaupt noch mehr als Freundschaft?

Und dann saßen sie sich endlich, nach fast drei Monaten, im Café gegenüber, tauschten Belanglosigkeiten aus und trauten sich kaum, einander anzuschauen. Aber als sich zufällig-unzufällig ihre Finger berührten beim Überreichen des Zuckerstreuers, sah er ihr in die Augen, und es war, als wäre das Café plötzlich verschwunden, als wären da nur noch sie beide.

»Wir könnten jetzt in meine Wohnung gehen und ...«, sagte er, und sie nickte wie hypnotisiert, stand schon halb auf. »Oder«, sagte er schnell, »wir machen das nicht. Denn du weißt schon, das halbvolle Glas.«

Sie sah ihn verwirrt an, setzte sich wieder. »Wie meinst du das?«, brachte sie heraus.

»Unsere Freundschaft. Sie ist mir zu wichtig, ich will sie nicht aufs Spiel setzen. Wir könnten versuchen, unser – halbvolles Glas – na ja, langsam zu füllen. Wenn du willst. Uns verabreden. So tun, als hätten wir uns gerade erst kennengelernt. Ganz altmodisch ins Kino gehen, etwas unternehmen. Es klug wie die Esel angehen, nichts übereilen, *doucement*, ganz langsam unsere Beziehung aufbauen, Schritt für Schritt ...«

Während er noch redete, erhob sie sich, legte über den Tisch hinweg ihre Hände um seinen Hals, zog ihn zu sich und küsste ihn auf den Mund, so leidenschaftlich und ausdauernd, dass die Gäste im Restaurant johlten und klatschten.

»Nein, nicht mehr Schritt für Schritt«, raunte sie ihm ins Ohr, als sie sich von ihm löste. »Galopp! Ich will Galopp!«

Überraschung, dann Verlangen spiegelten sich in seinen dunklen Augen. Ohne den Blick von ihr abzuwenden, legte er einen viel zu großen Geldschein auf den Tisch, griff nach ihrer Hand und zog sie aus dem Restaurant. Sie rannten fast auf dem Weg zu seiner Wohnung, und als er aufschloss, betraten sie eine neue, gemeinsame Welt aus purer Leidenschaft. Es war der Anfang einer köstlichen Sehnsucht nach der Seligkeit in seinen Armen, die sie nun durch den Tag trug und die sie nur mühsam vor anderen verbergen konnte.

»Mama ist verlie-hiebt«, neckte Leonie sie dann immer, wenn sie mal wieder abwesend war, weil sie an Gerome dachte. Ja, sie war verliebt, und sie liebte. Gerome war ihr Geliebter, und er war ihr bester Freund auf der Welt, und er tat alles dafür, Leonie für sich zu gewinnen.

»Mit Speck fängt man kleine Mäuse«, sagte er augenzwinkernd, als er ihr beim ersten Treffen zu dritt im Park ein Eis spendierte. Als hätte er das nötig gehabt. Leonie mochte Gerome von Anfang an, sie strahlte schon, wenn sie ihn von Weitem sah. Vor einer Woche hatte sie ihn abends sogar gefragt, ob er ihr das Elefantenlied vorsingen könne. Gerome hatte einen winzigen Moment gezögert, einen kurzen Blick mit Natalie ausgetauscht, dann den Kopf geschüttelt und Leonie übers Haar gestreichelt.

»Nein, kann ich nicht. Das konnte dein Papa, und das kann deine Mama. Aber ich erzähle dir eine Gutenachtgeschichte, *d'accord?*?«

»Die Esel flehmen nicht«, sagte er. Geromes warme Stimme am Telefon katapultierte sie zurück ins Jetzt.

»Und ich habe sie auch nicht mit Photoshop bearbeitet.«

Sie hörte sein Lächeln mit. »Was tun sie denn dann, bitte schön?«, fragte sie.

»Na, sieht man doch. Sie freuen sich und lächeln.«

»Wem willst du denn das erzählen? Esel können nicht lächeln.«

»Aber ja, Esel können lächeln!«, rief Gerome. Sie konnte es hören, er grinste jetzt. »Wenn du mir partout nicht glaubst, frag Céline. Ich habe den Eseln gesagt, dass Leonie und du morgen kommen und wir alle fünf zusammen wandern werden, *et voilà*, da ist es passiert. Sie haben gestrahlt vor Freude.« Er machte eine kleine Pause, und in ihrem Bauch kribbelte es. »Ich glaube, Pistou und Salomé sind fast so glücklich, wie ich es bin, *mon amour.*«

Nachwort

Die im Roman genannten französischen Orte habe ich alle im Sommer 2021 mit und ohne Esel kennen und lieben gelernt. Daher wollte ich sie am liebsten alle in meinem Buch auftauchen lassen. Aus dramaturgischen Gründen musste ich deshalb die Geografie etwas verändern und Entfernungen schrumpfen oder wachsen lassen. Wer diese schöne Gegend kennt und liebt, so wie ich, möge mir verzeihen, dass ich mir diese Freiheit genommen habe.

Sabrina Nau